中國語言文字研究輯刊

三　編

許　錟　輝　主編

第 13 冊

金門閩語：
金沙方言音韻研究

譚家麒　著

花木蘭文化出版社

國家圖書館出版品預行編目資料

金門閩語：金沙方言音韻研究／譚家麒 著 ― 初版 ― 新北市：
花木蘭文化出版社，2012〔民 101〕
目 2+216 面；21×29.7 公分
（中國語言文字研究輯刊　三編；第 13 冊）
ISBN：978-986-322-058-9（精裝）
1. 漢語方言　2. 聲韻學　3. 福建省金門縣
802.08　　　　　　　　　　　　　　　　　101015995

ISBN-978-986-322-058-9

9 789863 220589

中國語言文字研究輯刊
三　編　　第十三冊　　　　　ISBN：978-986-322-058-9

金門閩語：金沙方言音韻研究

作　　者　譚家麒
主　　編　許錟輝
總 編 輯　杜潔祥
出　　版　花木蘭文化出版社
發 行 所　花木蘭文化出版社
發 行 人　高小娟
聯絡地址　新北市永和區中正路五九五號七樓之三
　　　　　電話：02-2923-1455／傳眞：02-2923-1452
網　　址　http://www.huamulan.tw 信箱 sut81518@gmil.com
印　　刷　普羅文化出版廣告事業
初　　版　2012 年 9 月
定　　價　三編 18 冊（精裝）新台幣 40,000 元

版權所有・請勿翻印

金門閩語：
金沙方言音韻研究

譚家麒　著

作者簡介

譚家麒，祖籍山東濰縣，台灣台北人。國立政治大學中國文學碩士，現就讀於國立台灣大學中國文學研究所博士班。另著有單篇論文〈兩漢時期魚侯二部的分合問題〉、〈論金門閩南語親屬稱謂詞前綴 an35 的來源及相關問題〉（合著）。

提　要

　　本論文以實際田野調查的方式蒐集金門金沙方言的語料，並且對其進行分析。金門隸屬於福建省同安縣，隔海與廈門、同安相望，而金沙鎮則位於金門本島東北方。以語言系屬來看，金沙方言屬於閩南方言，對閩南方言的研究論著雖然相當豐富，但是針對金門地區所做的專門研究數量尚不算多，因此本文希望藉著對語料的分析與掌握更進一步地瞭解金門地區閩方言的表現。

　　本論文章節安排如下：

　　第一章說明本論文研究對象之歷史與地理背景、相關研究的文獻回顧、本論文的研究目的與方法、研究的語料來源。

　　第二章我們分析田野調查所得到的語料的語音表現，藉此整理歸納出金沙方言的平面音韻系統，除了對聲母、韻母、聲調做整理之外，亦針對音節結構與結構上的限制作進一步的分析。

　　第三章針對金沙方言所有的音變現象做討論。除了聲母、韻母、聲調在語流中產生的各種變化，也討論不同的語法結構所造成的連讀調表現，以及單音形容詞重疊式的聲調表現。更著重於討論金沙方言小稱詞尾「囝」的特殊聲調表現。

　　第四章運用歷史音韻比較的方法，以中古切韻音系為比較架構，對金沙方言進行層次異讀的分析。聲母部分依據晚唐之後的三十六字母系統，韻母則以十六韻攝為比較基準，聲調部分則是觀察古清濁不同的聲母反映在今日聲調上的差異。

　　第五章為結論，將本論文的研究成果做一個提綱挈領的報告。

　　希望透過平面音韻及歷史音韻這兩種不同層面的分析，能夠使我們對金門金沙方言有更為深入的瞭解，如此，不但對語言傳承以及研究有所幫助，更可以替未來進一步的深入研究立下良好的基礎。

謝　辭

要謝的人太多了，就謝天吧。

～陳之藩

　　說來汗顏，雖然是中文系出身，但是卻相當拙於言詞，這裡只好直接了當的表達我的謝意。

　　首先我要感謝我的指導老師，林英津教授，碩士班生涯中，林老師不但帶給我許多智識上的啓發，也同時對我的人格教育有許多深遠的影響。與林老師相處是相當溫馨而自在的，老師總是苦口婆心的給我許多建議和鼓勵，更溫暖地關懷我的民生經濟、日常所需，對林老師的感謝實在無法以筆墨形容。

　　其次，我也要特別感謝楊秀芳教授以及吳瑞文學長。有幸旁聽楊老師的課多年，老師諄諄善誘的學者風範一直是吸引我繼續努力的目標之一，除了學術上的引領，老師還特別提供我前往金門進行田野調查所需的經費，雖然最後論文不盡完美，但這份溫暖與感動，學生會永遠記得。瑞文學長在我的碩班歲月裡，始終是一位亦師亦友的重要人物，每一次的課後討論、議題切磋，甚或只是關懷問候，都讓我覺得自己不是孤單茫然的。學長一直到我口試完後，還不斷的鼓勵我、指引我修改論文的方向，雖然由於時間因素，我不能畢竟其功，但是這份關心在我心中，意義勝過一切，謝謝學長。

　　讀書會裡的鵬飛學長、松子、佳盈、道修法師，你們是我一路走來的親密

戰友，雖然每週僅見一面，但數年下來，也已形同家人，如今各奔東西，我誠心祝願你們歲月靜好、一切安然。

其他要感謝的人是無論如何也數不完的，佳倫，你溫暖善良而又堅強自律，很高興認識你。貝珊學姊和素梅、筠珺也總是默默在我背後支持我，謝謝。我也不能忘了金門金沙鎮那一群可愛溫暖純樸善良的朋友，許阿嬤、二姑姑真的把我當自家人一樣的照顧，讓我難得地感受到家庭的溫暖，感謝老天，讓我有這個機會認識你們。

一個人的生活不會只有論文，因此我要感謝的人還有很多。懷瑜、姍樺、緯翰、筱婷、政桓、浴誠，我何其有幸成為你們的一份子！而雅婷學姊、涓櫻、德偉、奇數團團員的當頭棒喝也是人生良藥，在寫碩論的時候，每每喪失理智、瀕臨崩潰邊緣，但是因為你們，我得以療傷，謝謝。

琬薇，謝謝你曾經陪我走過一段苦悶歲月，有你作伴是我碩班回憶裡最快樂的部分（當然要謝謝你男友不介意，笑），我不聰明，從來不懂得怎麼抓住美好，驟雨也好，疾風也罷，這花是無論如何都落了，但我總會想起你，對你的感謝滿滿地撐在胸口，真心願你幸福平安。

唉，感謝的話如何能了？這也是我引用陳之藩的話作謝辭的原因，因為這份感謝太龐大，而字句無法計量。

目

次

第一章　序　論

1.1 金門簡介

1.1.1 地理歷史概況與居民來源背景

　　金門群島隸屬於福建省金門縣，除金門本島外，還包括烈嶼、大嶝、二嶝、東碇、北碇等十二座島嶼，分佈於東經 118 度 24 分、北緯 24 度 27 分附近的海面上，與廈門、同安隔海相望。金門島型為中段狹窄，兩側較寬之銀碇狀，東西向約有二十公里，中部最狹處僅三公里；而地形則以丘陵為主，太武山為該島主峰，面積總計有 178.956 平方公里。

　　依《金門縣志》記載，金門早在西漢便已劃入行政疆域之中，但有人民定居則是始於晉代五胡亂華之時，中原士族為避難而遷居於此。此後，或為南安縣地，或為同安縣地；從五代至民國初年都屬同安縣地，直到民國四年，才劃金門、烈嶼、大嶝、小嶝四島為金門縣縣治範圍。

　　除了晉代五胡之亂，唐時於此牧馬屯兵，宋代於此設堰築埭，元代於此開闢鹽場，明代時此地已成為海防重鎮，故守軍久戍，「金門」之名亦緣之以得。除此之外，鄰縣之商賈漁農亦多有遷居於此者，因此，本島居民，其先世來源大抵有六：一為晉世移民。二為唐人牧馬及其家眷之後。三為泉屬世家，於此開山海之利，後裔便定居於此。四為鹽場民戶之後。五為久戍軍人之子孫。六

為鄰縣之商賈漁農，久客遂定居於此。

金門又名浯州，據考察，浯州得名於泉州之浯江，東晉世族避難時多避居於此，故又名晉江，而島人先世又多來自泉州（今晉江），故稱浯州以誌其系屬。金門歷代以來皆屬於泉州府同安縣治下，再加上與廈門隔海相望，所以目前學界多認為金門音系大體上可說和泉州同安音與廈門音相當接近。

1.1.2 金門方言在閩方言分區中的地位

閩方言的分佈範圍除了福建省外，尚有浙江南部的溫州地區和舟山群島、廣東潮汕地區、雷州半島海康徐聞地區、海南島大部分地區以及台灣省絕大部分。依潘茂鼎等（1963：475）意見，閩方言由於內部具有相當的分歧性，故可以分為閩東、莆仙、閩南、閩中和閩北五小群，而李榮主編的《中國語言地圖集》中，更將閩南區細分為泉漳片、大田片、潮汕片。其中的泉漳片包括臺灣大部分地區以及金門、廈門、泉州、漳州、同安、晉江、南安、永春等地，因此金門方言是屬於閩方言中，閩南方言這一群的分支。

1.1.3 相關研究成果評述

針對金門方言所做的研究，到目前為止有陳漢光（1968）〈金門語研究〉、鄭縈（1994）〈金門官澳方言初探〉，張屏生（1996）《同安方言及其部分相關方言的語音研究》一書中第二章第二節〈金門方言的音系簡介〉部分，以及劉秀雪（1998）《金門瓊林方言探討》等成果，以下分別介紹之。

（一）陳漢光（1968）〈金門語研究〉

該文以相當概略性的方式介紹了金門方言的聲韻、語法、語彙特徵，與其說是「研究」，不如說是「描述」，但是由於在描述上較為缺乏系統性，像聲調部分完全付之闕如，而所謂特徵其實也並非僅是金門方言的特徵，因此可以說並不是真正嚴謹的語言學論文，其較大貢獻是在於羅列了許多字彙與外來語的念法，並且提到了一般閩南語常見的詞尾「仔」[註1]在金門方言中較為少見的

〔註 1〕本文相信此處的小稱詞尾「仔」其本字應該是「囝」。囝，《集韻》獮韻九件切，依照聲韻規則看，閩語表示子代的 kiã³ 就是此字，如今具有小稱意義的囝字因為聲韻母有所脫落而讀為 a³，可以參考楊秀芳（1991：166）。為求行文統一方便，後文中凡遇一般用以表示小稱的「仔」字，本文一律以「囝」字表示。

現象，例如「桌囝」、「桃囝」在金門只說「桌」、「桃」。

（二）鄭縈（1994）〈金門官澳方言初探〉

該文透過實際田野調查的方式對官澳方言內部因年齡層不同而顯示出的不同語音對應作了初步研究，也同時藉由官澳方言與臺灣泉州音的比較而發現了官澳方言的保守性，是研究焦點相當清楚的一篇論文。

在發音人的選擇上她也採取了不同於一般方言調查的方式，一般方言調查多半尋求當地耆老擔任發音人，以求得較爲古老的音韻現象，而鄭縈則是採取訪問多位不同年齡發音人的方式來觀察單一方言點不同世代的演變趨勢，該文的研究結果發現在中老年層的元音結構中並存的 o、ɔ 元音，在青少年層中已經歸併爲 ɔ，這種研究方式在預測語音變遷的方向上的確有其貢獻。

除了世代之間的語音變遷，鄭縈也將官澳方言與臺灣的泉州音作比較，認爲從韻母系統而言，官澳和臺灣泉州音相去不遠，但是今日臺灣泉州音保持 ɯ、ɤ 元音的地區不多，且多限於老年層，而官澳方言則無論老少，ɯ、ɤ 元音都保持的相當完整，由此可見官澳方言的保守性，又據作者看法，官澳方言應該較爲接近泉州音而非廈門音。

另外，較爲特殊的研究結果還有「囝」字變調的規律與臺灣一般閩南語相當不同，依楊秀芳（1991：140～141），臺灣的「囝」字變調規律相當清楚，一律是前字變調，「囝」字本身仍讀其陰上讀法，而前字變調又有其規律：陽調一律變爲 22、陰調則多依一般前字變調規律變調，只陰上字不變調。但是鄭縈（1994：41～42）提到：「有些字帶上「囝」詞首不論爲何，一律變爲低降調」，並且認爲「囝」又可以分爲兩類：「a 類「囝」讀爲陽平，b 類則爲陰去」。可惜的是，a 類例數僅二，而 b 類例證疑因排版疏失完全未見，不過這仍然提供了我們進一步研究的空間與可能。

除了音韻結構內部的演變，鄭縈也提到了一些因「語言接觸」而造成音韻改變的實例，官澳方言古山、先二韻有些字韻母白讀爲 ãi，如「眼」、「間」、「前」，這些字在臺灣讀爲 iŋ，當地人在彼此溝通時仍用 ãi 溝通，據發音人自承，只有在跟所謂「臺灣人」溝通時會用 iŋ，因此這些字金門官澳人讀 iŋ 是因爲接觸所產生的變化，這提醒了我們在作方言研究時，要從不同的角度去思索分析平面的語言現象。

（三）張屏生（1996）《同安方言及其部分相關方言的語音調查和比較》

張屏生的博士論文對同安及其相關的八個方言點（同安、金門、馬公、西嶼、湖西、後寮、蘆洲、大同）進行了大規模的田野調查，對於聲母、韻母、聲調以及弱讀變調、「囝」字變調都有清楚的比較，依據論文第二章第二節〈金門方言的音系簡介〉，金門方言韻母共有八十五個，其中舒聲韻四十六個，促聲韻三十九個。基本元音方面亦保留了 ɯ、ɤ 兩個單元音韻母。

在張屏生的資料中，有一些特別的現象幾乎未見於其他相關研究文獻中，最特別的是金門的變調規則，陰去調和喉塞尾的陰入調變調都有兩類：若後字是陰平、陰上、陽入則變 55，其他則變 51。這個現象據張屏生的資料只見於金門及澎湖。

一般閩南語中陰去變調只有一類，例如臺灣及大陸同安縣（及相關方言點），陰去變調都只有一類（都是高降調）。因此這種陰去變調分兩類的現象可以說相當的特別，在張屏生的論文中認為此地的聲調特色是相鄰兩聲調之間不能有並存的高降調徵性，換言之，異化作用使得 51 調產生了「再變調」55。由於相關資料的缺乏，這個問題尚待繼續深入研究。

除了特殊的變調規則，該論文亦指出金門的「弱讀輕聲變調」以及「囝」字變調都和臺灣一般閩南語表現相當不同。臺灣的閩南語常見的語法詞尾，如表完成的 a⁰「矣」、形容詞後名語化的 e⁰，都唸成隨前變調（可以參考楊秀芳 1991：144～149），金門卻都唸成固定調輕聲 11。而「囝」字變調雖然鄭縈（1994）已經提過，但是兩人的研究結果卻並不一致，因此這部分同樣地需要再深入研究。

除了平面音系的描述，張屏生亦以傳統閩南韻書《彙音妙悟》、Carstairs Douglas（1873）所編的《廈英大辭典》以及臺灣總督府（1931）出版的《臺日大辭典》為對照架構，試圖找出金門現今的音韻格局與百年前相比有哪些變遷。

（四）劉秀雪（1998）《金門瓊林方言探討》

1998 年劉秀雪同樣採取實地記音的方式對瓊林音系進行研究，以中古切韻音系為架構對平面音系之聲韻調進行整理，試圖找出金門現今聲韻調與中古切

韻音系的對應關係。但是就其探討內容及整理結果看來，依然是著重於共時平面的音系描寫，而較少歷史音韻層次的探討。

前人討論過的弱讀輕聲、「囝」字變調，劉秀雪都有作相關討論，結論大體上與前人一致，都顯示出金門方言在變調、輕聲上的表現都與臺灣閩南語不同。除此之外，她亦特別討論了「囝」字音變以及縮讀詞的聲調表現，更專立一章研究瓊林方言的詞彙表現，對瓊林方言的指示詞、疑問詞、時間詞、南洋借詞做了初步的介紹，是研究金門方言相當重要的材料。

如果仔細省思，可以發現這些研究成果偏重於共時平面語音系統的描寫與比較，而缺乏從歷史音韻層次角度進行的研究成果，例如前面所述鄭縈（1994）與劉秀雪（1998）兩人的研究即是以平面音韻表現為觀察目標，鄭文是一篇研究中心相當明確的論文，在提供共時平面的音韻表現上有其貢獻，而劉文雖然使用了中古的切韻音系為參照架構，但只是作為一種語料分類的架構，較少涉及不同歷史層次的深入探討。

張屏生（1996）則是花費了相當多的心力進行了大規模的實際語調，一方面方便進行同安方言在不同方言點的共時比較，另一方面，他也依據《彙音妙悟》（據考證，成書於 1800）、Carstairs Douglas（1873）所編的《廈英大辭典》以及臺灣總督府（1931）出版的《臺日大辭典》作為觀察百餘年來同安方言演變情形的根據，可以看出其欲兼顧「共時表現」與「歷時演變」的努力。

然而這對於研究閩南方言的歷史音韻層次其實仍然是有所不足的。最主要的原因是，橫跨的時間過短，且無法從橫跨一百餘年兩端的語料看出真正的歷史層次，張屏生以上面所提的兩部字典中註記「同安」的記音資料與自己調查所得相比較，如此所得的結果僅是同一地方言在一百餘年間的演變情形，而無法觀察更為古老的音韻格局。

（五）其他相關著作

由於語言總是在不斷的變化中，而變化極有可能表現在地理分佈上，所以除了上述與金門方言直接相關的研究成果之外，我們也必須參考其他針對閩南方言所做的研究成果。以研究學問的態度而言，我們當然不應只侷限於閱讀與閩南方言相關的材料，其實針對整體閩方言或是跨方言研究的傑出成果相當豐富，這些都可以供後續論文撰寫時參考之用（詳見參考書目），然此處為了使

焦點清楚，並節省篇幅，故僅舉與金門較為相關之方言點的研究成果加以介紹。

雖然多數學者認為金門方言受到廈門方言與同安方言的影響甚深，但鄭縈（1994）已提出金門方言應該較為接近同安方言而非廈門方言的說法，我們認為這大體是對的，廈門方言對金門的影響想來不但較同安方言少而且也較之為晚了，因為廈門乃是晚期新興的城市，本身音系乃融合泉漳各自特色而成；又從移民來源看，也支持了這個說法，因此本文相信金門方言與泉州同安方言的關係應較為密切。但是做為語言接觸的來源，我們也不能無視廈門方言對金門造成的影響。

總之，在考量了音韻表現及地理位置之後，我們對於廈門、泉州及附近方言點的表現情形也應該進行了解。在這方面堪稱經典之作的有羅常培（1930）《廈門音系》、董同龢（1957）〈廈門方言的音韻〉、（1959）〈四個閩南方言〉等，以下概略介紹之。

1930年羅常培《廈門音系》，是對閩南語研究最早具有影響性的代表著作，書中除了對當時的廈門音系作一番詳實的描述記錄之外，更將廈門音與代表一百多年前漳州音系的韻書《增註雅俗通十五音》以及中古切韻音系架構作了比較研究，為漢語方言學及歷史音韻學的結合立下了典範。

1957年董同龢〈廈門方言的音韻〉最大的特色是該文應用了「音位」觀念，這表示語音研究已經邁入了重視系統性研究的新階段，而非只是平面羅列所有語音現象。

1959年董同龢〈四個閩南方言〉更進一步的以四種閩南方言：廈門、晉江（即是泉州方言的一種）、龍溪、揭陽為描寫對象，不但提供了大量的語料，更進行了共時平面的跨方言比較以及整體閩南方言音韻特色與中古切韻音系的比較工作。

由於上述資料除了董同龢（1959）有泉州音系資料之外，其餘都為廈門音系的研究，因此筆者另外蒐集了與泉州音系有關的資料作為補充參考之用，如林連通（1993）主編的《泉州市方言志》就是目前最為完整的泉州音資料彙編，不論平面音系、變調輕聲、文白異讀、語法詞彙都有豐富的研究資料，更有專章比較泉州音與中古音及北方官話的差異，相信對於論文撰寫亦有幫助。

1.2 本論文研究目的與方法

　　相對於針對閩南其他方言點所做的許多研究成果，臺灣地區對於金門方言的整理與研究其實仍然算是相當單薄的，以目前的研究途徑與方式而言，多半採取實地記音方式分析其聲韻調結構，而後透過與鄰近方言點的比較判斷出金門方言與廈門音及泉州同安音的接近。

　　我們知道，從上古到中古，漢語方言是線性發展的，因此我們可以經由選定一些具代表性的參照架構來研究漢語方言的歷史演變層次，比如眾所皆知的閩語特徵「輕重唇不分」，就是一項可以經由與切韻音系作比較而確認的存古特徵，其他如「端知不分」也是一個保存在閩方言中的古老成分。不同的歷史層次會帶來不同的音韻格局，其實「層次」就是「接觸」，「接觸」就是「層次」，因此當我們以切韻作為一對照架構進行分析時，常常會發現上古、中古都同一類而在閩方言中卻往往有兩類甚至三類的對應情形，這些不同的對應（correspondence），其實正暗示著不同歷史層次的接觸。

　　「文白異讀」就是可供我們研究「層次」的材料之一，我們常會發現中古同一韻的字在現代閩南方言中有著沒有條件的不同對應關係，例如中古魚韻字的韻母在廈門方言中有 u、i、ue 幾種不同的表現，這正是不同層次的痕跡遺留，透過對聲母以及語彙本身性質的判斷可以有助於我們分出不同的歷史層次。其實在使用歷史比較法的時候，首要之務是找出對應關係，其次才是去區分文白讀，因為文白讀只是針對語用角度所做的分類，近年來對於閩語文白層次的研究日益精進，使我們注意到了閩語蘊含的層次可能不僅是區分文白那麼簡單。不過就結果而言，這些不同的層次的確是透過「語用」的不同而留存了下來，因此文白異讀仍然是研究閩語歷史層次的重要材料。

　　然而在前述等人的研究中很少分析文白異讀所代表的層次，這點甚為可惜。我們相信，只要透過選定有代表性的參照架構以及精密的分析語料中所蘊含的豐富層次對應，我們可以更為深入的找出金門方言與中古漢語甚至上古漢語的層次對應關係，這也是本篇論文撰寫的最大動機與目的。

　　除了歷史音韻層次的研究之外，另外有一些問題也是本論文所欲研究探討的目標。從文獻回顧中我們可以發現金門方言有許多與一般臺灣閩南語相當不同的表現，若論音系系屬，金門方言與臺灣泉州腔都屬於泉州方言，然而兩者

在「囝」字變調、弱讀輕聲上的表現卻極為不同，除此之外，金門、澎湖的陰去變調分兩類也是一個相當特殊的現象，張屏生與劉秀雪兩人對此現象的解釋並不一致，而且著墨也都不多，這些都引起個人相當大的興趣，因此試圖深入研究分析這些特殊現象也是本論文撰寫的目的之一。

在平面音系的分析研究上，本論文採用的是「明確音韻學」（即 SPE）的理論與方法。語料的紀錄方式乃採取「寬式注音」（broad transcription），也就是「音位注音」（phonemic transcription）。而在歷史音韻的研究上，主要途徑是以歷史語言學的比較方法對金沙方言進行研究，以中古切韻音系為參照架構，試圖分析出金沙方言中不同的歷史音韻層次。

基於前人的研究結果，本論文的工作假設（working hypothesis）是金門方言可歸類為同安方言的一種，因此必要時也會搭配參考《彙音妙悟》、《廈英大辭典》、《臺日大辭典》中有關同安音的資料。

此外，我們不能排除語料中有可能出現超越《彙音妙悟》、《廈英大辭典》、《臺日大辭典》音韻格局的情形，雖然這樣的可能性並不高，但如果真的有，便可以將金門方言視為同安方言的姊妹方言，進而構擬出更為古老的同安方言，這也為閩方言研究提供了更多的研究路向。

金門位置圖

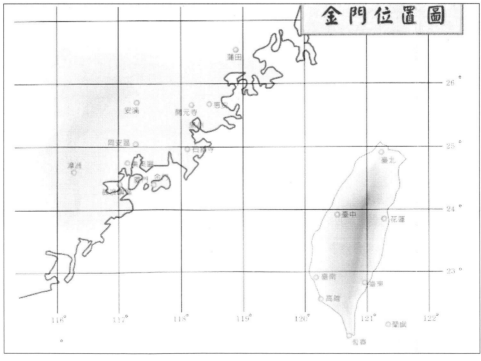

金門金沙鎮碧山村（東店村）位置圖

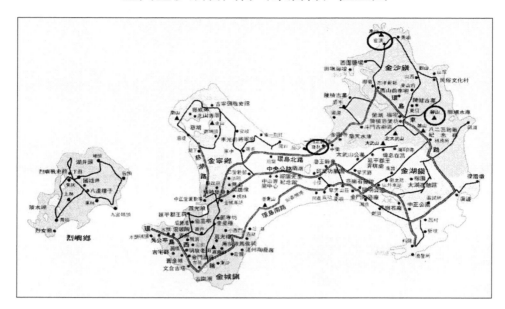

圖片來源：金門縣烈嶼鄉卓環國民小學全球資訊網
http://www.jhes.km.edu.tw/lieyu/sitemap.htm

1.3 本論文語料來源

　　本論文決定採取實地語言調查的方式來獲得語料，一方面因為前人研究所附之語料不是數量較少（如鄭縈），就是過度龐雜（如張屏生，由於集合了八個方言點的語料，所以很難分清某種讀法是屬於哪一方言點的表現），因此希望透過親自調查來取得最切合自己需要的語料。另一方面，記音時處理音值跟音位的標準是因人而異的，所以拿現成的語料分析很可能會受到種種侷限，為了能夠真正熟悉並掌握語料，親自進行調查是必需的。

　　據資料顯示，當地人認為金門話可大略分為烈嶼、金門本島東部與西部、料羅等不同次方言，可見金門方言相當複雜。由於我們實在很難在短時間之內對金門方言作全面的詳細觀察，因此在考量自己的能力之後，決定將調查研究重心放在金門本島金沙鎮碧山村及東店村年長者的語音表現上，以此先建立金沙鎮的基本音系，在能力所及的範圍下，也可對鄰近地區以及不同世代發音人的語音表現作一些觀察比較，相信會有助於我們將來進一步的深入研究。

　　由於金門的特殊戰略地位，以軍人為對象的服務業相當興盛，這也導致金門人在語言使用上更易受到外來力量的影響，因此我們不但挑選平日深居簡出且不從事服務業的發音人；也適量的參考部分從事服務業之發音人表現，希望

可以觀察到語言接觸的情形。

我們自 2006 年 7 月至 2007 年 11 月爲止，共計前往金門金沙鎮進行過四次田調：

第一次調查爲 2006 年 7 月 10 日至 7 月 17 日共八天，依《中國六省區及東南亞閩方言調查詞表》的分類詞表收集約一千筆基本詞彙。

第二次調查爲 2006 年 8 月 24 日至 8 月 31 日共八天，持續收集各類基本詞彙約一千兩百筆，並且確認單字調以及連讀調調值，並且觀察多字組的聲調表現。

第三次調查爲 2006 年 9 月 4 日至 9 月 29 日共二十六天，主要觀察中古十六韻攝的韻母分佈以及不同層次的韻母表現。並且利用特別設計的詞彙針對文讀音做調查。

第四次調查爲 2007 年 11 月 8 日至 11 月 14 日共六天，集中觀察小稱詞尾「囝」的聲調表現，另外亦收集單音形容詞重疊式的聲調表現，並且盡量補充單音節聲韻調結合表的空缺；也收集了一些俗諺以及古詩詞的朗讀語料。

四次田調主要調查了下列幾位發音人：

張寶治女士，民 17 年生，金沙鎮碧山村民
陳怡情先生，民 15 年生，金沙鎮碧山村民
楊　瑱女士，民 19 年生，金沙鎮碧山村民
許翠蔭女士，民 20 年生，金沙鎮碧山村民
李龍巧女士，民 25 年生，金沙鎮東店村民
黃秀卿女士，民 28 年生，金沙鎮碧山村民
吳金嚴先生，民 33 年生，金沙鎮東店村民

非常感謝上列發音人的耐心教導，讓我們獲得既豐富又正確的語料。除了上述發音人，另外也要感謝下列幾位發音人給予我們各方面的協助：

蘇子雲先生，民 14 年生，金湖鎮民
鄭藩派先生，民 44 年生，金城鎮民
李玉琴女士，民 42 年生，金沙鎮東店村民
陳素賢女士，民 46 年生，金沙鎮碧山村民
吳偉銘先生，民 62 年生，金沙鎮東店村民
吳偉欽先生，民 65 年生，金沙鎮東店村民

1.4 本論文章節安排

本論文章節安排如下：

第一章說明本論文研究對象之歷史與地理背景、相關研究的文獻回顧、本論文的研究目的與方法、研究的語料來源。

第二章我們分析田野調查所得到的語料的語音表現，藉此整理歸納出金沙方言的平面音韻系統，除了對聲母、韻母、聲調做整理之外，亦針對音節結構與結構上的限制作進一步的分析。

第三章針對金沙方言所有的音變現象做討論。除了聲母、韻母、聲調在語流中產生的各種變化，也討論不同的語法結構所造成的連讀調表現，以及單音形容詞重疊式的聲調表現。更著重於討論金沙方言小稱詞尾「囝」的特殊聲調表現。

第四章運用歷史音韻比較的方法，以中古切韻音系爲比較架構，對金沙方言進行層次異讀的分析。聲母部分依據晚唐之後的三十六字母系統，韻母則以十六韻攝爲比較基準，聲調部分則是觀察古清濁不同的聲母反映在今日聲調上的差異。

第五章爲結論，將本論文的研究成果做一個提綱挈領的報告。

希望透過平面音韻及歷史音韻這兩種不同層面的分析，能夠使我們對金門金沙方言有更爲深入的瞭解，如此，不但對語言傳承以及研究有所幫助，更可以替未來進一步的深入研究立下良好的基礎。

第二章　金沙方言平面音韻系統

　　這一章以金門金沙東店村及碧山村的語料爲基礎，對其平面音韻系統作介紹。語料的紀錄方式是採取「寬式注音」（broad transcription），也就是「音位注音」（phonemic transcription）。而所採用的描述分類主要是沿襲漢語音韻學研究中，將語音分爲聲母（initial）、韻母（final）、聲調（tone）的方式分別敍述。最後，也討論一些聲韻的配合限制。

2.1 聲母系統

　　金沙方言以音位分析而言共有十四個聲母，但本文分用十七個符號，如下表：

金沙方言聲母系統

	塞音/塞擦音		濁塞音/邊音	鼻　音	擦　音
	不送氣	送　氣			
雙　唇	p	pʰ	b	(m)	
舌　尖	t	tʰ	l	(n)	
	ts	tsʰ			s
舌　根	k	kʰ	g	(ŋ)	
喉					h
零聲母	ø				

其中 b、l、g 與 m、n、ŋ 爲發音部位相同僅鼻音成分有無不同的兩組聲母，前者只配非鼻化元音，後者則只出現在鼻化韻及成音節鼻音韻母之前，兩組聲母呈現互補分佈（complementary distribution）狀態，可以視爲同一音位的有定分音。其出現環境與條件歸納如下：

$$/\text{b、l、g}/ \rightarrow [\text{m、n、ŋ}] / \underline{\quad} \text{鼻化韻、成音節鼻音}$$
$$\rightarrow [\text{b、l、g}] / \underline{\quad} \text{其他}$$

雖然如此，有些閩南方言（如潮汕方言）的 b、l、g 和 m、n、ŋ 並非呈現互補分佈狀態，爲了比較上的方便，本文依然將兩套符號分開標記。

l- 聲母的實際音值：在當地發音人的口中，l- 的音值是較重而不清晰的，有時聽起來像是 d-，與國語的 l- 聲母聽來稍微不同。

ts-、ts^h-、s- 的顎化：ts-、ts^h-、s- 在後接 i 元音（介音或主要元音）時會有明顯的顎化現象，近乎 tɕ-、tɕ^h-、ɕ-，如「愁」實際音讀爲 tɕ^{h}iu13 [註1]，「種」實際讀音爲 tɕiŋ11，「燒」實際音讀爲 ɕio55。規律如下：

$$/\text{ts-、ts}^h\text{-、s-}/ \rightarrow [\text{tɕ-、tɕ}^h\text{-、ɕ-}] / \underline{\quad} \text{i}$$
$$\rightarrow [\text{ts-、ts}^h\text{-、s-}] / \underline{\quad} \text{其他}$$

兩者之間並無音位上的對立，只是條件變體，所以 ts- 與 tɕ-、ts^h- 與 tɕ^h-、s- 與 ɕ- 分別可以合併爲一個音位，以 ts、ts^h、s 代表乃因其與韻母的搭配更爲普遍。

零聲母 ø- 表示音節的起首沒有輔音，但是元音在發音時常常會帶出喉部的緊張作用，因此實際發音上零聲母音節起首常有喉塞音 ʔ，但是它的出現與否無辨義作用，可以視作零聲母的分音（allophone）。另外，由於其出現位置總是固定，凡是在韻母之前沒有其他聲母的地方，就表示爲零聲母，故本文實際標音時予以省略。

[註1] 本文採趙元任「五點制」標記聲調調值，爲避免與調號相混，一律以兩位數標示調值，並以下加橫線的方式表示調值短促的入聲字。調號部份，以 12345678 分別代表陰平、陽平、陰上、陽上、陰去、陽去、陰入、陽入，也就是奇數表陰調，偶數表陽調。金沙方言的古陽上字聲調讀同陽去字，一律標 6。弱讀調以 0 表示。調號置於音節末尾右上角，且不論有無變調，調號的使用一律以獨立調爲準。

2.2 韻母系統

韻母（final）還可以分為介音（medial）、主要元音（nuclear vowel）和韻尾（ending）。金沙方言的元音系統為：

金沙方言元音系統

這八個元音和 i、u 兩個介音（也作元音韻尾）、與 m、n、ŋ、p、t、k、ʔ 七個輔音韻尾加上兩個成音節鼻音（syllable nasal）總共組成七十八個韻母，其分配結合限制詳待 2.4.3 節討論，此處僅稍作分類整理，可分為陰聲韻十八個，鼻化韻十一個，鼻尾韻十四個，塞尾韻三十三個（收 -p-t-k 尾的十三個，收 -ʔ 尾的十三個，鼻化塞尾韻及鼻塞尾韻 mʔ、ŋʔ 共七個），成音節鼻音韻兩個。韻母表列如下：

金沙方言韻母語音表現

陰聲韻

i	e	ə	a	ɔ	o	ɨ	u
			ia		io		iu
ui	ue		ua				
			ai				
			au				
			iau				
			uai				

鼻化元音韻

ĩ			ã	ɔ̃			
			iã				iũ
uĩ			uã				
			ãi				
			ãu				

			iãu		
			uãi		

鼻尾韻

im			am		
			iam		
in			an		un
			ian		
			uan		
iŋ			aŋ	ɔŋ	
			iaŋ	iɔŋ	
			uaŋ		

塞尾韻

iʔ	eʔ	əʔ	aʔ	oʔ	uʔ
			iaʔ	ioʔ	
uiʔ	ueʔ		uaʔ		
			auʔ		
			iauʔ		
ĩʔ	ẽʔ		ãʔ		
			iãʔ		
	uẽʔ				
ip			ap		
			iap		
it			at		ut
			iat		
			uat		
ik			ak	ɔk	
			iak	iɔk	
				mʔ	ŋʔ

成音節鼻音

				m̩	ŋ̍

　　對這張表要先做一些說明。譬況詞、擬聲詞以及出現環境極為有限的韻母一般而言是不正式列入語音系統內的。依董同龢（1957：245）的看法，譬況詞、

擬聲詞等都是「邊際語音」，其音韻地位並不穩固，而且擬聲詞理論上也有可能模擬出無數種超出各方言音韻格局的語音（楊秀芳 1982：20）。因此，在訂定語音系統時，一般而言是不把譬況詞及擬聲詞計算在內的。

　　而ɔ̃、ãu、iãu、ĩʔ、ẽʔ、uẽʔ、ãʔ、iãʔ 八個韻母的出現環境很有限，幾乎只在鼻音聲母後。如：

　　　　ɔ̃：　「毛」mɔ̃55、「冒」mɔ̃33、「午」ŋɔ̃52

　　　　ãu：　「腦」nãu52、「藕」ŋãu33、「□」mãu55（用拳頭搥）

　　　　　　　「□」ŋãu33（軟綿綿 nŋ52＞13　ŋãu33＞11　ŋãu33）

　　　　iãu：　「□」ŋiãu55（搔別人癢）

　　　　ĩʔ：　「□」nĩʔ21（眨眼睛）

　　　　　　　「□」nĩʔ44（握拳頭、捏撮鹽巴等細小物體）

　　　　ẽʔ：　「□」ŋẽʔ21（挾菜）、ŋẽʔ44（夾物品在腋下）

　　　　uẽʔ：　「□」ŋuẽʔ21（挾菜）、ŋuẽʔ44（夾物品在腋下）

　　　　ãʔ：　「□」nãʔ21（物品凹陷）

　　　　iãʔ：　「□」hiãʔ21（拿取衣物、木柴等物，有一定數量）

如 2.1 節所說，金沙方言中，鼻音聲母之後的元音並無鼻化與否的差別，因此這些只出現在鼻音聲母後的鼻化成分實際上可以去掉，因為他們可以經由 2.1 節提過的語音規律預測出來。至於 ĩʔ、ẽʔ、uẽʔ、ãʔ、iãʔ 五個既帶鼻化成份又帶有 ʔ尾的鼻化入聲韻，在來源上比較難以解釋，收 ʔ尾的字都來自古入聲字，而閩南語音節中的鼻化成份可以說大部份都來自古陽聲韻字鼻輔音韻尾脫落所造成的抵補音長效果（另有少部份來自陰聲韻的字也帶鼻化成分，則可能是因為受次濁聲母的同化作用影響而產生鼻化成份），由於不可能一個音節「同時」表現入聲韻和陽聲韻來源，因此這些韻母的來源只能暫時存疑。不過就這些語料的出現環境而言，它們也一樣只出現在前接鼻音聲母的音節〔註2〕，因此

─────────────

〔註 2〕語料中唯一的例外是 hiãʔ21（拿取物品），但是 h 聲母和 ãʔ、iãʔ韻的特殊關係在董同龢（1957）中便已被點出，在該文中的討論中已指出 Douglas（1873）《廈英大辭典》中 ãʔ、iãʔ韻的字除了一例接 s 聲母之外，其他都是接 h 母，並且說：「可以注意」。而討論 hãʔ（船靠岸）時又說：「這裡聲母是 h，後面又有鼻化元音」（該文 252 頁）。雖然沒有明確的指出「可以注意」些什麼，也沒有說明「聲母是 h，後面又有鼻化元音」這句話的意涵，但是可以推測他或許是覺得聲母 h 和鼻化元音

如果大膽假設它們的鼻化成份是來自聲母的同化作用，就可以分別併入 ɔ、au、iau、iʔ、eʔ、ueʔ、aʔ、iaʔ 等韻中，而不視作獨立韻母。

不過，本表爲了忠實呈現金沙方言的平面音韻表現，並不排除上述情況中的韻母，比如 iauʔ 韻，在語料中僅見於形容靜悄悄的「tsiŋ33＞11 tsiauʔ21＞52 tsiauʔ21」及形容硬梆梆的「tãi33＞11 kʰiauʔ21＞52 kʰiauʔ21」，但是在此表中仍然列出。這麼做是爲了避免平面共時的韻母表現被系統化的結果所隱蔽，而且只要能在這個方言（語言）中被用來溝通，就是一個實際存在於共時表現的韻母（或說音節），對於更深層的歷時音韻系統中該韻母是否獨立（或說有無來源、來源是否清楚）並不是本章關心的焦點。

接下來對韻母系統的語音稍作描述：

（一）元　音

1. i 與某些輔音韻尾結合時中間會有過渡音 ɨ 或 ə 出現，如 iᵊŋ、iᵊk，但是顯著程度因人而異，而且並沒有絕對不帶此過渡音的 iŋ、ik 與之對立，故無須另標。

2. e 的實際音值是介於〔e〕與〔ɛ〕之間的，但仍然較爲偏近〔e〕，故訂爲 e。

3. ə 的音值隨著聲母的發音部位前後不同而有些微差異，接舌根聲母時音值接近 ɤ 元音，而接舌尖聲母時舌位則會稍微前移，今寫爲 ə 有兩個原因：一是畢竟沒有 ɤ 與 ə 的對立，且舌位既然會前後游移不如就以央元音爲代表，二是因爲 ɤ 符號容易與一般用來表示舌根濁擦音的 ɣ 符號混淆，故本文以 ə 代表此元音。

4. a 元音若出現在 ian、iat 韻母中時，因爲受到後面的舌尖鼻音及塞音尾影響，而使元音高化，故實際音值是〔ɛ〕，讀如 iɛn、iɛt。

5. ɨ 元音的音值亦受到聲母發音部位的影響而有不同，如接舌根聲母時發音部位亦向後移，音值接近〔ɯ〕。

是有關係的（該文 248 頁）。張光宇（1989c）便以氣流換道（switch of out-going airstream channel）機制討論了次濁母在閩南白讀有讀爲 h 的現象，在演變過程中，便有「h 後接鼻化元音」這一階段。這並不是説 hiãʔ21（拿取物品）就必然來自次濁母字，不過至少從前人研究可以看出這種 h 聲母和次濁母（鼻音聲母）、鼻化成份之間是有一些關係的。

（二）介音、元音韻尾

1. i 作介音時音值與作主要元音時沒有什麼差異，但是作元音韻尾時發音部位就明顯的降低，如 ai、uai 兩韻中 i 的舌位就沒有作爲介音時來得高，應是受到前面低元音影響舌位降低所致。

2. u 作元音韻尾時，發音部位不如作爲介音及主要元音時來得高，如 au、iau 兩韻中 u 的發音部位便較低，原因同上。

另外，i、u 作爲元音韻尾，若遇到低聲調，有時會有弱化的情形，如「偷」tʰau55｜「透」tʰau11、「師」sai55｜「婿」sai11 兩組字中，「透」、「婿」二字的元音韻尾 i、u 便明顯較在「偷」、「師」中弱化。

（三）輔音韻尾、成音節鼻音韻

1. p、t、k 三個輔音作韻尾時和作聲母時的音值也稍有不同，作韻尾時並沒有明顯的除阻現象，因此音值不同於作爲音節起首時有明顯除阻的 p、t、k。

2. 喉塞尾 ʔ 常在連讀過程中失落。

3. ŋ 除了前接 h 聲母之外，與其他聲母搭配時會有過渡音 ɨ 或 ə 產生。顯著程度一樣是因人而異且無辨義作用，故本文一概不予標出。

2.3 聲調系統

漢語爲聲調語言，故聲調在漢語方言中具有別義作用，例如國語中「夫」、「符」、「輔」、「附」四個語詞唯一的區別就在聲調的差異。因此，一個「聲調」可說就是一個「音位」，我們稱之爲「調位」（toneme）或「調類」。

以這樣的辨義作用爲準，可以整理出金沙方言的單字調如下：

陰平	陽平	上聲	陰去	陽去	陰入	陽入
55	35	52	11	33	<u>21</u>	<u>55</u>

平調分三種，以本方言內的相對音高而言，可訂出最高音值的高平調 55，如「天」tʰĩ55｜「心」sim55〔註3〕，最低音值的低平調 11，如「氣」kʰi11｜「四」

〔註 3〕由於調值的描寫只能說是對本方言中的相對音高描寫，所以「天」、「心」的調高

si11，以及相對居中的中平調 33，如「卵」nŋ33｜「亥」hai33。

　　高降調，表現近似國語的高降調，在老年人口中爲 41，中青年人則爲 52，今訂爲 52。例字如：「祖」tsɔ52｜「走」tsau52｜「掌」tsiɔŋ52。

　　中升調，在老年人口中比國語的陽平調（35）稍低一些，可記爲 24 調；但在某些中青年人口中則較高，近乎國語 35 調，今統一訂爲 35 調，例字如：「黃」ŋ35｜「材」tsai35｜「泅」siu35。

　　低降促調，訂爲 21 的標準乃是與中平調字及低平調字相比而來，如「一」it21｜「鴨」aʔ21｜「角」kaʔ21，其聲調開端比中平調字「五」gɔ33｜「兩」nŋ33 的起首低，但是又比低平調字「四」si11｜「貝」pue11｜「半」puã11 的起首高一些，並且，又帶有明顯的下降，因此訂爲 21。

　　高促調的字除了受塞尾影響而收尾短促之外，與讀高平調的字如「三」sã55｜「賓」pin55 的調高一樣，故訂爲 55，例字如：「六」lak55｜「蜀」tsit55｜「及」kip55｜「石」tsioʔ55。

2.4　音節結構與限制

　　語言是一個有機的整體，其組成成分之間的關係並非隨意決定的，每一個語言都有它本身的組合規律，以漢語音韻角度而言，聲母、韻母、聲調的配合關係就是一種組合規律。本節分爲三個部分，2.4.1 是單音節聲韻調配合表，呈現語料中所有聲母、韻母、聲調之間可能的組合。2.4.2 說明金沙方言的音節結構。2.4.3 則說明音節中可能成分的結合限制。

2.4.1　單音節聲韻調配合表

　　這一小節將金沙方言的聲韻調配合情形製成簡表，凡是可以出現的配合情形，就在這種組合音節中選取其中一個作代表。每種音節的數目不一，有的音節在語料中甚至只出現一次，若須知道每個音節的同音數目，請參看附錄的同音字表。凡是有音無字、本字不明的音節都在表中以數字標示，並在表下加註，或雖有本字但意義不顯的則視情況說明。

　　　若與國語比較，其實略低，因此可以記爲 44，不過我們認爲只要不構成調類的相
　　混，用相對音高描寫便可。

	i					ɨ					e					ə				
	陰平	陽平	陰上	陰去	陽去	陰平	陽平	陰上	陰去	陽去	陰平	陽平	陰上	陰去	陽去	陰平	陽平	陰上	陰去	陽去
p pʰ b m	卑 披 微	脾 皮	比 疕 米	庇 屁	弊 鼻 未							爬	把 馬	壩	耙	飛	賠 皮 糜		配 尾	倍 被 妹
t tʰ l n	蜘 黐	池 苔	抵 恥 理	蒂 剃 ①	治 利	豬	鋤 驢	女		箸 呂	蔃	茶 啻	帝 體	替 禮	第 蛇 麗	胎	⑤ 螺	④ 儡	戴 退	袋
ts tsʰ s	脂 鰓 思	餈 佁 時	子 侈 死	志 試 四	舐 飼 是	書 舒 思	蜍 徐	煮 鼠 死	處 恕	自 序	渣 妻 西	齊	姊	債 世	寨 逝	炊	箠	晬 髓	脆 稅	坐
k kʰ g ŋ h	支 欺 ③ 希	旗 蟻 疑	己 起 擬 喜	記 氣 戲	忌 ② 義 耳	車 虛	漁 魚	舉 語 許	鋸	去	家 蝦	椵 芽	假	架	下 藝 夏	灰	瘸 和	果 火		過 貨
ø	醫	姨	椅	意	異	淤	余	飫		譽			啞		廈	鍋				禍

① li⁵ pʰua⁵ □破（撕破）

② kʰɨ⁶ kə³ □果（柿子）

③ tsʰio⁵ gi¹ gi¹ 笑□□（笑咪咪的樣子）

④ tə³ □（短）

⑤ tsʰau³ tʰə² 草□（除草用長鑱）

餈 tsi²，muã² tsi² 是一種糯米做的點心。餈，脂韻從母。說文曰：稻餅也。（楊秀芳 1991：38）

飫 ɨ⁵，形容肥肉很油膩。

	o 陰平	o 陽平	o 陰上	o 陰去	o 陽去	ɔ 陰平	ɔ 陽平	ɔ 陰上	ɔ 陰去	ɔ 陽去	a 陰平	a 陽平	a 陰上	a 陰去	a 陽去	u 陰平	u 陽平	u 陰上	u 陰去	u 陽去
p pʰ b m	波坡	婆無	保	報	暴抱磨	哺麩	蒲扶模	補普姥	布鋪	哺簿墓	巴拋	⑥麻	飽	豹帕			浮巫	殕母		婦霧
t tʰ l n	刀拖	逃桃羅	島討老	倒套①	道澇	都	徒塗爐	肚土努	妒兔	渡路	焦他		⑦	罩		蛛⑪		櫥⑩儒	拄乳⑫	⑨裕
ts tsʰ s	糟臊梭	槽②	棗草	躁糙鎖	座掃	租粗蘇		祖礎所	奏醋素	助	叉廝		早吵灑	詐		珠輸		主取	注	住趣
k kʰ g ŋ	糕	③鵝	果考	告課	傲	姑箍	糊吳	古苦	顧褲	誤	鉸骹	賈	酵		鱙⑧	龜區	⑬牛	久	句	舊臼遇
h		河	好		賀	呼	狐	虎	戽	戶		霞		孝	夏	夫	符	脯	富	腐
ø	④	蚵				烏	湖	⑤	惡	芋	阿			亞				羽	煦	有

① lo⁵ kʰa¹ □骹（腿長、人高），疑為「䠄」，《廣韻》那到切，「長貌」。但是金門多唸 lio⁵。
② si⁵ kue⁵ so² 四界□（漫無目的到處亂晃），楊（1991：45）疑為「趖」。
③ lo² ko²□□（耍賴、咾叨）
④ o¹ lo³□□（稱讚、誇獎）
⑤ ɔ³□（挖，挖耳朵、挖芋頭都可用）
⑥ pa²□（對父親的稱呼，如果是面稱多說 an³ pa²）
⑦ ta³□（哄小孩吃東西便對他說 ta³ ta³，也可以單用）
⑧ kʰa⁶□（門半開半掩）
⑨ tu⁶ si⁰□死（淹死）
⑩ tʰu³ tʰiɔk⁷□蓄（儲蓄）
⑪ lu¹□（直推向前）
⑫ lu⁵□（蹭、搓）
⑬ kʰu²□（蹲）

棺「樵」，kuã¹ tsʰa²（棺材）。樵，《廣韻》昨焦切，「柴也」。相關考證見李如龍主編：《漢語方言特徵詞研究》（廈門：廈門大學出版社，2001 年），頁 286。

sa¹ 表「互相」義，按李如龍的考證，為「廝」字。見李如龍（1996）《方言與音韻論集》（香港：香港中文大學中國文化研究所、吳多泰中國語文研究中心），頁 147～151。

	ia					io					iu					ui				
	陰平	陽平	陰上	陰去	陽去	陰平	陽平	陰上	陰去	陽去	陰平	陽平	陰上	陰去	陽去	陰平	陽平	陰上	陰去	陽去
p								錶	鰾								肥		沸	吠
pʰ							藻		票										⑭	屁
b							謀	秒												
m										廟										
t	爹						潮		釣	趙		綢	肘		軸	追			對	隊
tʰ						挑	跳				抽		丑		溜	梯	槌	腿		類
l			惹					瞭	①	尿	⑧	流	紐			⑮	雷			
n																				
ts	遮		姐	蔗		招	②	少	照		周		酒	咒	就	隹		水	最	瘁
tsʰ	車	斜	且	舍		③			笑	④	鬚	愁	手		樹	崔			碎	遂
s	賒	邪	寫		社	燒	⑤	小			收	泅	守	秀	受	荽	隨	水		
k			寄	崎	徛		橋		叫	轎	勾	球	九	究	舅	規	逵	鬼	貴	櫃
kʰ	敧	騎									邱	⑨	⑩		⑪	開			氣	
g		鵝				⑥						牛					危			僞
ŋ																				
h	桸		蟻				⑦				休	⑫	朽	⑬		妃	⑯	匪	費	慧
ø		爺	野		夜	腰	窩				優	油	友	幼	柚	威	圍	委	慰	位

① lio⁵□（腿長人高），疑爲「跳」，《廣韻》那到切，「長貌」，廈門則說 lo⁵。

② tsio²□（這裡）

③ kʰi³ tsʰio¹ 起□（動物發情）

④ tsʰio⁶□（用手電筒照亮暗處）

⑤ sio²□（因衰老或病痛而行動遲緩）

⑥ gio¹□（逗弄欺負）

⑦ hio²□（那裡）

⑧ tʰɔ² liu¹ 塗□（泥鰍）

⑨ kʰiu²□（小氣吝嗇）

⑩ kʰiu³□（拉、扯）

⑪ kʰiu⁶ tə⁵ tə⁵ □□□（很有彈性或是嚼勁）

⑫ mĩ² hiu² 棉□（棉襖），疑即「裘」字。

⑬ hiu⁵□（甩手，如洗完手後甩乾水分的動作）

⑭ pʰui⁵□（吐口水）

⑮ lui¹□（錢，指硬幣類的）

⑯ hui²□（泛指瓷器）

敧，《廣韻》去奇切，「一隻」，即單數。

	ue					ua					ai					au				
	陰平	陽平	陰上	陰去	陽去	陰平	陽平	陰上	陰去	陽去	陰平	陽平	陰上	陰去	陽去	陰平	陽平	陰上	陰去	陽去
p / pʰ / b / m	杯 批	陪	頓 買	輩 配	佩 賣		磨	簸	派		② ⑤	牌 眉	③ ④	拜 穗	敗	包	雹 袍	卵	炮	鮑
t / tʰ / l / n	釵	蹄 犂	底 筥	替 鑷	地 內	拖			帶 泰	大 汰 賴	篩	臺 來	淬	戴 太 ⑥	逮 待 利	兜 偷	投 頭 樓	斗 敨	晝 透 ⑦	豆 毒 漏
ts / tsʰ / s	初 梳	齊	洗	細	罪	沙	蛇	紙 徙	蔡 世	誓 ①	栽 猜 師	臍 裁	宰 彩 駛	再 菜 賽	在 祀	糟 操 ⑧	曹 嘈	走 草	竈 臭 嗽	
k / kʰ / g / ŋ	雞 溪	膎	改	界 契		歌 誇		可 我	芥 艤	外	該 開		解 楷	介 慨 礙		交 薅	猴	狗 口 ⑨	教 哭	厚
h	花		悔	廢	繪	花	華		化	瓦	咍	孩	海		害			吼	孝	效
ø	挨	鞋	矮		話	娃	何	倚			哀			愛		甌	喉	拗	⑩	後

① tsʰua⁶ □（娶）
② hiau¹ pai¹ □□（驕傲不可一世貌）
③ tsit⁸ pai³ 蜀□（一次），疑即「擺」字。
④ pʰai³ □（壞、不好）
⑤ tsi¹ bai¹ □□（女性生殖器）
⑥ tʰai³ ko¹ □□（痲瘋病、癩病）
⑦ lau³ tioʔ⁰ □著（扭傷）
⑧ sau¹ siã¹ □聲（聲音沙啞）
⑨ tsin¹ gau² 眞□（眞屬害，指某方面能力很好），楊秀芳（1991：65）疑此字為「勢」，《廣韻》胡刀切，「俊健」。
⑩ au⁵ 氣味難聞、人品差

	iau					uai					ĩ					ã				
	陰平	陽平	陰上	陰去	陽去	陰平	陽平	陰上	陰去	陽去	陰平	陽平	陰上	陰去	陽去	陰平	陽平	陰上	陰去	陽去
p	標		表								邊	平	扁	變	病					
pʰ	飄			漂							篇			片						⑪
b			苗	秒	妙															
m											⑦	瞑		麵		麻		馬	⑫	罵
t	朝	條		吊	調							甜	纏		鄭	擔		膽	擔	
tʰ	刁	①		跳	柱						添		⑧					⑬		
l		燎	了		料															
n											⑨	年		染			籃	欖		燄
ts	招	②	沼	照							晶	錢	井	諍						
tsʰ	超	③	悄	笑							青		醒							
s	消	④	⑤	少	紹						生			扇	鹽	三				
k	嬌	僑	攪		⑥	乖		柺	怪		庚	舷		見		監	衒	敢	酵	
kʰ	蹺		巧	翹					快		坑	鉗				柑				
g		堯																		
ŋ															硬			雅		
h	驍	姣	曉				淮							⑩	硯					⑭
ø	妖	窯	夭	要	耀	歪					嬰	圓		燕	院			⑮	⑯	鎌

① tʰiau² a³ □囝（粉刺）

② tsiau² un² □□（事物全部備妥，如祭拜時供品香燭都準備好了），周長楫（1995：174）
認爲此字爲「穧」,《集韻》慈焦切,「一曰衣齊好」。

③ tsʰiau² □（協商溝通，或指調整物品位置），金沙方言多說 tsʰau²，但亦用 tsʰiau²。

④ siau² □（精液）

⑤ siau³ kau³ □狗（瘋狗）

⑥ kiau⁶ □（將上鎖的門、箱子撬開，或是以中指罵人）

⑦ mĩ¹ □（握拳）

⑧ tʰĩ³ kʰui¹ □開（眼睛張開），或曰「展」。

⑨ tsʰiũ⁶ nĩ¹ kʰuan² 橡□環（橡皮筋）

⑩ hĩ⁵ tiau⁶ □掉（丟掉），或曰「獻」。

⑪ pʰã⁶ □（質地空泛不實）

⑫ ɔ¹ mã⁵ mã⁵ 烏□□（很黑的樣子）

⑬ pʰɔ² tʰã³ 扶□（巴結討好）

⑭ hã⁶ □（門半開半掩）

⑮ ã³ □（偏袒），疑即「揜」字,《廣韻》烏敢切,「手揜物也」。

⑯ ã⁵ □（彎下腰或彎下頭來）

舷,《集韻》曰「船邊也」。楊秀芳（1991：71）認爲此字爲 kĩ²（器物邊緣）之本字。

	ɔ̃					iã					iũ					uĩ				
	陰平	陽平	陰上	陰去	陽去	陰平	陽平	陰上	陰去	陽去	陰平	陽平	陰上	陰去	陽去	陰平	陽平	陰上	陰去	陽去
p pʰ b m	摸	毛		冒		兵 骿	平 坪 名	餅	摒	命							梅	每		
t tʰ l n						聽	庭 程 娘	鼎 領	②	定	張	場 樑	長 兩	脹	丈 讓					
ts tsʰ s						正 聲	情 成 城	饗 請 ③	正 倩 聖	盛	漿 昌 相	嘗 牆 瘍	槳 搶 賞	醬 唱 相	癢 橡 尚					
k kʰ g ŋ h		午		悟		驚 兄	行 迎 燃	囝	鏡	件 艾	薑 腔 鄉		④			關	橫		⑥	
ø	①					纓	營	影		颺	鴦	羊	⑤		樣					

① ɔ̃¹ 哄嬰兒睡覺
② tʰiã⁵ sioʔ⁷ □惜（疼惜）
③ siã³（什麼？）
④ ŋiũ³ □（扭動）
⑤ iũ³ tsui³ □水（舀水）
⑥ huĩ⁵ bak⁸ □目（眨眼睛）

	uã					ãi					ãu					iãu				
	陰平	陽平	陰上	陰去	陽去	陰平	陽平	陰上	陰去	陽去	陰平	陽平	陰上	陰去	陽去	陰平	陽平	陰上	陰去	陽去
p	搬	盤		半	拌			③												
pʰ				販	伴															
b																				
m		鰻	滿								⑥									
t	單	壇		旦	誕										模					
tʰ			鏟	炭																
l																				
n		攔	鐓	①	爛							腦			耐	⑦		⑧		
ts	煎	泉	盞	濺			前	指												
tsʰ	簙		癬	串					笑											
s	山		散	傘																
k	乾	寒	趕	觀	汗	間			揀											
kʰ			款	看					④											
g																				
ŋ								眼							藕	⑨				
h	歡	②			岸		⑤													
ø	安		碗	晏	換		閑													

① nuã^5 □（在地上翻滾耍賴）

② huã^2 □（打鼾、打鼾聲），疑即「鼾」字。

③ kʰun^5 pãi^3 pʰak^7 □□覆（趴著睡）

④ kʰãi^5 □（用肩膀撞）

⑤ hãi^2 piã^3 □餅（訂婚時送餅給親朋的習俗）

⑥ mãu^1 □（用拳頭搥）

⑦ niãu^1 □（貓）

⑧ niãu^3 tsʰɨ^3 □鼠（老鼠）

⑨ ŋiãu^1 □（搔人癢）

「鐓」，nuã^3 mĩ^6 □麵（揉麵團），楊秀芳（1991）考證認爲其本字是「鐓」。詳見楊秀芳：《台灣閩南語語法稿》（台北：大安出版社，1991年），頁82。

	uãi					im					am					iam				
	陰平	陽平	陰上	陰去	陽去	陰平	陽平	陰上	陰去	陽去	陰平	陽平	陰上	陰去	陽去	陰平	陽平	陰上	陰去	陽去
p pʰ b m																				
t tʰ l n						沉	林	忍	③	任	耽貪⑥	談譚南	膽覽	擔探⑦	淡濫	砧添	沈恬廉	點染	店⑨	沈念
						④														
ts tsʰ s					①	斟深心	蟳尋尋	枕沈	浸⑤	甚	針參三	慚	斬慘	鏨鬖	站	尖籤	潛尋	閃	占滲	漸
k kʰ g ŋ h	②	懸橫	稈	慣	縣	金欽歆	琴吟熊	錦錦	禁	妗	柑龕蚶⑧	含癌	感砍	鑑橄顑	憾	兼謙	鹹鉗嚴嫌	減儼險	劍欠喊	儉驗
ø						音	淫	飲	廕		庵		飲	暗	頷	閹	鹽		厭	豔

① suãi^6 a^3 □囝（芒果），或作「檨」。

② i^3 a^3 kuãi^{1}椅囝□（椅腿間橫木）

③ tim^5 tʰau^2□頭（點頭）

④ lim^1 te^2□茶（喝茶）

⑤ sim^5□（上下搖晃，如吊橋橋面顛晃）

⑥ lam^1□（披衣服在身上）

⑦ lam^5□（用力踩踏）

⑧ gam^1□（人很傻笨）

⑨ liam^5 tsʰai^5□菜（揀菜準備烹煮）

歆，him^1 sian^{6}歆羨，見楊秀芳（1991：91）。

鏨，蓋（鍋蓋、印章等物），李如龍（2001b：332）《集韻》口陷切，「鏨，物相值合」本義應是器皿的蓋閉合，在閩語義有引申。

顑，臉浮腫貌。

	in					un					an					ian				
	陰平	陽平	陰上	陰去	陽去	陰平	陽平	陰上	陰去	陽去	陰平	陽平	陰上	陰去	陽去	陰平	陽平	陰上	陰去	陽去
p	賓	貧		鬢		分	噴	本	糞	笨	班		板		辦	鞭		⑪	遍	辯
pʰ		①	品			潘	盆	刌			攀	瓶		盼		偏			騙	
b																				
m		眠	②		面		文		刎	問		蠻	挽		萬		眠	免		面
t		塵		鎮	陣	敦		盾	頓	鈍	釘	陳	等	旦	但	顚		典	振	電
tʰ		③		趁		吞	唇				蟶		毯	趁			天			
l	④	仁	⑤	⑥	認	⑨	倫	忍		閏		鱗	⑩		爛	⑫	蓮	碾		練
n																				
ts	眞	秦	診	晉	盡	尊	船	準	俊	陣	曾	層	盞	贊	棧	煎	前	剪	戰	賤
tsʰ	親		清	信	慎	伸	存	筍	寸		餐	殘		燦		遷	蟬	淺	搧	
s	新	神				孫			舜	順	山		產	散		仙		癬		善
k			緊			斤	裙	滾	棍	近	奸		簡	幹		堅		繭	建	健
kʰ			⑦			坤	芹	墾	困							牽	乾	犬	⑬	
g					⑧		銀	阮				顏	眼		雁		言	研	⑭	
ŋ																				
h		眩			恨	分	雲	粉	訓	恨		寒	罕	漢	翰	掀	弦	顯	獻	現
ø	因	寅	引	印	孕	恩	勻	允	搵	運	安	絚		案	限	煙	緣	演	宴	

① tʰau² pʰin² pʰin² 頭□□（暈醉狀）
② kʰi³ bin³ 齒抿（牙刷）
③ tʰin² tsiu³ □酒（斟酒）
④ lin¹ tsui³ □水（乳汁）
⑤ lin³ □（你們）
⑥ lin⁵ □（小孩在地上打滾）
⑦ kʰin³ □（水很淺）
⑧ gin⁶ □（討厭、厭恨）
⑨ lun¹ □（伸出頭、鑽人跨下、把手快速縮回）
⑩ lan³ □（我們）
⑪ pian³ sian¹ □仙（騙子）
⑫ hue¹ lian¹ kʰɨ⁵ 花□去（花朵枯萎）
⑬ kʰian⁵ pʰaŋ¹ □芳（爆香）
⑭ gian⁵ lim¹ tsiu³ □□酒（愛喝酒，到了有些上癮的地步）

絚，an² 形容物品綁得緊，如鞋帶。

噴，pun² laʔ⁸ tsik⁷，噴蠟燭。李如龍（2001b：292）：《集韻》步奔切，「噴，吐也」。閩語多用爲吐氣、吹氣。

聲母	uan 陰平	uan 陽平	uan 陰上	uan 陰去	uan 陽去	iŋ 陰平	iŋ 陽平	iŋ 陰上	iŋ 陰去	iŋ 陽去	aŋ 陰平	aŋ 陽平	aŋ 陰上	aŋ 陰去	aŋ 陽去	ɔŋ 陰平	ɔŋ 陽平	ɔŋ 陰上	ɔŋ 陰去	ɔŋ 陽去
p	般	盤		半	叛	冰	平		柄	病	幫	房	綁	放	縫		旁	榜	謗	⑪
pʰ	潘			判			蘋		聘		蜂	篷	紡			豐	膀	捧	胖	⑫
b								猛												
m		瞞	滿				明			孟		芒	蠓		望		亡	網	妄	望
t	端	團	短	斷	綴	丁	庭	頂	訂	定	東	同	董	凍	動	當	堂	黨	棟	動
tʰ	湍	團		鍛	篆	廳	程	寵	聽		通	蟲	桶			湯		統	痛	⑬
l		鸞	軟		亂		龍	冷		令			攏		弄	⑭	⑮	朗		浪
n																				
ts	專	泉	轉	鑽	撰	春	情	腫	證	靜	椶	叢	總	糭		宗		總	葬	
tsʰ	川	①	喘	篡	②	千			秤	⑤	蔥		⑦	鬆		倉	床		創	
s	宣	旋	選	蒜		先	成	省	性	盛	鬆	⑧		送		霜	⑯	爽	宋	⑰
k	官	權	管	罐	倦	弓	窮	耿	供	競	公	⑨	港	降	共	光	狂	講	貢	
kʰ	寬	環		勸		卿	瓊	肯	慶	⑥	空			控		康		慷	曠	⑱
g		原	阮		願		迎	研		硬					⑩			昂		⑲
ŋ																				
h	番	煩	反	販	犯	胸	形		興	幸	烘	降			巷	風	皇	訪	放	奉
ø	彎	元	遠	怨	援	英	榮	湧	應	用	翁	紅		甕		汪	王	枉	甕	旺

① tsʰuan² □（準備所需物品）

② tsʰuan⁶ si³ □死（就算），如：〜〜也要跟他拚命。（廈門則讀 tsʰun⁶ si³）

③ ka¹ liŋ¹ 鵁□（八哥鳥）

④ liŋ⁵ □（兩足蹬地向上跳）

⑤ tsʰiŋ⁶ sã¹ □衫（穿衣）

⑥ kʰiŋ⁶ □（彩虹）

⑦ lu² tsʰaŋ³ tsʰaŋ³ 挐□□（如亂麻般毫無頭緒）

⑧ bo² saŋ² 無□（不同），saŋ² 應為合音詞。

⑨ kaŋ² kʰuan³ □款（一樣）

⑩ gaŋ⁶ gaŋ⁶ □□（人呆楞）

⑪ pɔŋ⁶ sim¹ □心（蘿蔔失水而中空）

⑫ pʰɔŋ⁶ sɔŋ¹ □鬆（蓬鬆貌）

⑬ tʰɔŋ⁶ □（緩緩前行）

⑭ lɔŋ¹ □（套手套這類動作）

⑮ lɔŋ⁵ piaʔ⁷ □壁（撞到牆壁）

⑯ sɔŋ² □（土氣、不合潮流）

⑰ sɔŋ⁶ □（鴨子在水中慢慢划行）

⑱ kʰɔŋ⁶ kʰiaŋ¹ □□（不穩健、弱不禁風）

⑲ gɔŋ⁶ □（愚笨）

鬆，tsʰaŋ⁵ tsʰiu¹「鬆鬚」，鬍鬚凌亂貌。《集韻》去聲「鬆」曰「髮亂貌」，見楊秀芳（1991：109）。

	iaŋ					iɔŋ					uaŋ					m̩				
	陰平	陽平	陰上	陰去	陽去	陰平	陽平	陰上	陰去	陽去	陰平	陽平	陰上	陰去	陽去	陰平	陽平	陰上	陰去	陽去
p pʰ b m	①				②															
t tʰ l n		涼		③		忠衷	重蟲	長寵良	中暢釀	丈諒										
ts tsʰ s	漳雙	腸	掌	將唱	④	終衝商	從牆詳	獎廠賞	將縱相	狀匠上										
k kʰ g ŋ	⑤⑥⑧			⑦⑨		薑姜	強	仰	供恐	共勥										
h						鄉	雄	響	向		風						⑫			
ø					⑩	央	陽	勇	映	用	⑪						⑬	⑭		⑮

① pʰin^1 pʰin^1 pʰiaŋ^1 pʰiaŋ^1 □□□□（物品碰撞之聲）

② tua^6 pʰiaŋ^6 大□（塊頭大）

③ tiaŋ^5 a^0（誰啊？應門時說）

④ tsʰiaŋ^6 tsʰiaŋ^6 kun^3 □□滾（水沸騰貌）

⑤ tua^6 kiaŋ^1 大□（大碗公）

⑥ kʰiaŋ^1 □（杯碗等碰撞聲）

⑦ kʰiaŋ^5 kʰa^1 □骹（精明能幹）

⑧ giaŋ^1 □（鈴聲）

⑨ giaŋ^5 ge^2 □牙（暴牙）

⑩ iaŋ^6 gin^3 a^3 □囝囝（背嬰孩）

⑪ uaŋ^1（狐群狗黨的量詞）

⑫ hm^2 laŋ^2 □儂（媒人）

⑬ hue^1 m^2 花□（蓓蕾）

⑭ a^1 m^3 阿□（伯母）

⑮ m^6 tʰaŋ^1 □通（不行、不可以）

	ŋ̍ 陰平	陽平	陰上	陰去	陽去	iʔ 陰入	陽入	eʔ 陰入	陽入	əʔ 陰入	陽入	aʔ 陰入	陽入	oʔ 陰入	陽入	uʔ 陰入	陽入	iaʔ 陰入	陽入
p pʰ b m	方	門	本 晚		飯 問	鱉 覕		伯 篋	白 ⑥ 脈	⑩		百 拍		駁 粕	薄	⑯		壁 僻	㉑
t tʰ l n	湯 ①	腸 糖 瓤	轉 軟	當	丈 兩	滴	④ 裂	笮	宅 ⑦	⑪		答 塔	踏 沓 臘	桌	⑬ 落	⑰ 禿	⑱ ⑲	摘 剔 跡	糴 搦
ts tsʰ s	妝 瘡 霜	全 床 ③	② 損	鑽 算	狀	摺 薛	舌 ⑤	冊	⑧ 蝕	啜 雪	絕 踅	挾 插	閘 煠	作 ⑭ 索	昨	嗽		隻 赤 ㉒	食 石
k kʰ g ŋ	光 糠		管 囥	鋼		缺		隔 客	⑨	郭 缺	月	甲 ⑫		⑮			⑳	揭 ㉓	屐 額
h	昏	園			遠			嚇						脅	鶴				額
ø	央	黃	碗		向					嗌		鴨	盒	惡	學			㉔	蝛

① nŋ^1 lip^8 kʰɨ^5 □入去（舉凡伸出頭手、鑽人跨下等動作）

② tsʰŋ^3 kut^7 tʰau^2 □骨頭（用舌齒剔下骨頭上的肉食用）

③ laŋ^2 sŋ^2 籠床（蒸籠）

④ li^3 tiʔ^8 m^6 tiʔ^8？汝□□□？（你想不想要（這個東西）？）

⑤ tsʰiʔ^8 loʔ^0 kʰɨ^0 □落去（按下去），比如按壓圖釘的動作

⑥ pʰeʔ^8 □（肥皂泡沫）

⑦ leʔ^8 leʔ^8 kio^5 □□叫（震耳欲聾的聲音）

⑧ pʰua^5 tsʰeʔ^8 siã^1 破□聲（破鑼嗓子）

⑨ keʔ^8 keʔ^8 kio^5 □□叫（如雞叫的嘈雜聲）

⑩ bəʔ^7 tʰɔ^5 □吐（想要（即將要）吐）

⑪ ləʔ^7 tsʰai^5 □菜（用手指捏菜餚送入口中，指不正經或調皮的偷吃舉動）

⑫ pi^3 li^3 koʔ^7 kʰaʔ^7 pui^2 比汝□□肥（比你還要胖）

⑬ tʰian^1 tʰoʔ^8 □□（做事慢悠悠，不經心貌）

⑭ tsʰoʔ^7 laŋ^2 □儂（用低俗語辱罵他人）

⑮ 見⑫

⑯ puʔ^7 ge^2 □芽（植物發芽）

⑰ tuʔ^7 ku^1 □□（打瞌睡）；tʰau^2 tuʔ^7 tuʔ^7 頭□□（頭垂低低的）

⑱ tuʔ^8 laŋ^2 □儂（用手指戳人）

⑲ laŋ^2 tʰuʔ^8 tʰuʔ^8 儂□□（人不愛說話）

⑳ kuʔ^8 □（小火久燉）

㉑ tsʰut^7 pʰiaʔ^8 出□（發麻疹）

㉒ siaʔ^7 kə^3 tsi^3 □果子（削水果），疑即「削」字。

㉓ giaʔ^7 □（用針等物品將卡在皮膚中的異物挑出，比如木刺）

㉔ iaʔ^7 kʰaŋ^1 □空（挖洞）

嗌，pʰaʔ^7 əʔ^7 拍嗌（打嗝），《廣韻》乙劣切，「逆氣」。

笮，teʔ^7 tiã^6 笮定（訂親），此字考證見徐芳敏《閩南方言本字與相關問題探索》（台北：大安出版社，2003年），頁83～91。

	io?		ui?		ue?		ua?		au?		iau?		ĩ?		ẽ?		ã?		iã?	
	陰入	陽入	陰入	陽入	陰入	陽入	陰入	陽入	陰入	陽入	陰入	陽入	陰入	陽入	陰入	陽入	陰入	陽入	陰入	陽入
p				拔	八		撥	跋												
pʰ							潑	⑤		雹										
b							抹	末	⑪	⑫										
m														⑱						
t	著	著					⑥	⑦	⑬	⑭										
tʰ						③	脱													
l		略			笠		⑧	熱	落	落										
n															躡	捏	㉑			
ts	借	石			節	截		⑨			⑯									
tsʰ	尺	席			切		掣	⑩												
s	惜	①			楔		煞													
k	腳						割		⑮											
kʰ	撫			劃	盻	④		闊			⑰									
g																				
ŋ															⑲	⑳				
h	②	箸	血				喝	伐	蔽										㉒	
ø	蕈	藥	抉				狹	活												

① kʰa^1 sio?^{8} 骹□（腳汗），或曰即「液」字，喻四字有讀 s 聲母的情形，如蠅 sin^2、翼 sit^8。

② hio?^{7} kʰun^5 □□（休息），或曰前字爲「歇」。

③ tʰue?^{8} mŋ?^{8} kiã^6 □□件（拿東西）

④ kʰue?^{8} am^2 kun^3 □顲□（用雙手虎口處掐人脖子）

⑤ pʰua?^{8} kʰa^1 □骹（腿橫架上去）

⑥ tiũ^1 tua?^{7} 張□（賭氣）

⑦ kʰi^5 tua?^{8} tua?^{8} 氣□□（氣呼呼的樣子）

⑧ lua?^{7} iam^2 □鹽（用鹽巴抹擦）

⑨ ka^1 tsua?^{8} □□（蟑螂）

⑩ tsʰua?^{8} □（歪斜不直）

⑪ bin^6 bau?^{7} bau?^{7} 面□□（臉頰凹陷的樣子）

⑫ bau?^{8} hə^5 tue^3 □貨底（剩下的貨物全買了）

⑬ tãi^6 tau?^{7} 模□（硬朗）

⑭ kʰo^3 tau?^{8} tau?^{8} 洘□□（非常乾稠的樣子，如煮粥水放太少）

⑮ lun^6 piã^3 kau?^{7} 潤餅□（春捲），凡用平面物體包覆其他物體，都可用 kau?^{7}。

⑯ tsiŋ^6 tsiau?^{7} tsiau?^{7} 靜□□（靜悄悄）

⑰ tãi^6 kʰiau?^{7} kʰiau?^{7} 模□□（硬梆梆）

⑱ mĩ?^{8} pʰə^5 kiam^2 □配鹹（下飯的小菜）；mĩ?^{8} kiã^6 □件（東西），疑即「物件」。

⑲ ŋẽ?^{7} tsʰai^5 □菜（用餐時夾取菜餚）

⑳ ŋẽ?^{8} □（將物品夾在腋下）

㉑ tʰau^2 mŋ^2 nã?^{7} nã?^{7} 頭□□□（髮型塌陷）

㉒ hiã?^{7} sã^1 □衫（拿取衣物、木材等，通常有一定數量）

切，怨恨，uan^5 tsʰue?^{7} 怨切，即怨歇。

	uẽʔ		ip		ap		iap		it		at		ut		iat		uat		ik	
	陰入	陽入	陰入	陽入	陰入	陽入	陰入	陽入	陰入	陽入	陰入	陽入	陰入	陽入	陰入	陽入	陰入	陽入	陰入	陽入
p pʰ b m									筆 匹	蜜	④ ⑥	⑤ 密	不	佛 物	瞥	別 滅	鉢 潑 抹	拔 末	逼 魄	白 脈
t tʰ l n				立	答 塔 拉	納	帖	蝶 疊 粒	得	直 日	窒	達 力	⑦	突 律	哲 撤	迭 烈	綴	奪 辣	竹 畜	特 綠
ts tsʰ s			執 淫	集 習		雜	接 妾 澀	捷 涉	質 七 失	疾 實	節 漆 蝨	賊	卒 出 戍	秫 術	節 設	截 舌		絕 雪	燭 測 色	寂 熟
k kʰ g ŋ h	①	②	急 吸 熻	及	合 磕 合		劫 脅	業 協	乞 ③		結 剋	轄	骨 窟 忽	⑧ 掘 佛	結 ⑨ 血	傑 孽 穴	決 缺 發	月 罰	激 曲 黑	局 玉 肉
ø			揖		壓	盒	揜	葉	乙	逸	遏		熨	聿	謁	⑩	斡	越	億	域

① ŋuẽʔ^7 tsʰai^5 □菜（用餐時夾取菜餚）
② ŋuẽʔ^8 □（將物品夾在腋下）
③ hit^7 e^2 □□（那個）
④ pat^4 li^6 e^0 □字□（識字的）
⑤ pat^8 laŋ^2 □儂（別人）
⑥ 是④聲母濁化的變讀，如 bat^4 lai^2 □來（曾經來過）
楊秀芳（1991：99）認爲此字爲「別」，《廣韻》方別切「分別」，皮列切「異也，離也」。閩南也有陰陽二調異讀。pat^{4}是熟識能分別之意，虛化後表示「曾經」。pat^{8}爲「另外、其它」之意。亦有其他學者如周長楫（1998：362）認爲此字是「八」。
⑦ tʰut^8 kʰu^6 □臼（脫臼）
⑧ tua^6 kʰut^8 大□（大衣）
⑨ kʰiat^7 hə^3 pai^2 □火牌（劃火柴）
⑩ iat^8 tsʰiu^3 □手（招手）
斡，《廣韻》「轉也」。uat^7 tsiã^5 tsʰiu^3 斡正手（往右轉），見楊秀芳（1991：104）。

	ak 陰入	ak 陽入	ɔk 陰入	ɔk 陽入	iak 陰入	iak 陽入	iɔk 陰入	iɔk 陽入	mʔ 陰入	mʔ 陽入	ŋʔ 陰入	ŋʔ 陽入
p	剝	縛	卜	薄		③						
pʰ	覆	曝	博	瀑		④						
b		墨		木								
m												⑩
t	①	逐	篤	毒		⑤	築	逐				
tʰ		讀	託	讀			蓄					
l	落	六		鹿				辱				
n												
ts	齪	族	作	濁		⑥	足					
tsʰ		鑿	簇	戳			鵲					⑪
s	②		束		⑦		叔	蜀				⑫
k	菊		國				菊	局				
kʰ	麴		酷				曲					
g		樂		鄂				玉				
ŋ												
h		學	福	服					⑧	⑨		
ø	沃		惡				約	育				

① tak⁷ tsʰui⁵ kɔ³ □喙鼓（抬槓聊天）
② sak⁷ to³ □倒（把人推倒在地）
③ piak⁸ 物品破裂聲
④ pʰiak⁸ □（由上往下快速揮打）
⑤ tiak⁸ tsʰiu³ □手（用拇指和中指打楫子，會發出清脆聲響）
⑥ tsiak⁸ □（水濺起）
⑦ siak⁷ loʔ⁰ lai⁰ □落來（摔下來）
⑧ hmʔ⁷ laŋ² □儂（打人，強調快速的感覺）
⑨ hmʔ⁸ hmʔ⁸ □□（人陰沉不出聲）
⑩ mŋʔ⁸ kiã⁶ □件（東西）
⑪ tsʰŋʔ⁸ tsʰŋʔ⁸ kio⁵ □□叫（啜泣聲）
⑫ sŋʔ⁸ sŋʔ⁸ kio⁵ □□叫（帶著鼻涕的呼吸聲）

2.4.2 音節結構

　　從前一節的平面語音紀錄作歸納，可初步得出金沙方言的音節結構如下：

$$(C)(M)V(E_1)(E_2)$$

V 代表所有的主要元音及成音節鼻音，C 代表聲母，M 表示介音，E_1 表示元音性的韻尾，E_2 表示輔音性的韻尾。這樣的音節結構無法顯示出在一串音段結合時才會出現的上加成素（suprasegmental），因此自然無法表示聲調。

　　依此音節結構，金沙方言的音節組合情形有如下十四種：

V：　　　　「烏」ɔ55｜「雨」u52｜「有」u33｜「蚵」o35

CV：　　　「哥」ko55｜「火」hə52｜「豬」ti55｜「禮」le52

MV：　　　「爺」ia35｜「矮」ue52｜「倚」ua52

VE₁：　　「愛」ai11｜「歐」au55

VE₂：　　「暗」am11｜「王」ɔŋ35｜「惡」ɔk21｜「過」at21｜
　　　　　「鴨」aʔ21

CMV：　　「柯」kua55｜「寫」sia52｜「街」kue55

MVE₁：　　「妖」iau55｜「歪」uai55

MVE₂：　　「揖」iap21｜「活」uaʔ44｜「育」iɔk44｜「冤」uan55｜
　　　　　「炎」iam35

CVE₁：　　「來」lai35｜「教」kau11

CVE₂：　　「南」lam35｜「狂」kɔŋ35｜「骨」kut21｜「角」kaʔ21

CMVE₁：　「數」siau11｜「曉」hiau52｜「怪」kuai11｜「快」kʰuai11

CMVE₂：　「款」kʰuan52｜「中」tiɔŋ55｜「石」tsioʔ44｜
　　　　　「缺」kʰuat21

CVE₁E₂：　「□」bauʔ21（凹陷貌）｜「□」bauʔ44（整批買）｜
　　　　　「□」kauʔ21（裹、包覆）｜「□」tauʔ44（乾稠貌）｜
　　　　　「雹」pʰauʔ44｜「歞」hauʔ21（物體表面剝落）

CMVE₁E₂：「□」kʰiauʔ21（堅硬貌　tãi33＞11　kʰiauʔ21＞52
　　　　　kʰiauʔ21）｜「□」tsiauʔ21（寂靜貌 tsiŋ33＞11　tsiauʔ21
　　　　　＞52　tsiauʔ21）

從音節結構可看出一個音節至少要有一個主要元音，而聲母、介音、韻尾則可

以不出現；其中可以作介音及元音性韻尾的只有 i、u 兩個高元音，輔音性韻尾包含鼻輔音 m、n、ŋ 及塞輔音 p、t、k、ʔ [註4]。另外，雖然任何音節都需要有一主要元音，但是少數鼻音可以直接當作音節的核心，因此性質上類似主要元音。例如「央」ŋ55、「黃」ŋ35、「花□」hue55 m35（花苞）。

不過，如果把 $(C)(M)V(E_1)(E_2)$ 這個結構中的每一項成份排列組合，理應有十六種組合情形，但是上面只有十四種。因為有兩種組合並不出現在實際語料中，另有兩種組合雖有出現，但字數極少，且泰半是擬態擬聲的譬況詞。為了方便下文討論，我們將這四種結構一併列出如下：

1. VE_1E_2：

   未出現

2. MVE_1E_2：

   未出現

3. CVE_1E_2：

   「蔽」hauʔ21（物體表面剝落）

   「雹」pʰauʔ44（冰雹）

   「落」lauʔ21

   「□」bauʔ44（整批一次買）

   「□」kauʔ21（裹、包覆）

   「□」bauʔ21（臉頰凹陷說 bin33　bauʔ21＞52　bauʔ21）

   「□」tauʔ44（乾稠貌 kʰo52＞13　tauʔ44＞11　tauʔ44）

   「□」tauʔ21（硬實貌 tãi33＞11　tauʔ21）

4. $CMVE_1E_2$：

   「□」kʰiauʔ21（硬梆梆 tãi33＞11　kʰiauʔ21＞52　kʰiauʔ21）

   「□」tsiauʔ21（靜悄悄 tsiŋ33＞11　tsiauʔ21＞52　tsiauʔ21）

其間的共同點很容易察覺：他們都是 E_1 與 E_2 需一起出現的音節結構，從窮舉於上的 E_1E_2 結合例可以發現，這種結構中的 E_1 只有 u 元音一種，而 E_2 則限定為喉塞尾。相較於在上一小節的音節結構組合情形中，E_1 可以有 i、u 兩種

[註4] 此處僅就音節結構中每一部份可以出現的音位作粗略介紹，詳細的實際結合限制情形詳見 2.4.3 節「音位結合限制」的討論。

元音、E₂ 則包含 m、n、ŋ、p、t、k、ʔ七種輔音韻尾的情況而言，這種 E₁E₂ 並列的結構顯然有相當的侷限性。

除了帶有相當的侷限性，這些韻母幾乎都有著不帶喉塞尾的又讀，例如：

「潤餅□」末音節可讀 kauʔ21，或 kau11

「□」（全部買下）可讀 bauʔ44，或 bau33

「雹」可讀 pʰauʔ44，或 pʰau55

「蔌」（物體表面剝落）可讀 hauʔ21，或 hau11

這個現象在董同龢（1957：250～251）的研究中也被提出過，許多在 Douglas （1873）的《廈英大辭典》中隸屬於 auʔ、iauʔ 兩個韻母的音節，在董同龢該文的調查中也是不帶喉塞尾的。他並且提出懷疑，認為這種歧異可能顯示語音有變或是歸類有誤。

我們以為這個情形顯示語音有變的可能性比歸類有誤的可能性大一些。因為如果是單純的歸類有誤，也就是原本沒有喉塞尾的音節被歸入有喉塞尾的音節，那可能無法解釋為何這種歸類有誤的情形如此密集的集中於 auʔ、iauʔ 兩個韻母。

如果從語音有變的情形來思考，這個現象倒是不約而同出現在林連通 （1993）的《泉州市方言志》與周長楫（1998）的《廈門方言辭典》中，比如：

《泉州市方言志》

「□」（包攬之意）可讀 pauʔ8（全部買下）或 pau1（包工）

「□」（折：拗）可讀 auʔ7（折紙）或 au3（折也）

《廈門方言辭典》

「□」（包攬）可讀 bauʔ8（貨物全買、包攬工程）或 bau6（同前）

「□」（彎曲 [註5]）可讀 kʰiauʔ8 或 kʰiau1

從一般語音演變的情形來看，我們不好說這是從 au、iau 憑空產生喉塞尾，否則不能解釋為何陰聲韻中屬於 au、iau 韻母的字，不也產生一個帶喉塞尾的又讀。因此，這個演變應該是 auʔ、iauʔ 逐漸脫落了喉塞尾所造成的。

〔註 5〕kʰiauʔ8 一讀不見於辭典詞條，但在該書篇前引論部分「同音字表」中有此音節，意義即為「彎曲」。

至於爲什麼這樣的音節結構會將末尾的喉塞尾脫落？我們懷疑可能是由於 VE_1E_2 這種結構對閩南方言而言是一種較爲特殊的音節結構，其出現情形僅限 E_1 是 u 元音、E_2 爲喉塞尾時。這種侷限性使得音節結構逐漸往較沒有侷限性、符合絕大多數音節情形的(C)(M)V(E)調整，因此喉塞尾逐漸脫落。

這使我們認爲金沙方言的音節結構如果從更爲穩固、普遍性更強的角度思索的話，可以推論爲：

$$(C)(M)V(E)$$

$(C)(M)V(E_1)(E_2)$ 是偏重語音層面的描述，而(C)(M)V(E)強調的是音節結構的底層。

2.4.3 音位結合限制

爲了知道金沙方言音節結構中各音段的組合及限定情形，本節擬透過對音節中各音段辨音徵性（distinctive feature）之間的搭配情形進行觀察。以下依序討論「聲母與介音及元音」、「聲母與韻尾」、「介音與元音」、「介音與韻尾」、「元音與韻尾」六種組合。

爲方便排版，以 P 代表雙唇音（p、p^h、b/m），T 代表舌尖塞音及流音（t、t^h、l/n），TS 代表舌尖塞擦音及擦音（ts、ts^h、s），K 代表舌根音（k、k^h、g/ŋ），H 包含喉音 h 及零聲母 ø。「＋」表示有這樣的結合（或徵性），「－」則表示沒有。

2.4.3.1 聲母與介音、元音的結合限制

	P	T	TS	K	H
-i-	＋	＋	＋	＋	＋
-u-	＋	＋	＋	＋	＋
i	＋	＋	＋	＋	＋
e	＋	＋	＋	＋	＋
ɨ	－	＋	＋	＋	＋
ə	＋	＋	＋	＋	＋
a	＋	＋	＋	＋	＋
ɔ	＋	＋	＋	＋	＋

o	+	+	+	+	+
u	+	+	+	+	+
m̩	−	−	−	−	+
ŋ̍	+	+	+	−(ŋ-)	+

橫線區隔介音與元音；成音節鼻音因為可以擔任音節核心，在此視作元音一併觀察。從上表可以很清楚看出聲母和介音之間的組合沒有任何限制。而聲母和元音的限制有：

1. ɨ 元音不能與唇音聲母相接。

2. 成音節鼻音 m̩ 只能接 h 聲母及零聲母 ø。

3. 成音節鼻音 ŋ̍ 除了不能和舌根鼻音聲母 ŋ 結合，可和任一部位聲母結合。

2.4.3.2 聲母與韻尾的結合限制

	P	T	TS	K	H
-i	+	+	+	+	+
-u	+	+	+	+	+
-m	−	+	+	+	+
-n	+	+	+	+	+
-ŋ	+	+	+	+	+
-p	−	+	+	+	+
-t	+	+	+	+	+
-k	+	+	+	+	+
-ʔ	+	+	+	+	+

橫線區隔元音性韻尾和輔音性韻尾。從上表可知聲母和韻尾之間唯一的限制是：唇音聲母無法以同發音部位的輔音（-m、-p）作為一個音節的結束。這種唇輔音不能共存於一個音節的現象可以稱為「唇音異化」（labial dissimilation）。異化作用是很常見的語音變化，不過異化作用在這裡並沒有發生在所有聲母與韻尾的配合上，因為舌尖聲母跟舌尖輔音韻尾、舌根聲母跟舌根輔音韻尾共存同一音節的結構是存在的。

2.4.3.3　介音與元音的結合限制

	i	e	ə	ɨ	a	ɔ	o	u
-i-	－	－	－	－	＋	＋	＋	＋
-u-	＋	＋	－	－	＋	－	－	－

元音 ə 與 ɨ 不跟任何介音結合。其餘元音和介音的配合限制如下：

介　音	徵　性	可搭配元音	徵　性	
-i-	〔－back〕	u、o、ɔ、a	〔＋back〕	異化限制
-u-	〔＋back〕	i、e、a	〔－back〕	異化限制

　　從上面可以看出介音和主要元音的配合在發音部位上有異化限制，即不得有相同的〔back〕值。另外，依鍾榮富（1990：61）的研究，央低元音 a 的〔back〕特徵是空的（underspecified），即不帶正負值。本文在觀察了金沙方言的元音系統之後亦持相同看法，認為元音 a 不帶有〔back〕的區別性特徵。因此元音 a 與介音 i、u 的結合，並不違反上面說的異化限制。

2.4.3.4　介音與韻尾的結合限制

	-i	-u	-m	-n	-ŋ	-p	-t	-k	-ʔ
-i-	－	＋	＋	＋	＋	＋	＋	＋	＋
-u-	＋	－	－	＋	（＋）	－	＋	－	＋

　　表中加括弧的表示這種配合關係極為少見，橫線區分元音韻尾與輔音韻尾。上表可以歸納如下：

1. 介音和元音性韻尾一起出現時，兩者不得相同，也就是無*iVi、*uVu 這樣的結合。

2. 合口介音 u 與雙唇韻尾 m、p 的結合是受到限制的，也就是沒有*uVm/p 的組合。

3. 介音 u 和舌根鼻輔音韻尾 ŋ 雖然可以結合成韻母 uaŋ，不過卻沒有相應的 uak 韻，也就是說有 uVŋ 卻沒有*uVk。

　　ŋ 和 k 在辨音徵性上的差異只有兩點：ŋ 為〔＋nasal〕（鼻音）與〔＋voiced〕（有聲），而 k 則否。但*uVk 結構的空缺應該不是這個緣故，因為 n/t

兩個輔音一樣也是這種關係，卻仍然存在 uVn/t 這樣的組合。

這樣看來，*uVk 結構的空缺有兩個可能性：

1. uaŋ 韻母乃是從別的方言移借進來的。

2. *uVk 的空缺只是偶然的空缺，而非音段結合上的限制。

以目前的資料無法作更進一步的判斷，只能暫時存疑。

2.4.3.5 元音和韻尾的結合限制

	i	e	ə	ɨ	a	ɔ	o	u
-i	−	−	−	−	+	−	−	−
-u	−	−	−	−	+	−	−	−
-m	+	−	−	−	+	−	−	−
-n	+	−	−	−	+	−	−	+
-ŋ	+	−	−	−	+	+	−	−
-p	+	−	−	−	+	−	−	−
-t	+	−	−	−	+	−	−	+
-k	+	−	−	−	+	+	−	−
-ʔ	+	+	+	−	+	−	+	+

將上表進行歸納，可得如下結論：

1. 元音 ɨ 不跟任何韻尾結合。

2. 元音 i、a 與輔音性韻尾沒有結合上的限制。

3. 元音性韻尾前只能接 a 元音。

從辨音徵性看：

主要元音	徵　性	元音韻尾	徵　性	徵性比較
i、u、ɨ	〔＋high〕 〔−low〕			兩者皆同
a	〔−high〕 〔＋low〕	-i、-u	〔＋high〕 〔−low〕	兩者皆異
e、ə、ɔ、o	〔−high〕 〔−low〕			一同一異

因此可以知道，主要元音和元音性韻尾的結合限制是兩者的〔high〕、〔low〕值必須完全相異。除了 a 之外的所有元音都不符合這個條件，因此無法與元音韻尾 -i、-u 結合。

4. 元音 e、ə 只能跟喉塞尾 -ʔ 結合，如「客」kʰeʔ21、「月」gəʔ55。

5. 元音 ɔ 只與舌根韻尾結合，如「國」kɔk21、「鳳」hɔŋ33，元音 o 只與喉塞尾 -ʔ 結合，如「藥」ioʔ55、「索」soʔ21。

6. 元音 u 只跟舌尖韻尾 n/t、喉塞尾結合，如「恩」un55、「鬱」ut21、「禿」tʰuʔ21。

2.4.4 小　結

現在依據前面三小節的觀察，將金沙方言的音節結構限定情形整理如下：

　　金沙方言的平面音節結構為：(C)(M)V(E₁)(E₂)

首先對音節中各音段的成份作限制及介紹：

其中 C 和 E₂ 都是輔音性質，但可以出現在這兩個位置的輔音卻不盡相同。C 包含除了喉塞音 ʔ 之外的所有其他輔音〔註6〕，而能夠作為 E₂ 的只有 m、n、ŋ、p、t、k、ʔ 七個輔音。V 作為主要元音，是一個音節不可或缺的部份；在八個元音當中只有 i、u 可以同時作為 M 及 E₁；此外，鼻輔音 m 與 ŋ 也可以作為音節核心，地位等同 V。

接下來，對結構中不同音段之間的搭配情形分項列出結論：

（一）CV 的搭配限制

當 V 是 i 元音時，不能與唇音聲母配合。

鼻輔音 m 作為音節主時，只能與 h 聲母、零聲母搭配；鼻輔音 ŋ 作音節主時，可以和除了自己之外的所有聲母搭配。

（二）MV 的搭配限制

當 V 是 ɨ、ə 時，不能和 M 結合。除此之外，V 和 M 之間有〔back〕值必須相異的異化限制。即後元音（u、o、ɔ）只能與 i 介音配合，形成 io、iu 等韻；

〔註6〕如果將喉塞音 ʔ 視為零聲母的分音來看，可說所有的輔音都能夠出現在 C 的位置。但是對漢語而言，聲母必須是音節起首具有辨義作用的輔音，而喉塞音 ʔ 在音節起首的出現與否不具辨義作用，故 C 不包含 ʔ。

前元音（i、e）只能接 u 介音，形成 ui、ue 韻。元音 a 則無此限制，與 i、u 皆可配合，形成 ia、ua 韻。為求清楚明瞭，整理如下：

元　　音	ɨ、ə	u、o、ɔ	i、e	a
可配介音	無	-i-	-u-	-i-/-u-

（三）VE₁、MVE₁、CMVE₁、CVE₁ 結構

C 與 M、E₁ 沒有搭配限制，即所有聲母都可與介音、元音韻尾共存音節中。

但是 VE₁ 的配合則只限 V 為 a 元音時，亦即下降複元音只有 ai、au。

MVE₁ 結構中，M 與 E₁ 不得相同，亦即三合元音只有 iau、uai，無*uau 與 *iai。

（四）VE₂、MVE₂、CMVE₂、CVE₂ 結構

C 與 E₂ 不能同是唇輔音，即無*PVm/p，此乃唇音異化（labial dissimilation）。

當 M 是 u 時，E₂ 不能是 m、p、k。

V 是 i、a 時，和 E₂ 沒有結合上的限制。

V 是 u 時，E₂ 只能是 n、t、ʔ。

V 是 ɔ 時，E₂ 只能是 ŋ、k。

V 是 o、e、ə 時，E₂ 只能是 ʔ。

V 是 ɨ 時，不能與任何 E₂ 搭配，從前面的觀察可知，元音 ɨ 只能跟唇音聲母之外的其他聲母構成音節，並且無法和任何介音、韻尾搭配，是搭配限制最多的元音。

（五）VE₁E₂、MVE₁E₂、CVE₁E₂、CMVE₁E₂ 結構

以語料為準，E₁E₂ 要同時出現在一個音節中，只有 E₁ 是 u，且 E₂ 是 ʔ 時。

並且因為 VE₁ 結構本身便已有 V 只能是 a 的限制，而 M 和 E₁ 也有不得相同的限制（見前述第三項）。故符合 VE₁E₂、MVE₁E₂ 結構限制的韻母，只有 auʔ、iauʔ。

藉由觀察音節結構與各音段的搭配情形，可以幫助我們對一個語言的語音成份及組成限制有更清楚的了解與掌握，進而使我們能夠「預測」該語言中各

種可能或不可能的音節組成。但是，在語言的實際使用及語料蒐集上，仍有可能出現許多空缺。

下面三個例子可說明這種情形：

1. 從整體的搭配限制來看，VE_1E_2 結構也應該有 *ai?、*uai? 兩個韻母，因為韻母之中的任一成份之間都沒有結合上的限制，並沒有不能出現的理由，但卻不見於語料中。

2. *tsuai 這樣的音節結構，不論是聲母與韻母或是韻母中各成份之間都不存在結合上的限制，但是一樣在語料中付之闕如。

3. 語料中並無 au?、iau? 兩個韻單獨存在而不帶聲母的例子，但從結合限制判斷，零聲母與喉塞音 ? 並無結合限制，因此這樣的組合應該是有的。

這些空缺顯然不是音節結構的結合限制所造成的，也許是語料蒐集上的遺漏、也可能是音韻系統本有的偶然空缺，目前無法處理，期盼將來能再進一步深入研究。

第三章　音變現象

　　漢語每一個語素都有獨立的音節結構，而一個完整的音節結構包含聲母、韻母、聲調三種訊息。語素在單獨呈現時所表現出的聲韻調音值，有可能和進入詞組、句子之後所表現出的音值有所差異；也就是說，在連讀或是語流之中，前後音節的聲韻調之間可能會彼此影響，而產生與箇讀時表現不同的情形，這就是一般所說的連讀音變。

　　金沙方言與其他閩南方言一樣有許多的連讀音變現象，本章即欲將語調所得的各種音變現象作一番整理分析，並且針對某些與一般熟知的廈門腔（或說台灣地區通行的閩南語）音變行為表現不同的情形作概略的比較。

　　本章分三大部份，第一部份是聲母、韻母的連讀變化情形；第二部份是觀察聲調的種種連讀表現；第三部份則專門討論金沙方言的囝字調。

3.1 聲母及韻母變化

　　除了聲調會有連讀與單字的不同表現之外，在相鄰音節之間，聲母和韻母也會因為互相影響而產生各種發音部位及發音方法的變化。經由對語料的彙整，金沙方言可以看到的聲母韻母變化有同化、增音、合音等，以下分別舉例說明。

3.1.1 同　化

　　同化指的是兩個相鄰的音素當中，其中一個音素影響了另一個音素，如果

是後面的音素受到前面音素的影響而趨同或趨近，稱爲順向同化；若是前面的音素受到後面的影響而趨同或近，是逆向同化。

以下是順向同化的例子：〔註1〕

桔囝（金桔）　　kiat21＞<u>55</u>　l（＜ø）a55
栳囝（橡子）　　kak21＞<u>55</u>　g（＜ø）a55
夾囝（夾子）　　kiap21＞<u>55</u>　b（＜ø）a55

語料中發生這種順向同化情形的都是囝尾詞，囝尾詞作爲後綴，與前字結合相當緊密，形成複合詞，因此元音前的緊喉作用通常會消失，這時元音便會受到前字輔音韻尾的影響，而產生同部位的濁塞音、流音。反之，如果後字雖然爲零聲母，但是整體是一個詞組時（即後字非後綴時），便不會發生這種同化現象，例如金沙鎮相當普遍的農業活動之一，採收芋頭，當地人說：「掘芋」kut55＞21　ɔ33；而不會說*kut<u>55</u>＞21　l（＜ø）ɔ33。

接下來，我們看逆向同化的例子：

鉛筆　iam（＜ian）35＞11　pit<u>21</u>
新婦　sim（＜sin）55＞33　pu33
身邊　sim（＜sin）55＞33　pian55
晉江　tsiŋ（＜tsin）11＞55　kaŋ55
身軀　siŋ（＜sin）55＞33　kʰu55
親家　tsʰiŋ（＜tsʰin）55＞33　ke55
蟲母　sap（＜sat）21＞<u>55</u>　bu52
秫米　tsup（＜tsut）<u>55</u>＞11　bi52
腹肚　pat（＜pak）21＞<u>55</u>　tɔ52
墨賊　bat（＜bak）<u>55</u>＞11　tsʰat<u>55</u>

逆向同化，主要是因爲發音上的預期心理所造成的，發音時爲了容易發出下一個相鄰的音素，便會不自覺的在發音部位上進行調整以方便隨之而來的發音需求。因此通常受調整的是前一音節的末尾輔音，然而也有少部份前一音節的聲母受到後一音節的聲母逆向同化，甚或是前一音節的整個韻母都受到後音節韻

〔註1〕這些語詞爲囝尾詞，囝尾詞前字所表現出的連讀調與一般連讀調不同，此外，「囝」字的聲調表現也相當特殊，關於這些問題的討論，詳見下文3.3節。

母的影響而變化的例子，如：

龍眼　　giŋ（＜liŋ）35＞11　ŋãi52

今年　　kĩ（＜kin＜kim）55＞33　nĩ35

龍眼的「龍」為來母字，會讀為 g 很可能是受到「眼」字的聲母影響，因而變為與之同部位的濁塞音。而「今年」的今是深攝字，韻母會表現為 -ĩ- 應該是受到後面「年」字的韻母 -ĩ- 所影響。〔註2〕

3.1.2 減音與合音（縮讀）

在口語中，由於說話速度較快或著貪求省便，有時會把某個音節中的某個音素省去，甚且也會因此產生某些音節合併的語音現象。以下是一些例子：

□□囝（女孩子）

　tsa35　bo35　kiã52 → tsa35　ɔ35　kiã52 → tsɔ35　kiã52

與人（被人家……）

　hɔ11　laŋ35 → hɔŋ35

走倒來（跑回來）

　tsau52　to0　lai0 → tsau52　toai0

行出去（走出去）

　kiã35　tsʰut0　kʰɨ0 → kiã35　tsʰuɨ0

跋落來（跌下來）

　puaʔ55　loʔ0　lai0 → puaʔ55　loai0

這些都是語流中為求說話方便而產生的語音現象，只要放慢說話速度，大部份的縮讀詞都可以知道未縮讀前的音節內容。當然也有少部份我們判斷為縮讀詞的音節，已經無法確定其原先的音節組成內容了。例如我們收集到金沙方言表示「何人？」的 tiaŋ35，我們判斷應該是「底儂」的縮讀詞，但是由於無法收集到其不縮讀的語料，我們無法確定原先的音節是 ti 或著 te 加上「儂」而成的。

又像是表示「相同」的 saŋ35，依周長楫、歐陽憶耘（1998：33）的意見，

〔註2〕從目前可以看到的閩南方言語料看來，除了這個「今」字，深攝字似乎沒有讀為 -ĩ- 的層次。

認為是「相同」兩字的合音，但是我們也無法確定，合音前的音節究竟是什麼，也許是「相同」，也許是「似同」，在意義上說都有可能，由於蒐集不到分讀的形式，目前無法確認，也許搭配其他方言點的語料可以幫助我們進行判斷，現在只能先存疑。

3.1.3 增　音

金沙方言有一個相當特殊的現象，就是在囝尾詞中，囝前字如果是以 a 元音收尾的字，就會在囝前字與囝尾之間增生一個過渡音 -i。也就是說：

$$a \rightarrow ai/\_\_a$$

增加一個 i 元音，使前後音節得以分隔開來，也就是可以強調出囝尾詞「□囝」結構中的音節界線。發音人認為這是當地語音的一個特色，並且可以以此辨認外地人與本地人。語料中的例子有：

割囝	kua?55＞11　a11		→ kuai11　a11
帶囝	tua11＞55　a55		→ tuai55　a55
鴨囝	a?21＞55　a55		→ ai55　a55
坩囝（小鍋子）	kʰã55＞33　a33		→ kʰãi33　a33
□囝（蔬果刨絲器）	tsʰua?21＞55　a55		→ tsʰuai55　a55
籃囝	nã35＞11　a11		→ nãi11　a11
雞㨗囝	kue55＞33　lua33＞11　a11		→ kue33　luai11　a11
□囝（通指內衣）	ka?21＞55　a55		→ kai55　a55
碗囝粿	ua52＞11　a33　kə52		→ uai11　a33　kə52
抲囝（梳子）	lua?55＞11　a11		→ luai11　a11
歌囝戲	kua55＞11　a33　hi11		→ kuai11　a33　hi11

從上面這些例子，可以清楚的看出來，在相鄰的兩個 a 元音之間，為了強調第二個音節，前一個音節末尾增生了一個 i 元音，使音節明確化。

之所以需要使音節明確化，應該是由於金沙方言的囝尾詞中，囝尾的聲調並不如廈門台灣一樣，保持其上聲調的高降調讀法，而是跟隨前面的囝前字的聲調作平調表現（囝字聲調的完整分析與介紹詳見本章第三節，此處容略）。

換句話說，「□囝」結構如果遇到囝前字以 a 元音結尾的時候，因為和囝尾之間的元音與聲調幾乎都完全一致，會導致聽覺上無法區分兩個音節，因此才

增生一個 i 元音，藉以達到區辨兩個音節的效果。

3.2 聲調變化

一般將獨立時的單字聲調稱為本調，連讀時產生變化的聲調稱為變調。然而「本調」與「變調」之間的本變關係，至今尚有不同意見，因此本文對於非連讀聲調（單字調）稱為「箇讀」（isolated form），而連讀時的聲調則稱為「連讀」（sandhi form）。

與一般閩南方言相同，金沙方言聲調上的連讀變化發生在前字，後字不發生；亦即除了句子的末尾、語法段落的末尾或是弱讀調之前的成份是「箇讀」之外，句中（或語法段落）的其他成份都讀為「連讀」。為了方便下文的討論，我們先將金沙方言聲調的箇讀形式整理於下：

調類	陰平	陽平	上聲	陰去	陽去	陰入	陽入
調型	高平	中升	高降	低平	中平	低降短促	高平短促
調值	55	35	52	11	33	21	55
例字	天公	拳頭	永遠	怨妒	誤會	隔壁	墨賊

上面七種調類不包含實際語流中會出現的輕聲調，此外古陽上歸併入古陽去調，調值上表現一致，因此上聲實際上僅指古陰上調。接著我們分點討論各種情形之下的連讀。

3.2.1 二字組連讀調

要產生連讀至少需要有兩個音節結合，一般情形下，二字組中，前字會讀為「連讀」，後字則保持「箇讀」，下表呈現出七種箇讀所可能產生的連讀，並且分別舉出數例：

後字／前字	陰平 55	陽平 35	上聲 52	陰去 11	陽去 33	陰入 21	陽入 55
陰平 55	陰天，中央當歸，相思 33＋55	烏雲，珊瑚沙坪，清明 33＋35	天狗，燒酒淹水，雞母 33＋52	天氣，甘蔗中書，批貨 33＋11	都市，鄉下抛網，車站 33＋33	冬節，初一雞角，批殼 33＋21	正月，新曆豬舌，番麥 33＋55
陽平 35	鬍鬚，長工頭家，癩骹 11＋55	門牙，拳頭皮鞋，麻油 11＋35	朋友，論語危險，黃疸 11＋52	皇帝，重句奇怪，芹菜 11＋11	姨丈，徒弟頭養，榮譽 11＋33	流血，菩薩鉛筆，麻雀 11＋21	同學，無額魚翼，蝴蝶 11＋55

上聲 52	苦瓜,點心 早多,挽秧 35＋55	以前,草魚 鎖匙,枕頭 35＋35	永遠,水餃 斗籠,野狗 35＋52	韭菜,海帶 起價,討數 35＋11	狗蟻,柳樹 紙字,手電 35＋33	五穀,酒麴 草索,粉筆 35＋21	手液,滿月 草席,煮食 35＋55
陰去 11	閃光,汽車 唱歌,戰爭 52＋55	棄嫌,釣魚 少年,算盤 52＋35	跳舞,政府 送禮,勸解 52＋52	證據,退化 怨妒,放假 52＋11	作夢,趣味 數念,臭誕 52＋33	作客,欠缺 氣魄,建設 52＋21	嗾舌,快樂 四月,中毒 52＋55
陽去 33	自私,惠安 順風,豆□ 11＋55	舊年,善良 廈門,上元 11＋35	下底,路尾 戶口,縣長 11＋52	事志,義氣 下晝,味素 11＋11	有量,誤會 大雨,豆腐 11＋33	後壁,兩百 幸福,利息 11＋21	鬧熱,二十 閏月,後日 11＋55
陰入 21	國家,結婚 押金,契兄 55＋55 52＋55	喝拳,借錢 摍肥,出名 55＋35 52＋35	落屎,鴨母 派水,八兩 55＋52 52＋52	桌布,缺喉 摍菜,節氣 55＋11 52＋11	配料,拍麵 割釉,客棧 55＋33 52＋33	作穡,拍噦 隔壁,八角 55＋21 52＋21	刺目,八十 壓力,七十 55＋55 52＋55
陽入 55	目珠,木瓜 辣椒,篾箍 21＋55 11＋55	目前,駱駝 蜃仁,石榴 21＋35 11＋35	秫米,佛手 栗子,月餅 21＋52 11＋52	蜀世,雜貨 藥罐,目鏡 21＋11 11＋11	十五,白蟻 綠豆,食飯 21＋33 11＋33	十一,墨汁 讀冊,蠟燭 21＋21 11＋21	逐日,墨賊 食物,昨日 21＋55 11＋55

金沙方言的聲調「連讀」表現有一些需要特別說明的地方，為了方便討論，我們先將上表簡化如下：

	陰平 55	陽平 35	上聲 52	陰去 11	陽去 33	陰入 21	陽入 55
陰平 55	55＞33＋55	55＞33＋35	55＞33＋52	55＞33＋11	55＞33＋33	55＞33＋21	55＞33＋55
陽平 35	35＞11＋55	35＞11＋35	35＞11＋52	35＞11＋11	35＞11＋33	35＞11＋21	35＞11＋55
上聲 52	52＞35＋55	52＞35＋35	52＞35＋52	52＞35＋11	52＞35＋33	52＞35＋21	52＞35＋55
陰去 11	11＞52＋55	11＞52＋35	11＞52＋52	11＞52＋11	11＞52＋33	11＞52＋21	11＞52＋55
陽去 33	33＞11＋55	33＞11＋35	33＞11＋52	33＞11＋11	33＞11＋33	33＞11＋21	33＞11＋55
陰入 21	21＞55＋55 21＞52＋55	21＞55＋35 21＞52＋35	21＞55＋52 21＞52＋52	21＞55＋11 21＞52＋11	21＞55＋33 21＞52＋33	21＞55＋21 21＞52＋21	21＞55＋55 21＞52＋55
陽入 55	55＞21＋55 55＞11＋55	55＞21＋35 55＞11＋35	55＞21＋52 55＞11＋52	55＞21＋11 55＞11＋11	55＞21＋33 55＞11＋33	55＞21＋21 55＞11＋21	55＞21＋55 55＞11＋55

從上表可以看出，「連讀」沒有超過「箇讀」範圍以外的新調值。「連讀」表現為：

陰平讀如陽去（55＞33）

陽平及陽去讀如陰去（35＞11、33＞11）

上聲讀如陽平（52＞35）

陰去讀如上聲（11＞52）

收塞音尾（-p、-t、-k）的陰入讀如陽入（21＞55），陽入讀如陰入（55＞21）

收喉塞尾（-ʔ）的入聲字連讀時會丟失喉塞尾，此時陰入「連讀」表現同陰去一樣讀為上聲（21＞52）；陽入的「連讀」表現則同陽平陽上一樣讀為陰去（55＞11）

金沙方言的「連讀」規則和一般閩南語相同，都是後字維持「箇讀」，前字讀為「連讀」，這是一個必用規律。但是在這些規則表現之外，我們首先注意到陰去以及收喉塞尾的陰入字在語流中具有較為特殊的「連讀」表現，說明如下：

陰去的「連讀」按照上表的規則來看，不論後字為何都是讀如上聲（52）。但是，在遇到後字是陰平（55）、上聲（52）、陽入（55）時則亦可讀如陰平（55）。例如：

唱歌　tsʰiũ11＞52 kua55　　也可說　　tsʰiũ11＞55 kua55

跳舞　tʰiau11＞52 bu52　　也可說　　tʰiau11＞55 bu52

四月　si11＞52 gəʔ55　　也可說　　si11＞55 gəʔ55

與此相關的，是收喉塞尾的陰入字之「連讀」表現。喉塞收尾的入聲字，在連讀時總是丟失其喉塞音尾，此時陰入字的「連讀」走向與陰去相同（即52 調），而在陰平（55）、上聲（52）、陽入（55）字之前時同樣也可讀如陰平（55）。如：

契兄　kʰe(ʔ)21＞52 hiã55　　也可說　　kʰe(ʔ)21＞55 hiã55

鴨母　a(ʔ)21＞52 bu52　　也可說　　a(ʔ)21＞55 bu52

八十　pue(ʔ)21＞52 tsap55　　也可說　　pue(ʔ)21＞55 tsap55

依發音人語感，陰去字及喉尾陰入字的「連讀」在陰平、上聲、陽入之前讀為55調或是52調並沒有任何意義上的差異，發音人許翠蔭女士表示，說話輕一點的人就會講起來輕一點，其他人則說的比較重一點，兩種說法都可以，沒有差別。反之，若後字非這些聲調時，其「連讀」就必須是52調，否則依發音人語感就會是「很奇怪，沒人這樣說話」的情形。

從分佈環境來看陰去及陰入的「連讀」表現：

後字聲調→	陰平 55	陽平 35	上聲 52	陰去 11	陽去 33	陰入 21	陽入 55
連讀為 52	＋	＋	＋	＋	＋	＋	＋
連讀為 55	＋	－	＋	－	－	－	＋

　　無論後字聲調為何，陰去及陰入的「連讀」都可以是高降調（11＞52）。但是讀如高平調的現象（11＞55）卻只出現在陰平（55調）、上聲（52調）、陽入（55調）之前，很明顯這些都是調首為〔＋High〕高調的調型。因此這個現象極可能是由於前字調尾受到後字調首影響而發生了同化作用，將調尾提高以銜接後調調首。這個同化作用既是可有可無，自然不在音韻系統規則中佔有任何地位，可以視作一種在語流中自然發生的語音現象。

　　這種語音現象在張屏生（1996）以及劉秀雪（1998）中亦有提出〔註3〕，從張文對同安音系相關方言的研究結果可知，在同安（福建）、金門、馬公（澎湖縣馬公市）、湖西（澎湖縣湖西鄉）、西嶼（澎湖縣西嶼鄉）、後寮（澎湖縣白沙鄉）、蘆州（台北縣）、大同（台北市社子島）八個方言點中，有「陰去具兩種連讀」現象的只有金門與馬公、湖西，而馬公、湖西的先民乃從金門移居而來。這樣看來，這個現象有可能是從金門傳入澎湖地區的。

　　另外一個值得一提的現象是：金門發音人當中年紀越長者，陰去在陰平、上聲、陽入之前的連讀越多以高平調表現，雖然說55調和52調兩可，但是以55調較為頻繁與自然。如果搭配上這裡所說先民來自金門的馬公湖西亦有相同表現的情形看來，也可能表示這是一個存在於高年齡層之中的語音現象。

　　說到語流中的語音現象，在筆者田調的過程之中，亦發現了其他相似的情形，或許可以為這個現象提供一些參考佐證的視角。

　　除了陰去調的「連讀」會發生這種語流中的同化作用之外，某些陰平及上聲字的「連讀」在語流中也發生了類似的情形。例如：

天狗　　tʰian55＞33 kau52　　　　有說成　　tʰian55＞35 kau52

□桶（糞桶）tsʰɔ55＞33 tʰaŋ52　　有說成　　tsʰɔ55＞35 tʰaŋ52

九萬　　kau52＞35 ban33　　　　　有說成　　kau52＞33 ban33

〔註3〕不過張文（1996：203）將此現象認為是「異化作用」造成的：「金門、馬公、西嶼（老年層）、湖西的聲調特色反映在兩個相鄰聲調之間，高降調徵性和高降調徵性有不能同時並存的異化作用，所以當這種情況出現的時候，前字變調必須在"原變調"的基礎上衍生出"再變調"。」（1996：203）然考慮到實際出現環境，陰平調與陽入調並不具高降調特性，因此本文傾向相信是前後聲調之間的同化作用。

　　上面這些例子都是發音人在日常生活與他人對話時，筆者在一旁私下紀錄而得，記載下來的例子雖然不多，但是實際發生頻率卻不稀少。從這些例子，我們顯然可以看出一個趨勢，就是前字的「連讀」調尾似乎會受到後字調首的影響而有所浮動。而這些例詞又都是在自然對話中的表現，以此看來，我們也許可以猜測，金沙方言的語調有前字調尾向後字調首趨同的傾向。

　　可惜這一部份的確認相當困難，最主要的原因是，這些特殊讀法只存在連續對話中，當筆者試圖逐一確認時，發音人給出的仍是符合「連讀」規則的讀法；與此相對，陰去字的兩種連讀，卻是相當明確的共存於發音人口中，例如：

　　實際訪談時，「政府」一詞不論用 tsiŋ11＞52 hu52 或是 tsiŋ11＞55 hu52 去作確認，發音人都可以理解，也都認為兩者並無不同。但是「九萬」這樣的詞，除了在對話中會聽到 kau52＞33 ban33 的說法之外，無法在訪談中獲得確認。

　　這個結果提供我們兩種思考角度：

　　一，從合的方面看。不論是否可以單獨確認，這種現象呈現出的是同樣的訊息：就是前字調尾與後字調首之間的同化作用，這種同化作用在音理上其實並不難理解，人類說話發音時自然而然會以較為簡便省事不費力的方式進行，例如國語的上聲字原本是曲折調，但是在語流中會簡化為中降調，一般稱半上；更有甚者，許多人即使單獨念上聲字時也已經只讀半上了。因此我們可以認為詞組在實際語流中的聲調（語調）表現和拆解過後的情形相比，可能並不完全一致。

　　二，從分的方面看。我們也可以懷疑陰去的兩種「連讀」現象和上述其他調類在語流中發生的特殊聲調情形只是表面上的相似，而實際原因並不相同。至少為何眾多發音人都只意識到陰去字的「連讀」有兩種表現，卻對其他在對話中發生的類似現象毫無感覺就是一個值得思索的問題。

　　上面是針對金沙方言二字組連讀調情形的說明。一般說來凡是二個音節以上的組合，就必須發生這種「連讀」調變化，但是有些二字組卻不會產生「連讀」，比如該二字組為主謂結構，或者該二字組的後音節為弱讀調輕聲時。如：

主謂結構：

花開 hue55 k^{h}ui55 ｜頭眩 t^{h}au35 hin35 ｜地動（地震）te33 taŋ33

後字輕聲：

何戊（何厝）ua35 ts^{h}u0 ｜陳先（陳先生）tan35 sian0 ｜起來 k^{h}i52 lai0

上例中「花」、「頭」、「地」都是該二字組中的主語，它們都不讀「連讀」調；「何」、「陳」、「起」則是都位在弱讀調之前，它們也都讀「箇讀」。

3.2.2 句法結構與連讀調

句法結構的連讀表現僅取三字組和四字組作說明，三字組的連讀規則與二字組的連讀規則相同，除了主謂結構中的主語最後一字以及輕聲之前的一個字讀「箇讀」之外，都是最後一個字才讀「箇讀」，其餘情況一律需要讀爲「連讀」。因此，簡單來說，三字組的連讀表現規則其實就是二字組的延伸。

我們先看一般三字組的連讀例：

四界走　　si11＞52　kue11＞52　tsau52（形容人心不定，四處亂跑）

明月光　　bin35＞11　guat55＞21　kŋ55

頭一擺　　t^{h}au35＞11　tsitt55＞21　pai52（第一次）

細漢舅　　sue11＞52　han11＞52　ku33（小舅子）

可以看出一般三字組除了末字讀爲箇讀之外，其餘皆需讀連讀。接著我們看具主謂結構以及輕聲弱讀調的三字組：

頭殼｜眩　　t^{h}au35＞11　k^{h}ak21　｜　hin35（頭昏）

飯｜臭焦　　pŋ33　｜　ts^{h}au11＞52　ta55

行出去　　kiã35　ts^{h}ut 0　k^{h}i 0（走出去）

跋落來　　puaʔ55　loʔ 0　lai 0（摔下來）

和二字組的表現相同，除最後一字保持箇讀之外，主謂結構的末尾（「殼」、「飯」）以及輕聲弱讀調之前字（「行」、「跋」）也同樣讀箇讀，其餘成份則一律爲連讀。

至於四字組，幾乎都可以視作是兩個二字組的結合，也就是說可以拆成兩個二字組來看，這時運作的是和二字組相同的規律，每個二字組內前字爲「連讀」，後字讀「箇讀」，例如：

中華｜民國　tioŋ55＞33　hua35　｜　m 〔註4〕 in35＞11　kɔk21

妖魔｜鬼怪　iau55＞33　bo35　｜　kui52＞35　kuai11

儒家｜思想　lu35＞11　ka55　｜　sɨ5＞33　siɔŋ52

欣欣｜向榮　him55＞33　him55　｜　hiɔŋ11＞52　iŋ35

　　同樣的，四字組中若含有「主謂結構」時，主語末字一樣保持箇讀，這時四字組可能是兩個二字主謂結構的結合，或是第一字為主語，後三字為謂語的情形，例如：

骹疲｜手軟　kʰa55　sŋ55　｜　tsʰiu52　nŋ52

兵強｜馬壯　piŋ55　kiɔŋ35　｜　mã52　tsiɔŋ11

馬，不停蹄　mã52　put21＞55　tʰiŋ35＞11　te35

氣，吞山河　kʰi11　tʰun55＞33　san55＞33　ho35

上例中「骹」、「手」、「兵」、「馬」、「氣」都是主語，因此都保持箇讀，加上末字亦須讀箇讀，因此才會出現像「兵強馬壯」這種四字都讀箇讀的情形。至於帶有輕聲弱讀調的四字組詞例則沒有收集到，不過依照二字組、三字組的情形，我們可以預測弱讀調前字應該都會保持箇讀。

　　另外，其實並不是所有的四字組都可以拆解，偏正結構就無法拆解，比如表示約數的數量結構就是除了末字箇讀之外，前面三字都要讀為連讀，例如：

五六隻狗　gɔ33＞11　lak55＞21　tsiaʔ21＞55　kau52

兩三百斤　lŋ33＞11　sã55＞33　paʔ21＞52　kun55

八十外粒　pueʔ21＞52　tsap55＞21　gua33＞11　liap55

以上是三字組與四字組的「連讀」表現，至於超過四字以上的組合或是句子，也是以同樣的原則進行，除了句末一律讀箇讀之外，句中個別語法段落的末字亦為箇讀；輕聲調前字以及主語末字讀箇讀調是通則，自然也需遵守。因此歸納起來，我們可以知道金沙方言的聲調連讀表現和其他閩南方言完全一致。

3.2.3 形容詞重疊式連讀

　　單音形容詞有時會為了修飾程度而以重疊形式出現，對閩南語來說，單音

〔註 4〕 「民」為明母字，按韻母條件此處聲母應為雙唇濁塞音 b-，之所以讀雙唇鼻音，
　　　　當是受到國語影響。

形容詞二疊表示普通形容程度，三疊形式則表示高級形容程度（楊秀芳 1991：142）。根據語調所得的金沙方言語料，我們知道在聲調表現上，單音形容詞二疊式的連讀規則跟一般二字組連讀規則相同，爲了節省篇幅，此處不再贅述。

然而三疊式的連讀聲調卻有著較爲特殊的情況，依據語料呈現出的現象，我們可以將形容詞三疊式的連讀規則分爲兩類：

第一類：該形容詞爲陰平、陽平、陽去、陽入字時，首字一律讀爲 35 調，第二字按照一般「連讀」規則表現，末字讀箇讀。如：

烏烏烏（極爲漆黑）	ɔ35　ɔ55＞33　ɔ55
酸酸酸（酸到不行）	sŋ̍35　sŋ̍55＞　sŋ̍55
紅紅紅（非常紅豔）	aŋ35　aŋ35＞11　aŋ35
鹹鹹鹹（非常鹹）	kiam35　kiam35＞11　kiam35
利利利（相當鋒利）	lai35　lai33＞11　lai33
橂橂橂（相當硬實）	tãi35　tãi33＞11　tãi33
俗俗俗（十分便宜）	siɔk35　siɔk55＞21　siɔk55
直直直（非常直）	tit35　tit55＞21　tit55
狹狹狹（非常窄）	ueʔ35　ueʔ55＞11　ueʔ55

可以看出前字一律讀爲 35 調，陽入字部份，帶塞音尾的依然保持入聲的短促特性，只是聲調讀爲 35 升調；喉尾陽入字則丟失喉塞尾，一樣讀 35 長調。

第二類：該形容詞爲上聲、陰去、陰入字時，則前二字按一般「連讀」規則表現，末字則爲箇讀。例如：

洘洘洘（極爲濃稠）	k^{h}o52＞35　k^{h}o52＞35　k^{h}o52
勇勇勇（十分勇健）	iɔŋ52＞35　iɔŋ52＞35　iɔŋ52
暗暗暗（相當黑暗）	am11＞52　am11＞52　am11
□□□（身高很高）	lo11＞52　lo11＞52　lo11
澀澀澀（非常澀）	siap21＞55　siap21＞55　siap21

上面是金沙方言形容詞三疊式的聲調表現情形。和周長楫、歐陽憶耘（1998：25～26）對廈門方言的研究，以及楊秀芳（1991：143）對台灣閩南語的研究比較之後，可以知道在單音形容詞三疊形式的聲調呈現上，金沙方言與廈門方言、

台灣閩語的表現相當一致。

3.2.4 弱讀調輕聲

　　有時候，一個音節會因爲某些原因而產生弱讀調，通常一個詞組中，焦點後面的字，讀音會弱化，此種弱化反映在聲調上，就會使其調值既輕而又微弱，這便是我們說的輕聲調。並且，輕聲調之前的焦點都會讀作箇讀調。

　　金沙方言也有許多輕聲調現象，以下稍微列舉：

（一）姓氏之後的稱謂

　　稱謂詞「先生」出現在姓氏或是人名之後，必定讀爲輕聲；並且，「先生」幾乎都省略爲「先」，也是讀輕聲。例如：

　　　吳先生　　gɔ35　　sian0
　　　蘇先生　　sɔ55　　sian0

除了，稱謂詞「先生」之外，表示居住處所的「戌」（一般寫作訓讀字「厝」），在前接姓氏作爲地區名稱時，也讀爲輕聲。

　　　何厝　　ua35　　tsʰu0
　　　黃厝　　ŋ35　　tsʰu0

（二）人稱代名詞作賓語

　　人稱代名詞作賓語，而且不是焦點中心時，一般都讀輕聲。例如：

　　　還汝　　hãi35　　li0
　　　欠伊　　kʰiam11　　i0

（三）趨向動詞作爲補語

　　趨向動詞作爲補語，並且後面沒有謂語、賓語時，這些趨向動詞一般讀爲輕聲，而且如果是多音節的趨向動詞，也常常會以縮讀的方式表現。例如：

　　　行出去（走出去）　　kiã35　　tsʰut0　　kʰɨ0　→　kiã35　　tsʰuɨ0
　　　跋落來（摔下來）　　puaʔ55　　loʔ0　　lai0　→　puaʔ55　　loai0

除了這些語料中較爲常見的輕聲調，其實還有許多句法詞也是讀爲輕聲調，限於篇幅，這裡不一一討論。

　　不過在語料中，我們注意到一些有趣的例子，金沙方言有些語詞會因爲是

否讀爲輕聲調而有意義上的差別。發音人特別針對此點強調要注意，例如：「後日」如果是指「後天」，那一定要讀輕聲的 au33 lit0；反之，若讀爲非輕聲的 au11 lit55，意思是「來日」，多半指人剩下的壽命，因此稍有不愼，就有可能引起聽話者不快。又比如，「先生」讀爲 sian33 sĩ55 時，特指老師或者是醫生（尤其是私塾老師與中醫師），若都以輕聲表示，如 sian0 sĩ0 時，則只是稱謂詞的「先生」，需加在姓氏後面。可見輕聲調不只是聲調上的弱化而已，有時候它也具有辨異作用，因此需要特別留心，以免造成溝通上的混淆。

3.3 「囝」尾詞表現

這一小節我們觀察金沙方言的「囝」尾詞表現，其聲調上的表現可說相當複雜。與台灣及廈門方言比較起來，兩方的表現有同有異，除了可以看出聲調上的獨特表現，更可以從語料中看出強勢方言（台灣、廈門方言）透過諸如通商、軍事、傳媒等管道對弱勢方言（金沙方言）所造成的影響，而這也正是方言接觸最鮮明的例證。

3.3.1 小稱詞「囝」使用情形

閩方言將「囝」字作爲詞尾時，帶有暱稱或小愛稱的語法功能意義 [註5]。「囝」尾通常可以出現在普通名詞、部份物質名詞、職業名稱之後，一旦使用「囝」尾修飾這些成份時，所表達的都是細小、少量、輕賤之意，此外，囝也可以與某些名詞合成地方詞，如「街囝」表示街上、「麵擔囝」表示麵攤等等。

對台灣地區通行的閩南語來說，詞尾「囝」的使用情形相當普遍，然而，在田調過程中，筆者注意到金沙方言對於小稱詞尾「囝」的使用頻率不如台灣閩南語頻繁。這一點在陳漢光（1968）的研究中便已指出：「北方官話名詞語尾多加「兒」或「子」，閩南語則加「囝」字；金門語則比較少見。」 [註6] 當時

[註5] 囝，《集韻》爲獼韻九件切，依照聲韻規則看，閩語表示子代的 kiã³ 就是此字，如今具有小稱意義的囝字因爲聲韻母有所脫落而讀爲 ã³。詳細討論可以參考楊秀芳（1991：166）。

[註6] 原文見陳漢光（1968：58），該文將小稱詞尾以「仔」字表示，即本文所討論的「囝」字。

筆者曾認爲這可能僅是個別發音人的語言習慣，不代表整體金門閩語的表現，不過在實際調查之後，我們發現至少就金沙方言而言，「囝」尾的使用情形的確不如台灣地區普遍，許多在台灣地區習慣（或者可以）使用囝尾修飾的名詞，在金沙方言卻不然，例如：〔註7〕

台灣	雞囝	狗囝	蠓囝	蛺囝	蠔囝	賊囝	笠囝
金門	雞	狗	蠓（蚊子）	蛺（蝴蝶）	蠔	賊	笠（斗笠）

　　上面這些名詞在台灣多半都會以「囝」尾做爲修飾，表達細小或是輕賤的概念，依楊秀芳（1991：165），台灣閩南語中有些名詞容許我們選擇加不加「囝」以表示「細小」之意，如這裡的「蠓」；有些名詞則沒有選擇餘地，一定要加，如此處的「蛺 ia?^{8}」（蝴蝶）一定要說 ia?^{8} a^3。

　　而在金沙方言中，這些名詞卻一律不加囝尾，當中最具特色的是「蠓」baŋ^3、「蛺」ia?^{8}（蝴蝶）、「蠔」o^2、「賊」ts^{h}at^7。雖然這些物體形體細小，身份輕賤，發音人卻一律不加「囝」尾。下面這些例子則是部份發音人認爲無法用「囝」字修飾的名詞：

台灣	蔥囝	刀囝	桃囝	芋囝	棗囝	杯囝	草蓆囝
金門	蔥	刀	桃	芋	棗	杯	草蓆

　　雖然這些名詞並非一律不使用囝字修飾，但是我們還是可以從「桃」、「芋」看出金沙方言的特別之處，桃子和芋頭在台灣閩南語都是以「桃囝」、「芋囝」來稱呼，金沙卻有部份發音人認爲絕對不可以加囝。對於台灣閩南語較頻繁地使用「囝」字的情況，大部份發音人表示「台灣人說話比較輕，比較愛撒嬌。」

　　最後，必須強調的是，這樣的現象只是在對語料可蒐集範圍內做了初步及粗略觀察之後所得的結果。這些常見物體使用小稱詞來修飾的頻率較台灣稀少，並不代表金沙方言不使用小稱詞「囝」，語料中仍然有相當多的物體是可以

〔註7〕「囝」字的使用情形其實在不同的發音人之間多少有些差異，爲了方便研究，我們採用較年長的三位發音人（分別是民國19、20、28年次）所呈現出的樣貌作爲觀察對象。此節討論中所謂「一律」指的是三位發音人都有共識，表現相同；只要有一位發音人表現不同，便稱爲「部份」。

用「囝」字修飾，以表達細小、憐愛概念的（例見下文討論）。

3.3.2 金沙方言「囝」尾詞聲調表現

除了上一小節所討論的囝字使用頻率之外，金沙方言在囝尾詞的聲調表現上也不同於台灣地區通行的閩南語。以臺北區爲例，囝尾詞的聲調表現爲：

囝前字聲調	囝尾詞聲調表現	囝前字聲調	囝尾詞聲調表現
陰　平（44）	珠囝　tsu22 a53	陽　平（13）	腸囝　tŋ22 a53
上　聲（53）	錶囝　pio53 a53		
陰　去（31）	甕囝　aŋ53 a53	陽　去（22）	帽囝　bo22 a53
塞陰入（22）	竹囝　tik55 a53	塞陽入（33）	賊囝　tsʰat22 a53
喉陰入（32）	桌囝　toʔ53 a53	喉陽入（33）	石囝　tsioʔ22 a53

和一般性連讀相比，可以看出囝尾詞的聲調表現規律爲：陽調都讀爲 22（或 22）調，陰調部份除上聲維持箇讀之外，其餘均爲一般連讀表現（楊秀芳 1991：140～141）〔註8〕。並且，詞尾「囝」都維持上聲調的箇讀 52。〔註9〕

在金沙方言，我們看到了不同於大部分台灣閩南語的表現，下面先看一些詞例：

陰　平	上　聲	陰　去	陰　入
間囝　kãi33 a33 溝囝　kau33 a33 磚囝　tsŋ33 a33 師囝　sai33 a33	椅囝　i11 a33 筍囝　sun11 a33 囡囝　gin11 a33 紐囝　liu11 a33	甕囝　aŋ55 a55 燕囝　ĩ55 a55 秤囝　tsʰin55 a55 鋸囝　ki55 a55	竹囝　tik55 a55 粟囝　tsʰik55 a55 索囝　soʔ55 a55 桌囝　toʔ55 a55
陽　平		陽　去	陽　入
圓囝　ĩ11 a11 螺囝　lə11 a11 腸囝　tŋ11 a11 牛囝　gu11 a11		袋囝　tə11 a11 帽囝　bo11 a11 釉囝　tiu11 a11 耳囝　hi11 a11	□囝　liap11 a11 石囝　tsioʔ11 a11 碟囝　tiʔ11 a11 麥囝　beʔ11 a11

〔註8〕陽調字的一般連讀調均爲 11（或 11）調，但是在囝尾詞中，陽調字連讀則均爲 22（或 22）調；陰調部份一般連讀調爲：陰平 44 → 22、上聲 53 → 44、陰去 31 → 53、塞陰入 22 → 55、喉陰入 32 → 53，可以看出在囝尾詞中陰調字除了上聲維持箇讀之外，其餘皆按一般連讀表現。

〔註9〕據楊秀芳先生補充，在台灣當地其實也有部份地區將囝尾讀爲平調。

依照前文（3.2.1）提過的連讀表現，我們預期所看到的囝前字聲調表現應該是符合規則的。以這個角度出發的話，我們可以看到除了古上聲字之外，其餘聲調的囝前字果然都符合連讀表現。〔註10〕

如果和台灣地區的閩南語相比，則可以看出下列幾點差異：

一，陰調方面，台灣和金沙的共同點是陰平、陰去、陰入調作為囝前字時都是一般連讀表現，獨獨上聲不然。差異在於：在台灣，上聲字做囝前字時維持箇讀（53 調），並不作連讀表現；而在金門，上聲字作囝前字時表現為低平調（11 調），而低平調既不是上聲字的連讀表現，也不是箇讀表現。

二，陽調方面，台灣和金沙的共同點是所有陽調的囝前字都讀為低平調。差異在於，台灣的陽調囝前字表現為 22 或 22 調（一般陽調連讀為 11 或 11 調），而金沙則是表現為 11 或 11 調（即陽調的一般連讀表現）。

除了囝前字的表現有如上的差異之外，上表最引人注意的地方還有「囝」尾的聲調表現，即使不論細節，我們也可以發現金沙方言囝尾詞和台灣閩南語最大的不同就在於囝尾的聲調，從前面的表格可以知道，台灣地區「囝」尾大部分都讀為 52 調（上聲），而金沙方言則都為平調表現。

這個表現在張屏生（1996）的研究中也有提到，依據他的調查，當時的金門閩語囝尾詞聲調表現如下：〔註11〕

囝前字	陰平	上聲	陰去	喉陰入	塞陰入
詞　例	間囝 11＋11	椅囝 11＋33	秤囝 55＋55(51)	桌囝 55＋55(51)	竹囝 5＋55(51)
囝前字	陽平		陽去	喉陽入	塞陽入
詞　例	絃囝 11＋11		袋囝 11＋11	碟囝 11＋11	掘囝 1＋11

〔註10〕當然我們沒有任何依據去認為「□囝」結構中，囝前字必須要依照「一般性連讀規則」表現，這裡只是將其作為一個比較基準，以方便敘述並使讀者易於掌握。

〔註11〕下表引自張屏生（1996：207），該文對囝尾詞的詞例並未附上記音，只有以數字表示囝尾詞聲調表現，本文為免疏失，同樣不附上這些詞例的語音。另外，該文的陽調囝尾詞不論是收塞音尾或是喉塞尾，囝前字表現皆為 11 調，然對照同表格收塞音尾的陰入字表現以及該文第 29 頁的資料，我們判斷此處為打字疏失，收喉塞尾及塞音尾的陽入字聲調表現上應該仍有不同，故此處擅自更改為 11 與 1。

　　將上面的結果和本文的金沙方言比較，有兩點差異：

1. 陰平的囝尾詞在張（1996）中聲調表現為 11＋11。而我們所記錄到的是 33＋33。

2. 陰去和陰入的囝尾詞表現上，張（1996）呈現出兩種表現，「秤囝」可以讀為 55＋55，也可以讀為 55＋51；陰入亦同，「桌囝」可以讀 55＋55，或是 55＋51。但是在本文的語料中，我們只記錄到讀為高平調的表現，而沒有高降調的表現。

　　關於第一點差異，由於張文所蒐集的語料相當豐富，該文的金門方言，依照文末所附的發音人資料看來，語料來源涵蓋了金門的金城、金寧、金湖、金沙四個區域，關於囝尾詞的表現，並無另外說明分析用語料採自何處。因此我們無法判斷陰平調囝尾詞的聲調表現差異是由於語料來源不同，或是對語料的處理方式有異所造成的。

　　至於第二點差異，如果我們容後討論，先撇開陰去、陰入字後的「囝尾」在張（1996）有高平高降調兩可的表現不談，那就可以看出一個大的趨勢：金門閩語和台灣閩語的囝尾詞最大的差別就在「囝」尾的聲調表現上，金門閩語的「囝」尾都是平調表現，不似台灣閩語大都讀為高降調（上聲）。

　　根據金沙方言以及鄰近廈門台灣地區的「囝」尾聲調表現，我們相信可能曾經發生過如下的變化：

　　　「囝」尾：高降調 → 隨前字調高變調〔註12〕

這個變化使得古上聲來源的「囝」字，在金沙方言的囝尾詞中改讀為平調。〔註13〕

〔註12〕此處的「變調」與一般觀念下因在連讀環境下而與單字讀聲調表現不同的「變調」不同。本文以「連讀」指稱連讀環境下的聲調表現，「單讀」指稱單字調，對於兩者之間孰為本變，不持任何立場。因此這裡的「變調」單純指稱，在句末應該讀為「單讀」卻不然的囝字聲調表現。

〔註13〕當然我們也必須考慮一種情形，就是說金沙方言的小稱詞與台灣廈門等其他閩南方言的小稱詞並不同源。若是這樣，我們就無法認定是原本「囝」字的聲調產生了改變，這個可能性雖然不能否決，但是參考其他閩方言的小稱詞，我們很難相信獨獨金沙方言不使用「囝」字作為指稱動物後代或是細小憐愛之意的表現方式。此外，金沙方言的「囝」字單獨出現時，仍為上聲調（高降調），在相信小

從語料歸納出的「囝」尾隨前變調規律來看，這個變化（或說規則）顯然必須發生在「一般連讀規則」運作之後。因為，除了上聲，金沙方言所有囝尾聲調都是依照前字調高為準的平調；若非先運作連讀規則，再運作囝尾變調規則，而是囝尾的聲調先發生變化，那表現應該是：

陰平*55＋55　　陰去*11＋11　　陰入*<u>11</u>＋<u>11</u>　　所有陽調*33＋33

然從實際語料看來，囝前字顯然應該是先運作過連讀規則；再者，連讀規則是必用規則，只要不是單音節語詞，或是句末一字、輕聲前字等等情形，一律都要按照「連讀」規則表現，囝尾詞自然也不例外。

因此現在的金沙方言囝尾詞表現，應該是在運作了一般連讀規則之後，又運作了囝尾的隨前變調規則，「囝」字才從原本的高降調，讀為隨前字調高調整的平調表現的。

這裡值得我們進一步探討的，是張屏生（1996）中，陰去和陰入的「囝」尾有高平 55 以及高降 51 兩種聲調表現的情形。我們將在下一小節的討論中，一併探討對此現象的看法。

3.3.3 從囝尾詞看方言接觸的可能性

上一小節的討論中，我們將金沙方言的囝字調表現作了一番歸納，清楚地看出其最大特色就是囝尾讀為平調，而非上聲調。然而，在田調的過程中，我們其實也收集到相當數量的囝尾詞，其聲調表現與台灣地區相同，囝尾讀為上聲調。例如：

前字陰平：師囝（學徒）　sai55＞33　a52

前字上聲：棗囝　tso52＞35　a52

　　　　　黍囝　sue52＞35　a52

前字陰去：燕囝　ĩ11＞55　a52

前字陰入：金桔囝　kim55＞33　kiat<u>21</u>＞<u>55</u>　l（ø＜）a52

前字陽平：石頭囝　tsioʔ<u>44</u>＞11　tʰau35＞11　a52

　　　　　驢囝　li35＞11　a52

稱詞即是此「囝」字的情形下，我們判斷必然發生了一種變化，使其聲調改讀為平調。

前字陽去：姊妹囝　tsi52＞35　bə33＞11　a52

　　　　　同姒囝（妯娌）　taŋ35＞11　sai33＞11　a52

前字陽入：麥囝　beʔ55＞11　a52

乍看之下，不免使人困惑，金沙方言的囝尾詞何以聲調表現如此紊亂？有上聲調（高降調）表現，亦有平調表現，而平調又分低平、中平跟高平調（見上一小節）。

雖然看似混亂，但經過歸納，語料中的囝尾表現可以區分為兩大系統，一類是前面討論的隨前變調（平調）；另一類則是讀為上聲（高降調）的。對於這一類讀為上聲調的囝尾詞，我們猜想是方言接觸所帶來的影響。

如果從語料來源觀察的話，我們發現，將囝尾詞讀為上聲（高降調）的發音人，在年紀以及從事職業上，都與將囝尾詞讀為平調的發音人有所不同。前者都以從事雜貨販售業為主，年紀也較輕；而後者則多半是較為年長，或者長期留在村莊內，來往人士較為單純的發音人。

根據發音人吳金嚴先生（民國33年次）表示，自己因為長年經營雜貨店，與來自台灣的軍人有密切的交際往來，口裡所說的金門話已經不道地，多半都會配合台灣人作一些調整。例如，在語料中，「燕囝」一詞，吳先生的直接反應是ĩ11＞55　a52，過後才說，應該是ĩ11＞55　a55，並且認為前者應該是台灣人說話腔調比較輕所帶給他的影響，而吳先生兩位兒子（62、65年次）則幾乎都將囝尾詞讀為上聲調了。

反觀將囝尾讀為平調的發音人，清一色都是極為高壽且生活環境、往來人士都較為單純的發音人，尤其又以女性居多。

以性別來說，女性發音人多以平調為主，男性若是經商或經常往來台灣與金門的則會有兩可的情形，這應該與當地民風保守，男外女內的傳統觀念仍相當盛行有一定的關係。若以年齡來說，越是高壽，則平調的表現越為穩固，越是年輕，則兩可的情形益為廣泛，這可能與傳播媒體及教育薰化的力量有關，越是年輕的世代，對強勢方言影響的接受度就越大。

從上面這些於田調中所獲得的經驗看起來，金沙方言囝尾詞的聲調極有可能是受到台灣、廈門地區的閩語影響而產生了讀為上聲（高降調）的情形，如果這是正確的，那麼這就是一種因方言接觸而造成的改變。

但是這裡必須強調的是，這些討論都是非常直觀的，僅僅只是就著實際田

調中的經驗與感受，以及部份的語料所作的粗略觀察與判斷。實際上，方言接觸的研究不但應該要更謹慎、全面的進行，甚至也要運用到量化的研究方法來佐證，比如同一年齡的發音人中，是不是所有（或者大部份）與外界經商的都有這種兩可的情況？中年（即較年輕世代）的傳統家庭主婦，是不是都讀為平調，有沒有較少與外界接觸卻也將囝尾詞讀為上聲的女性？

又或是，這種差異會不會僅是因為男女之間有不同的語言風格與習慣所造成的呢？也就是說，女性都讀平調，男性則都讀上聲調？〔註14〕為了確認，我們也應該更加謹慎的蒐集更多發音人的語料，觀察同樣高壽的男女發音人之間表現是否相同？可惜筆者所能尋找到的發音人中，高壽者以女性居多，無法更進一步確認。而現代的方言接觸或是社會語言學的研究並不是本論文的主要目的，因此，這裡僅是提出一個可能性作為參考，期待將來能作更為深入的研究。

最後，我們來討論上一節提到的，張屏生（1996）所作的調查中，金門方言陰去和陰入的囝尾詞中，「囝」尾有高平 55 以及高降 51 兩種聲調表現的情形。

這個現象有沒有可能也是方言接觸造成的呢？本文以為，張（1996）的語料所呈現出來的，可能並不是方言接觸所造成的表現。最主要的原因是，張（1996）中，有兩種表現的僅限「囝前字」是陰去調與陰入調的情況，卻不見以其他調類作囝前字的囝尾詞也有同樣表現。我們很難相信，語言使用者在作語言接觸時會以中古調類作為影響與否的標準。

從他的語料觀察，可以發現，金門方言的囝前字聲調表現有兩類，一類是陰平、陽平、上聲、陽去、陽入，它們作為囝前字時，都讀為低平調 11；另一類就是陰去與陰入，它們作囝前字時，則都讀為高平調 55。

如果搭配上一節所提出的囝尾隨前變調規則一起思考的話，我們猜想，「囝尾隨前字的調高調整為平調」這個變化一開始可能是有條件的，那個條件就是

〔註14〕我們認為這個可能性並不大，主要的原因是，所有將囝尾讀為上聲（高降調）的人，都有意識的認為平調才是「對的」，讀高降調則是「也可以」、「台灣人都這麼說」。但卻不曾聽過發音人提出「女性才讀平調，男性不這樣說」的看法。更重要的一點，大部份的發音人，都認為台灣將「囝」尾讀為高降調是「說話較輕柔」、「撒嬌感較重」的表現，以刻板的性別印象來說，很難相信金沙「囝」尾聲調的差異代表著性別差異。

前字爲低平調時，「囝」尾會跟著調整爲低平調；而囝前字聲調是高平調時，囝尾則保留原本的上聲調（高降調）。也就是：

　　　囝尾：高降調　→　平調/低平調＿＿

　　　　　　　　　　　→　不變/高平調＿＿

至於會發生這個變化的原因我們並不確定，猜想，當囝前字是低平調時，囝尾的高降調調首便被調整爲與其同高度的低平調（即前字調尾影響後字調首）〔註15〕；而當囝前字是高平調時，囝尾的調首因爲與前字調尾同高度，便得以保持原本的高降調。

　　然後，由於這個變化影響的範圍相當大（陰平、陽平、上聲、陽去、陽入），也許因此逐漸擴散到陰去與陰入的囝尾詞，於是陰去與陰入的囝尾詞也開始發生這個變化，接著便可以看到其「囝」尾也讀爲平調的現象，若此，張（1996）的語料紀錄到的可能是這個變化開始影響到陰去與陰入的階段，而與前面提到的因方言接觸而將囝尾讀爲上聲（高降調）是不同的現象。

　　現在的問題是，我們必須承認，本文無法將兩種原因所造成的囝尾高降調區分開來。也就是說，1996年時如果是在變化中，那麼以現在的語調結果，我們無法判斷這個變化的擴散是否已經完成。

　　從邏輯上想，可能有如下兩種情形：

　　一，當時的這個變化（就是說陰去陰入後的囝尾也開始加入隨前變調的行列）後來有完成。這時，所有的囝尾詞就會如3.3.2節所分析的一樣，皆爲平調調型。之後，由於通商、傳媒等力量影響，而使得金沙方言出現許多將囝尾讀高降調的情形（例見本節首段）。

　　二，這個變化尚在進行中的時候，就已經受到台灣、廈門方言的影響開始將囝尾讀爲高降調。於是原本「不該」將囝尾讀爲高降調的囝尾詞（以陰平、陽平、上聲、陽去、陽入調爲前字的那些）也開始出現把囝尾讀爲高降調的用

〔註15〕關於金門方言的囝前字與囝字之間的變調規則，石曉娉（1996）有進行過深入的研究，在分析上以傳調現象來作爲解釋的基礎，以傳調來看的話，我們也可以認爲此處是囝前字的調尾傳調至囝尾上。然，該文主要是以金門的金城方言爲研究對象，在論述、解釋以及語料分析上皆與本文有所不同，爲免張冠李戴，不多加引述，若有興趣者可參看石曉娉（1996），《從自主音段音韻學觀點看金城方言聲調學》，國立清華大學語言學研究所碩士論文。

法，尤其是當時金沙方言系統中囝尾本來就有高降調的讀法（就是陰去陰入字的囝尾），接受度也許因此較高。

　　兩種情形從邏輯上說都有可能，從筆者所收集到的語料無法判斷應為何者。也就是說，我們實在無法判斷金沙方言以陰去陰入為囝前字的囝尾詞中，讀為高降調的那些例子，究竟是「存古」，還是方言接觸所帶來的現象。

　　事實上，對語言現象提出解釋相當困難，尤其邏輯可能性並不一定代表事實經過。上面的討論，主要是因為張（1996）的語料呈現出了一個現象：就是只有陰去陰入後的囝尾有高降調表現，其他聲調沒有。基於這樣明確的分野，我們只好猜想前字的調高是一種條件，這個條件決定了哪些囝尾變調為平調，哪些囝尾保留高降調，而之後這個變化又開始擴散到原本保留高降調的陰去陰入囝尾詞上。

　　這樣的討論過程似乎使得本節前半部的分析可信度稍有動搖，至少我們就無法肯定把陰去陰入囝尾詞讀為高降調的語料都歸類於「方言接觸」這一類是不是真的妥當（也有可能是變化未完成的證據）。不過以本文主要的寫作目的來看，3.3.2 節的分析才是重點，因為不論變化完成與否，金沙方言的囝尾詞的確都有「囝尾隨前字調高而調整為平調」的現象，而這也是金沙方言囝尾詞異於鄰近台灣廈門方言的最大特色。

3.3.4　□囝□結構

　　小稱詞尾「囝」後面如果帶有名詞作為中心詞，使整個結構成為「□囝□」，此時是一個偏正複合詞，下面是金沙方言的「□囝□」結構的代表詞例：

前字調	陰平（55）	上聲（52）	陰去（11）	陰入（21）
詞　例	窗囝門 tʰaŋ11 a33 mŋ35	紐囝空 liu11 a33 kʰaŋ55	鋸囝齒 ki55 a33 kʰi52	北囝囝〔註16〕 pak55 a33 kiã52
前字調	陽平（35）		陽去（33）	陽入（55）
詞　例	蠔囝煎 o11 a33 tsian55		樹囝枝 tsʰiu11 a33 ki55	麥囝酒 beʔ11 a33 tsiu52

〔註16〕指「外省籍子弟」。

我們將「□囝□」結構的表現和上一小節討論的「□囝」結構比較，並將結果化爲如下簡表（由於囝尾後面的中心詞位居末音節，勢必表現爲箇讀，故表中僅列「□囝□」結構中修飾語「□囝」的部份）：

	「□囝□」結構	「□囝」結構
陰平（55）	溝囝水　11＋33	溝囝　　33＋33
上聲（52）	紐囝空　11＋33	紐囝　　11＋33
陰去（11）	鋸囝齒　55＋33	鋸囝　　55＋55
陰入（<u>21</u>）	桌囝頂　55＋33 北囝囝　<u>55</u>＋33	桌囝　　55＋55 竹囝　　<u>55</u>＋55
陽平（35）	圓囝湯　11＋33	圓囝　　11＋11
陽去（33）	樹囝枝　11＋33	柚囝　　11＋11
陽入（<u>55</u>）	麥囝酒　11＋33 　　　　11＋33	麥囝　　11＋11 粒囝〔註17〕　<u>11</u>＋11

我們將「□囝□」結構的表現和上一小節討論的「□囝」結構比較之後，可以看出兩點差異：

一，囝字本身的聲調表現

在「□囝□」結構中（此時「□囝」作爲修飾語），「囝」字的聲調表現完全一致，都表現爲中平調 33；而在小稱「□囝」結構中，囝尾的聲調雖亦爲平調，然卻有 11、33、55 三種調高。

二，囝前字的聲調表現

從上表可以看出，只有陰平字作爲囝前字時，會在兩種結構中表現不同。在「□囝」中，陰平字聲調爲中平調 33；而在「□囝□」結構中，則讀爲低平調 11，而其他調類的囝前字在兩種結構中表現一致。

囝字在「□囝□」中的聲調表現一致，使我們猜想它很有可能進行了一個一致性的變化，按照我們對閩語聲調系統的瞭解，最合理的猜測是這個變化就是一般性「連讀」變化。

比照台灣廈門地區的閩南語，「□囝□」中的囝字是按照一般性連讀來表

〔註17〕粒囝 liap<u>55</u>＞<u>11</u>　(11（指面瘡）。

現的，也就是原本讀 53 調的囝，會讀為「連讀」44 調。（楊秀芳 1991：141）
因此金沙方言有可能也是同樣的情形。只是，按照金沙方言的連讀規則，上聲
字的連讀會表現為 35 調，而不是 33 調，那麼為何語料會一致性的表現為 33
呢？

也許可以認為此處的 33 是從 35 變化來的。語流中聲調產生變動的情形並
不少見（見 3.2.1 節），尤其囝字可說是相當常用的字，很有可能因為使用程度
頻繁而讀為發音較為輕鬆的中平調。

相似的例子可能還有「□□囝」（女孩子）tsa35　bɔ52＞35　kiã52。在語
流中，實際上聽到的常是 tsa35　bɔ33　kiã52；其修飾語成份「□□」（女人）
若單用則總是 tsa35　bɔ52。就以第二個音節 bɔ52 而言，我們可以判斷它應是
上聲字，而上聲字的連讀應該是 35 調。但女孩是使用頻率相當頻繁的一個語
詞，也許因此在口語中自然的表現為 33 調，而且即使 tsa35　bɔ35　kiã52 中讀
為 tsa35　bɔ33　kiã52，也不影響人們對其意義的理解。

但是，要用這個例子去解釋囝在「□囝□」中讀 33 調的原因也許有些不
妥。因為，在「□□囝」（女孩子）中，如果我們要求發音人放慢速度，那麼便
會很清楚的聽到 tsa35　bɔ35　kiã52，而不是 tsa35　bɔ33　kiã52。可是在「□
囝□」中，我們卻無法紀錄到囝讀為 35 調的例子，即使特意放慢說話速度也一
樣。

因此反過來說，我們必須得要思考一種可能性。就是「□囝□」結構中，
囝讀為 33 調並不是從上聲的連讀形式 35 調變化來的 [註18]，而是繼承了「□
囝」中囝尾聲調表現的結果。既然金沙方言「□囝」結構的表現是異於台灣閩
語的，那麼「□囝□」的表現就也有可能是異於台灣閩語的。

我們已經知道，金沙方言「□囝」結構中囝尾的聲調都是平調表現，與台
灣之保留其上聲來源（高降調）讀法的情形不同。當「□囝」結構本身的囝尾
聲調就已失去標誌其上聲來源的高降調徵性並以平調表現時，語言使用者在用
它作修飾語去修飾另一個名詞時，極有可能也保持其平調的徵性來表現。若此，

[註18] 因為，既然在「□囝」結構中，「囝」字就已自有一套不同於一般二字組連讀調的
表現了，說它進入「□囝□」結構時，一定以一般上聲調的連讀調形式 35 調作為
變化起點也有些一廂情願。語言使用者不見得知道口裡的小稱詞「a」來源是中古
上聲的「囝」，既然如此，怎麼會去運作一般上聲調連讀規律 52 → 35 呢？

「□囝□」結構中，囝字讀爲平調也是相當合理的。

現在問題是，「平調徵性的保持」如果眞是「□囝□」結構中囝字讀爲平調的原因，那麼何以都讀爲中平調 33 呢？「□囝」結構本身的囝尾聲調有三種：11、33、55，何以不是選擇保持爲 11 或 55？這或許與發音方式簡便與否有關，位於「□囝□」結構中的囝字，處於前後兩個音節之中，選擇中平調發音必然比讀爲 11 或 55 更容易與前後音節的調尾調首銜接。

第二個問題是更根本的問題：爲什麼「□囝」結構中囝尾的聲調會失去標誌其上聲來源的高降調徵性呢（也就是讀爲平調）？

「囝」是相當常用的字，當其作爲小稱詞時，明確用來指稱「子女」意涵的意義開始產生虛化，而可以引申爲指稱「動物後代」、「細小」、「憐愛」、「輕賤」等等意涵，更進一步，在語感上有可能連這些延伸的意涵也虛化掉了。比如，以發音人的語感來說，「溝囝水」的「囝」並沒有「子女」、「細小」的明確意義，更沒有「憐愛」、「輕賤」的感情在裡面，而是一種不自覺的語言習慣。〔註 19〕

因此，本文傾向相信金沙方言的囝字調表現之所以異於台灣、廈門等地。可能是由於囝字的意義逐漸虛化所造成的。意義上的虛化極有可能使得聲調的表現也跟著弱化。聲調的表現要弱化，自然不會尋求發音方式較困難的途徑來達成。與中平調比較，低平與高平調顯然是相對困難的發音方式，在囝字意義已經逐漸虛化的情形下，「□囝□」結構中總是將其讀爲 a33 應該就是可以理解的了。

3.3.5 小　結

3.3 節針對金沙方言的小稱詞「囝」字結構作了相當多的討論，過程中，我們針對種種語言現象提出了各種可能性。要解釋語言現象，只要合乎邏輯，可能性不會只有一兩種，但以筆者目前的能力，尚無法眞正深入的研究以及提出肯定的結果。主要的原因是，研究分析範圍的難以限定，本文是以金沙方言的語料作爲分析中心，而在論述過程中參考了許多前人學者的相關語料，這些

〔註 19〕因爲不論水溝是大是小，水質是乾淨或混濁，發音人都是用溝囝水來表示來自水溝的水。反過來，形體細小的蘿蔔乾，「菜脯」，發音人卻一致不以囝來形容，這點在台灣似乎也一樣，因此，我們才會以「語言習慣」來指稱這種現象。

語料相當豐富，比如張（1996），匯集了金門四個行政區域的語料。但是也因此使得分析上有些困難，我們無法肯定某些現象是「綜合」出來的結果，還是單一方言點的狀況。希望將來能夠進一步的擴大收集語料，以進行更深入的研究。

我們對金沙方言的囝字結構提供了種種的現象觀察與解釋，爲了方便讀者提綱挈領，在這裡作一些整理：

（一）從「□囝」結構的聲調表現，可以看出，金沙方言的囝尾聲調是以平調調型作爲特徵，這與廈門、台灣等地保持上聲高降調的情形不同。不但如此，囝前字在金沙方言也都是平調，而在台灣、廈門方言則不然。大體而言，囝尾的聲調與囝前字的聲調相同，只有上聲例外（11＋33），對此，我們目前無法解釋。

（二）「□囝□」結構中，囝字固定讀爲中平調 33。台灣廈門則都是讀爲高平調 44（55），雖然如此，我們也不能肯定其形成機制相同，台灣廈門的高平調是一般上聲字的連讀調；而金沙方言的上聲連讀調爲 35，而非 33，因此金沙方言「□囝□」結構中囝字讀 33 調的現象值得進一步研究。

（三）本文對金沙方言的小稱詞「囝」之所以都讀爲平調表現提出了一個大膽的假設。即是，小稱詞「囝」由於從最初明確指稱子女的實詞意義逐漸虛化，因而導致聲調上的逐漸弱化。小稱詞「a」的語源目前學界咸認是《廣韻》獮韻下九件切的「囝」字，它在大部份的閩南方言作小稱詞時，已經丟失了聲母、介音以及鼻音成份〔註20〕，猜想金沙方言也許進一步在聲調上也產生了弱化現象。若此，對於金沙方言的「□囝」與「□囝□」結構的聲調表現，就可以獲得一致的解釋，就「□囝」而言，因爲弱化因此囝尾隨前變調；就「□囝□」而言，同樣也因爲弱化以及音節位置，所以選擇發音簡易的中平調。

目前有紀錄到這種囝尾詞聲調表現爲平調（即並不讀爲上聲）的現象的研究，以筆者學力所及，只有張屛生（1996）和劉秀雪（1998）。張（1996）是以同安系方言共八個方言點爲研究對象，劉（1998）則僅以金門瓊林方言爲研究對象，兩人都紀錄到了這個情形，不過並沒有提出何以如此的可能解釋

〔註20〕潮州仍保留，如「鼎囝」（小鐵鍋）爲 $tiã^3 kiã^3$，而廈門、漳州、台灣則是 $tiã^3 ã^3$（楊秀芳 1991：166）。

〔註 21〕。因此本文僅是試圖對囝尾何以不保持其上聲來源的聲調讀法提出一個可能的解釋，既然只是一個嘗試，自然需要更深入的研究來加以確認，但受限於時間與能力，這個課題目前只得暫時放下，期待將來的研究。

〔註21〕 張（1996）對「囝尾的聲調是如何形成的」有所論述，主要也是以傳調現象來解釋；而劉秀雪則透過語料的歸納，分析囝尾調的表現規律。兩人並未對「爲何囝字未保持上聲調讀法」多作説明。

第四章　歷史音韻比較

　　本章欲從歷史演變的角度來分析金門金沙方言的音韻表現。語言彼此的關係不是此疆彼界的，因此方言在演變的過程中，自然也無法避免與其他方言產生接觸關係，一旦接觸發生，比如一個優勢方言傳入某弱勢方言後，兩個語音系統之間就會開始混雜與競爭，這些競爭過程所留下的痕跡，我們可以稱之為「層次」（或所謂的文白異讀）。

　　要分析方言中可能具有的歷史層次表現，單純靠「語用」上的文白異讀可能是不足的，不但因為文白異讀不必然跟時間的先後有關係，更主要的原因是文白異讀最初具有的社會語言學意義早已因時日流轉而淡化了。所以我們應該關注的是文白異讀背後所代表的歷史層次意義，也就是其「先後（相對）關係」，而非「分用（絕對）關係」。

　　雖然方言中文白異讀的差異不能直接用在歷史語言學的比較構擬法中〔註1〕，但是透過歷史層次的差異比較，仍然可以使我們對歷史上有過的方言差異以及語音演變有更深的瞭解。「差異」是透過「比較」而來的，而「比較」需要「標準」。因此要分析金沙方言中可能具有的歷史層次差異，必須透過某些特定的參照標準才有可能。因此以下先概要說明本文所選定的分析依據，接著觀察金沙方言聲韻調三方面的歷史層次表現。

〔註 1〕 因為弱勢方言會將借進來的優勢方言以自己的語音系統進行調整，因此它和所借
　　　　自的優勢方言畢竟是不同的，所以雖然弱勢方言中的文白異讀具有類似方言之間
　　　　語音對應的關係，要直接應用在比較構擬法中仍有不妥（楊秀芳 1993：824）。

4.1 歷史音韻比較的層次分析依據

（一）中古《切韻》音系

在漢語方言研究上最具代表性的參照架構就是《廣韻》所代表的自《切韻》以下的中古音系統（以下簡稱《切韻》音），因此本文主要即以此架構作爲參照標準來觀察金沙方言的歷史層次。聲母部分依據晚唐之後的三十六字母系統，韻母部分則搭配晚期韻圖中的十六韻攝架構來觀察韻類的對應發展，而聲調部分則是觀察古清濁不同的聲母反映在今天聲調上的差異。

（二）從上古到中古的音韻變化

當我們將金沙方言與《切韻》音系作比較時，如果遇到不合於《切韻》音系架構的對應情形時，我們參考董同龢（1965）、李方桂（1980）、丁邦新（1975）等學者對於從上古音系到中古音系演變的研究成果來幫助我們進行對照觀察，特別是聲母韻母的分合發展，藉此也許可以看出金沙方言中早於（不同於）《切韻》音系的層次表現。

（三）中古《切韻》音系之後到近代的音韻變化

中古之後不論是在聲母韻母或是聲調上都產生了重大改變，這些改變有些也發生在閩南語，比如「全濁清化」、「知照合流」、「調分陰陽」等等，這些現象同樣也表現在金沙方言的音韻系統中，是分析層次時必須考慮的因素。

（四）泉州韻書《彙音妙悟》

《彙音妙悟》是清嘉慶五年（西元 1800 年）由黃謙所著的一本閩南韻書，該書反映了兩百多年前泉州方言的音系狀況。根據前人研究（鄭縈 1994、張屏生 1996），金門閩方言亦屬於泉州方言，因此藉由比較金沙方言與《彙音妙悟》的音韻架構，可以提供我們另一個較爲微觀的角度去觀察泉州方言本身的音韻格局。

在使用上面幾個參照架構來作歷史層次判斷的時候，必須強調的一點是：我們並未預設這些參照架構與現今的金沙方言之間有一定的演變關係。相反地，我們採取比較謹慎的方式，將他們放在同一個平面上進行比較，經由比較其間音韻格局的參差，可以幫助我們瞭解不同架構之間的親疏遠近，或是邏輯上語音演變的可能軌跡，甚至使更早期音韻格局的構擬成爲可能。

由於一般學者都同意閩方言的文讀系統大致上是合於中古《切韻》音系架構的（即所謂的文讀層次），而不合於這個架構的現象，有些可能表現出更早的音韻格局（亦即一般所說的白讀層次），另有些則可能是方言內部的語音演變所導致的。本文的作法是先區分出合於《切韻》音系架構的表現，先將之視為規則讀法，然後再進一步觀察其餘不合切韻架構的表現所可能蘊含的意義與層次。

另外，我們偶爾也試著將金沙方言與其他方言點作簡單的對比，以推論某些情形是否為閩南方言甚至閩方言的共同音韻現象。並且適時地參考一些早已明確且廣為人知的閩語聲韻調文白層次特點作為分析層次時的參考。

4.2 金沙方言聲韻調的歷史層次

4.2.1 聲母的比較與歷史層次

本節我們從中古音的聲母系統出發，討論金沙方言與其對應的情形。下面先將兩者的對應結果歸類列表，下表採取詳實窮舉的方式，即使某種語音表現字例過少且有特殊原因，仍然採取如實呈現的方式。接下來再分別討論各種語音表現可能代表的層次或意義，為方便討論，分析時以《切韻》架構為準，凡合於規則讀法的，即以「文」代表之，與其相對的「白」，指的是與規則讀法不同且成片的表現或是透過韻母及聲調、語用表現而判斷出的文白同形聲母；至於某些極為特殊又稀少的表現，則另外討論，暫不強作區分。

金沙方言與中古音聲母系統對照表

幫	p/pʰ*	滂	pʰ/p*	並	pʰ/p	明	b(m)/h		
非	p/h/pʰ*	敷	pʰ/h/b*	奉	pʰ/p/h	微	b(m)/h		
端	t	透	tʰ/t*	定	tʰ/t/l*	泥	l(n)	來	l(n)
知	t/ts	徹	tʰ/tsʰ	澄	tʰ/tsʰ/t/ts	娘	l(n)		
精	ts/tsʰ*/l*	清	tsʰ	從	tsʰ/ts/l*			心	tsʰ/s/h*	邪	tsʰ/ts*/s
莊	ts/t*	初	tsʰ/tʰ*/ts*	崇	tsʰ/ts/t*/s			生	s/tʰ*
章	k/kʰ*/ts	昌	tsʰ/kʰ	船	tsʰ/ts/t*/s	日	l(n)/h	書	tsʰ/ts/s	禪	tsʰ/ts/s
見	k/kʰ*	溪	kʰ	群	kʰ/k/h*	疑	g(ŋ)/h	曉	kʰ/h/ø	匣	kʰ/k/ø/h
影	ø	云	h/ø	以	ts/s/h*/ø				

*表示字例極為稀少

從表中可以看出金沙方言和《切韻》音系在音類的對應上表現相當複雜，大部分的中古某類聲母在金沙方言都有不只一種的對應情形，也有中古雖不同類但在金沙方言卻表現一致的情形。這種現象不但意謂著我們需要進一步分析其背後的歷史意義，更透露出閩語與《切韻》音系不具有直接從屬關係的可能性。

4.2.1.1 幫非組

	幫	滂	並	明	非	敷	奉	微
文	p 兵半	pʰ 判盼	pʰ 盆袍 /p 憑旁	b(m) 卯孟	h 方飛	h 膚峰	h 奉鳳	b 亡文
白	p 飽餅	pʰ 拚片	pʰ 坪彭 p 平病	b(m) 盲蠓	p 糞分	pʰ 芳蜂	pʰ 縫扶 p 房飯	b(m) 網間
特殊	pʰ 博	p 怖		h 媒	pʰ 販	b 撫		h 紋

金沙方言唇音聲母的表現和各地閩方言一致，在白讀的表現上，非系聲母讀同幫系代表著一個未經歷輕重唇分化的層次，搭配漢語歷史文獻來看，應該就是晚唐以前的層次表現。後來主流漢語進入閩地，帶來了一個輕重唇分立的層次，不過，大部份的漢語方言輕唇聲母今皆讀齒唇擦音 f，閩語卻讀 h，這應該是文讀系統受到白話系統調整的結果，由於閩方言本來沒有齒唇擦音，所以只好調整爲系統中原有且相近的 h（楊秀芳 1982）。

另外，原本是全清與次清關係的非敷兩母同讀 h，這代表兩個可能性：一個是這樣的文讀系統來自一個非敷無別的系統，另一個可能性是文讀層傳入閩方言後，方言內部進行調整，將非敷兩母的區別調整爲相同表現；以目前的資料無法判斷是那一種情形。

微母從明母分出，漢語各大方言表現或有不同，但大體只有兩種情形：一是維持唇部發音，一是讀爲零聲母。按董同龢（1965：143）擬音及意見，微母從齒唇鼻音 ɱ 弱化爲齒唇濁擦音 v，之後再度弱化爲零聲母 ø。現今閩語微母文讀也讀 b，而不是 ø，這顯然表示閩語借進的文讀層中，微母尚未眞正弱化爲 ø，仍然維持著唇部的發音，而後閩語內部進行調整將之讀同明母。

明母和泥（娘）、來、疑、日等鼻音及邊音聲母在金沙方言中不論文白層都有共同的表現，因此我們留待後文（4.2.1.5 節）再一併討論。

並母，爲中古的全濁聲母，而中古全濁母的清化方向在各閩方言有一致性

特色，即大部份今讀對應爲不送氣清音，小部份爲送氣清音，其間並沒有清楚的分化規則可循，金沙方言自然也不例外，不論文白層次，並母皆對應爲 p^h 或 p。閩語全濁母清化對應的特殊現象已經有相當多的學者提出看法，莊初升（2004）一文總述了截至目前爲止諸多學者提出的幾種學說，主要的有 Jerry Norman 提出的「原始閩語說」、張光宇提出的「移民匯合說」，以及余藹芹、平田昌司、李如龍、黃金文等人主張的「語言層次說」，各說的詳細出處及大意可以參看該文，此處爲免冗繁，不再贅述。

在前人的研究基礎上，吳瑞文（2005）透過吳閩方言之間同源詞的規則對應進一步地對閩方言全濁清化的表現提出了看法。依據他的研究成果，閩方言中全濁清化後讀送氣清音的是閩語固有的層次；而讀不送氣清音的是受到早期吳語的影響而傳入的層次，也就是說，閩語全濁聲母今讀的分歧是吳閩方言接觸所造成的結果。（吳瑞文 2005：71）

要離析閩語全濁母今讀的層次不是一件容易的事，上面諸位學者的學說提供了我們不同的研究進路與方法，每一種方法都需要堅定的證據及縝密的思考邏輯，以筆者目前的能力沒有辦法提出個人意見，只能實事求是的從所收集到的語料進行觀察，因此除了說明金沙方言的清化路線同一般閩方言一致之外，無法對這個問題作進一步的處理。

除了上面的規則對應，另有一些相當特殊的對應表現，臚列於下：

幫母非母（白讀）讀爲送氣清音：

「博」 $p^h\mathfrak{o}k^7$、「碧」 p^hik^7、「販」 $p^hu\tilde{a}^5$。

滂母讀不送氣清音：「怖」 $p\mathfrak{o}^5$。

敷母讀濁音：「撫」 bu^3。

微母讀喉擦音：「紋」 hun^2。

「博」、「碧」、「販」不但在金沙讀送氣，廈門、泉州、潮州、漳州也都讀爲送氣：[註2]

〔註 2〕 廈門、潮州之記音資料取自北京大學中國語言文學系語言學教研室編（2003）《漢語方音字匯》（北京：語文出版社），泉州資料取自林連通（1993）《泉州市方言志》（北京：社會科學文獻出版社），漳州則參考張振興（1992）《漳平方言研究》。

	金沙	廈門	泉州	漳州	潮州	福州	建甌
博	$p^h\text{ɔ}k^7$	$p^h\text{ɔ}k^7$	$p^h\text{ɔ}k^7$	$p^h\text{o}k^7$	$p^h\text{a}k^7$	$pau\text{ʔ}^7$	$p\text{ɔ}^7$
碧	$p^h\text{i}k^7$	$p^h\text{i}k^7$	$p^h\text{ia}k^7$	$p^h\text{i}t^7$	$p^h\text{e}k^7$	$p^h\text{ei}\text{ʔ}^7$	pi^7
販	$p^h\text{u}\tilde{\text{a}}^5$	$p^h\text{u}\tilde{\text{a}}^5$	$p^h\text{u}\tilde{\text{a}}^5$		$p^h\text{u}\tilde{\text{a}}^5$		

這種一致性可能代表其送氣讀法另有來源。這種全清母卻讀送氣的情形，不只見於閩方言，就漢語各方言看來，也有些全清母字會例外地讀爲送氣，在下文的討論中也會看到許多這種送氣與否之間的參差，造成這類演變規則例外的原因相當複雜，李榮（1965）曾經對某些語音演變規律的例外情形撰文討論，讀者亦可自行參看。

「怖」，普故切〔註3〕，雖屬滂母，但漢語各方言皆讀不送氣，不獨閩語如此，大約是受到聲符「布」爲幫母字的影響。「撫」bu^3，麌韻字讀 u 是文讀韻母的表現，我們推想它是一個書面用字，因此極有可能受聲符爲微母字（如「舞」、「無」）的影響而讀同微母字。

在林連通的《泉州市方言志》（1993：123）中，「紋」字讀爲 hun^2，筆者於金沙進行語調時亦獲得相同結果。但「紋」是無分切，微母字今讀 h 實屬稀罕，然而經過一番思考，我們認爲 hun^2 有可能並不是「紋」的對應讀法，而是「痕」的對應讀法（匣母字讀 h 正是規則讀法）。周長楫（1998：217）《廈門方言詞典》對「痕」hun^2 的解釋如下：「(1)痕跡：刀～、傷～。(2)線或像線的東西」，並舉例句「冊拗了有～」表示「書頁折了有暗紋」。可見「痕」、「紋」兩字在意義上的確有所重疊，不但如此，在韻母、聲調的表現上也完全相同，因此我們認爲發音人有可能將「紋」、「痕」混淆而不自知，也就是說，對著字面上的「紋」念意義上的「痕」，這是一種訓讀，而非本字的對應。

如果這個猜測是正確的，那麼我們就可以將《泉州市方言志》以及金沙語調資料中的「紋」修正爲「痕」，如此，便無「微母讀 h」這令人費解的對應情形了。

〔註3〕若無特別說明，本文切語一律指《廣韻》所收之切語。

4.2.1.2　端知組

	端	透	定	泥娘	知	徹	澄	來
文	t 燈戴	tʰ 胎腿	tʰ 膽臀 t 隊唐	l(n) 嫩耐	t 朝智 ts 站眞	tʰ 暢 tsʰ 癡超	tʰ 程 t 陳 tsʰ 持 ts 住	l 蘭來
白	t 刀當	tʰ 拖湯	tʰ 頭糖 t 大題	l(n) 年利	t 張轉	tʰ 趁寵	tʰ 塵蟲 t 陳重	l(n) 李籃
特殊		t 貸	l 條					

　　知系聲母的白讀表現與端系相同，反映的是上古「端知不分」的格局。不過文讀方面卻也保持著舌音的念法，例如「陳」有 tin² : tan² 的文白對比，這可能是因爲文讀層傳入閩地時，雖然端知已分立，但是兩者的發音部位仍相去未遠，所以對閩人來說，將之調整讀同端系是很自然的事。至於知系字中少數讀同照系聲母的文讀音，比如「眞」讀 tsin¹，則顯然是「知照合流」之後才傳入閩地的讀音了（楊秀芳 1982）。

　　特殊對應方面：透母字的「貸」今讀 tai⁶，古次清母字今讀不送氣清音，是不規則演變。由於這個讀法在各閩南方言都一致，而且皆讀爲陽調，因此我們認爲應該是受到聲符「代」爲定母字影響而出現的讀音。

　　至於「條」，徒聊切，中古濁音清化後應讀爲清聲母，但在此讀濁聲母 l。閩南方言中某些常用字的聲母會有清濁兩種變體（楊秀芳 2000：122），比如表示「曾經」的 pat⁷ 也可說成 bat⁷；「椅條」（長板凳）在廈門、泉州都有 tiau²、liau² 兩種變體。這是一種後起的特殊變化，因此無法以語音演變的規律性及系統性進行預測，像這樣的例子在金沙方言中還有「蟮蟲」（壁虎），既可以說 sian⁶ laŋ²，也可以說 sian⁶ tʰaŋ²。

4.2.1.3 精莊章組

		文									
精	ts 左栽	清	tsʰ 籤寢	從	tsʰ 存晴 ts 前全	心	s 姓星	邪	s 祥		
莊	ts 斬爭	初	tsʰ 窗篡	崇	tsʰ 愁 ts 撰 s 雛	生	s 山參				
章	ts 鐘政	昌	tsʰ 衝昌	船	s 神	書	s 世少	禪	s 紹	日	n(1) 耳
		白									
精	ts 子椒	清	tsʰ 脆千	從	tsʰ 牆匠 ts 坐截	心	tsʰ 鰓鬚 s 送箱	邪	tsʰ 像 ts 旋 s 尋		
莊	ts 盞莊	初	tsʰ 瘡插	崇	tsʰ 牀 ts 寨 s 煤	生	s 師駛				
章	ts 種正	昌	tsʰ 秤唱	船	tsʰ 脽 ts 船蛇	書	tsʰ 試手 ts 水少 s 稅屎	禪	tsʰ 樹 ts 石 s 熟	日	n(1) 讓
		特殊對應									
精	tsʰ 雀 l 跡	清		從	l 字	心	h 歲	邪			
莊	t 淬	初	tʰ 窗 /ts 齔	崇	t 鋤	生	tʰ 篩				
章	k 支 kʰ 摕	昌	kʰ 齒	船	t 唇	書		禪		日	h 箬

　　上古精莊同源，中古莊章又與知系合流，所以我們將精莊章三組聲母放在一起討論。從讀音表現來看，中古精莊章三組聲母金沙方言和其他閩方言一樣都讀爲 tsʰ/ts/s。文讀方面，中古擬音爲濁擦音的禪邪母在清化後跟著心書母同讀 s 是規則讀法；因此比較特別的是船母及崇母文讀爲 s 的表現。船母與禪母的相同表現使人聯想到漢語方言中常見的「船禪不分」現象，這樣的格局在守溫三十字母系統中便已看到，因此我們認爲這裡船禪母的相同表現代表一個「船禪不分」的來源。

　　崇母讀爲 s 的例字不多，語料中只有 sɨ⁶「士」、sɨ⁶「事」、saʔ⁸「煤」（以水煮熟）、sŋ²「床」（蒸籠）。「士」、「事」的韻母爲文讀表現，而「煤」、「床」則爲白讀韻母，我們認爲比較合理的猜測是「士」、「事」爲受到文讀層的影響而產生的讀音，而「煤」、「床」則可能反映出崇母較早的一個層次。

　　「士」、「事」和同韻生母字「史」、「使」在官話中同音，加上並不是基本詞彙，有可能因此類推（或借入）si^6 的讀音。但是「煠」、「床」的情形則不同，從語詞的性質來看，它們可以說是非常基本的詞彙，不太可能需要從晚近的強勢語言移借或類推發音，因此「煠」、「床」的聲母讀 s，應該不是受到強勢方言的影響。根據吳瑞文（2005：207）的研究成果，可以知道宕攝開口三等韻母讀 ŋ 表現的是六朝以前的層次。因此「床」$sŋ^2$ 似乎是一個相當早期音韻格局的讀音形式，可惜崇母讀 s 的字例極少，我們無法做出進一步的判斷。

　　接下來看心生書邪四類聲母，心生書母中古擬音皆為清擦音，邪母則為濁擦音，清化後他們的文讀表現都是 s；至於白讀，則有 ts、ts^h 及 s 的對應：

文：白	s：s	s：ts^h	s：ts
心母	箱 $sioŋ^1$：$siũ^1$	鮮 $sian^1$：$ts^hĩ^1$	
邪母	似 si^6：sai^6	席 sik^8：$ts^hioʔ^8$	松 $sioŋ^2$：$tsiŋ^2$
書母	聲 $siŋ^1$：$siã^1$	試 si^5：ts^hi^5	書 si^1：tsi^1
生母	使 si^3：sai^3		

　　這種舌尖塞擦音與擦音的密切關係是閩方言的一大特色，一般說來，從韻母的文白層次以及各閩南次方言的相同表現，學者推論白讀的 s、ts^h、ts 可以往上追溯到共同閩語（楊秀芳 1982：38、50）。吳瑞文（2005）針對邪與從的關係進行研究，結果顯示，透過吳閩方言同源詞的比較，閩方言的邪母具有「從邪有別」層與「從邪不分」層，後者是六朝時期的江東方言表現，前者則是閩語的固有表現。

　　根據吳瑞文（2005），我們知道李方桂（1971）的擬音顯示從上古到中古，從母和邪母都是兩分的：上古是 *dz：*rj，中古是 *dz：*zj，但是顏之推在《顏氏家訓音辭篇》中提到了南人「從邪不分」的合流現象：

　　　　南人以錢為涎，以石為射，以賤為羨，以是為舐

也就是說，當時南方方言發生了濁擦音邪母向濁塞擦音從母靠攏的現象，而後濁母進行清化，於是今日邪母就有和從母同讀 ts/ts^h 的現象。與心書生三母念 ts/ts^h 的情形相比，邪母讀 ts/ts^h 只是一種平行演變的結果。一個雖然間接卻很明顯的證據是，顏之推及《玉篇》的「從邪不分」，正好從反面說明了當時心書

生三個清聲母勢必與從邪母有清楚區隔（否則就會流露出「心書生邪不分」的訊息）。

順著這個思路，邪母對應 ts/tsʰ 的層次可能晚於心書生母對應 s/ts/tsʰ 的層次。至於「心書生」母對應 s/ts/tsʰ 的複雜現象，我們只能從韻母的文白層次及閩語各方言的比較判斷它們應該可以上推到共同閩語階段，但仍然無法處理這種塞擦音與擦音密切往來的背後原因，只能期待將來的進一步深入研究。

接下來我們觀察一些較為特殊的對應關係：

（一）中古擬音為正齒部位清塞擦音的章母和昌母字，白話音中有對應於 k/kʰ 的情形：例如「支」ki¹、「痣」ki⁵、「搋」kʰioʔ⁷（章母）、「齒」kʰi³（昌母）。這種對應雖然字數不多，但是卻普遍見于各閩方言之中，應該是閩方言的共同底層表現。董同龢（1965）及李方桂（1971）都注意到上古的諧聲字中已經透露了章系與見系的往來關係，因此這些讀舌根音的章系字也許表現的是一個超越切韻架構的層次。

（二）莊系有一批字聲母對應於 t/tʰ，例如：「滓」tai³、「窗」tʰaŋ¹、「鏟」tʰuã³、「鋤」ti²、「事」tai⁶。這個現象非常特別，但是由於字數相當稀少，我們無法確定其歷史層次，只好列而不論。不過考慮到莊系讀舌尖塞音的現象亦發生在閩東、閩北（陳章太、李如龍 1991：14），因此也應該是閩語聲母系統的共同底層表現。配上前面的討論，我們可以看出崇母字的層次表現相當複雜，共有 tsʰ/ts/t/s 四種對應。單從韻母的文白形式無法使我們更進一步判斷層次之間的關係，此處只好暫時擱置。

（三）精母和從母等齒頭音有讀為 l 的情形，如：「跡」liaʔ⁷、「字」li⁶。這個現象也見於廈門，如「遮」（章母）讀 lia¹，「爪」（莊母）讀 liau³、「字」（從母）讀 li⁶。由於這個現象目前僅見於閩南廈門泉州方言，對比於保有早期韻書中十五音「日」類聲母的漳州「遮」dzia¹、「字」dzi⁶ 讀法，我們只能假設這些字的聲母 ts 可能在高元音 -i- 前發生了變化，讀為 dz，也就是：*ts->dz-/_i。而後他們加入泉州、廈門方言中相當普遍的「日歸柳」現象，於是今讀為 l 聲母。

這種情形下產生的 l 聲母和前文所提過的清聲母濁化字例如「條」liau²、「蟲」laŋ² 顯然是不同的原因。條是定母而蟲是澄母字，從音理上看，他們不具有加入日歸柳變化的條件；雖然知系字最晚近的文讀層有「知照合流」表

現，「蟲」的聲母因此也有可能為 ts，但若果眞如此，我們期待看到的音讀是 $*lioŋ^2 < *dzioŋ^2 < *tsioŋ^2$（通攝三等韻母文讀表現為 ioŋ，而 aŋ 則為白讀層表現），但事實不然，因此它們應該是兩種不同原因導致的相同現象。

（四）有些個別字的對應既特別又少見，比如心母字「歲」$hə^5$、初母字「齪」$tsak^7$、生母字「筳」t^hai^1、船母字「脣」tun^2。這些對應有些也見於其他閩方言，比如：

	金沙	泉州	漳州	廈門	潮州	福州	建甌
歲	$hə^5$	$hə^5$	hue^5	he^5	hue^5	$xuei^5$	$xyɛ^5$
筳	t^hai^1	t^hai^1	t^hai^1	t^hai^1	t^hai^1	t^hai^1	sai^1
脣	tun^2	tun^2	tun^2	tun^2	$tuŋ^2$	$suŋ^2$	$sœyŋ^2$
齪	$tsak^7$	$tsak^7$	$tsak^7$	$tsak^7$			

因此雖然目前這些現象難以解釋，但應該是閩（南）語的共同底層表現。

4.2.1.4　見曉影喻

	見	溪	群	疑	曉	匣	影	云	以
文	k 恭頸	k^h 卿慶	k^h 瓊 k 窮	ŋ(g) 驗吟	h 顯	h 宏	ø 妖安	ø 遠	ø 寅
白	k 供驚	k^h 腔庚	k^h 鉗 k 件	ŋ(g) 眼研	h 歡昏 k^h 許薅	k^h 環/k 行 /h 橫/ø 閑	ø 腰鞍	h 雨 ø 圓	ø 羊
特殊	k^h 崑礦		h 裘	h 額硯 魚瓦	ø 枵煦				ts 癢/s 鹽 /h 與

為免冗贅，我們直接觀察某些比較特殊的聲母對應情形。先看曉母，曉母對應的文讀聲母是 h，白話聲母則有 k^h/h/ø 三種。我們先列出字例，然後再進行討論：

白讀對應 h：「孝」hau^5：ha^5、「昏」hun^1：$hŋ̍^1$。

白讀對應 k^h：「呼」$hɔ^1$：$k^hɔ^1$、「許」hi^3：$k^hɔ^3$。

白讀對應 ø：「煦」（靠近某物取暖）u^5、「枵」（飢餓）iau^1。不過在語料中沒有收集到「煦」和「枵」的文讀形式。它們在其他閩南方言的表現如下：〔註4〕

〔註4〕廈門記音取自周長楫（1998）《廈門方言詞典》，福州取自馮愛珍（1998）《福州方言詞典》（南京：江蘇教育出版社）；漳州記音資料取自陳正統（2007）主編《閩南

	金沙	泉州	廈門	漳州	潮州	福州
煦	u^5	$hu^5 : u^5$	$hu^5 : u^5$	u^5	u^5	
枵	iau^1	$hiau^1 : iau^1$	$hiau^1 : iau^1$	$hiau^1 : iau^1$	iau^1	εu^1

　　依據陳章太、李如龍（1991：92）的研究，「枵」僅在閩南、閩東地區通行，不見於閩中閩北。而「煦」資料有限，僅能蒐集到幾個閩南方言的表現。

　　將語料中曉母的表現與各韻攝韻母的文白層次稍作比較之後，可看出曉母讀 h 時大部份都是與各韻攝的文讀韻相配，僅少部份也配白讀韻母（如昏、孝等字），因此 h 應該是個跨越文白層的聲母，曉母讀 h 沒有什麼問題。比較特別的是曉母讀 k^h、ø 的對應，而 k^h 總是與白讀韻母搭配的事實可以幫助我們推斷其大概是個超越《切韻》系統層次的聲母。

　　曉母讀 ø 的字例極少，周長楫、歐陽憶耘（1998：123）認為曉母讀零聲母應是《切韻》後音變的現象。從目前語料僅有的兩個曉母讀零聲母字例看，其後所接的剛好都是該韻攝的文讀韻母。其中「枵」字在其他閩南方言另有一個與之相對，讀為 $hiau^1$ 的文讀音，因此周、歐陽二人的說法也許可以參考。另外可以注意的一點是：福州、古田、福鼎方言的枵也一樣讀零聲母（陳章太、李如龍 1991：92），因此如果我們將這個現象上推為閩南、閩東尚未分支的層次表現也無不可，但是字例過少，我們很難進一步判斷，目前只能存疑。〔註5〕

　　接著我們看云匣二母，由於喻三母與匣母在歷史發展上有密切關係，因此這裡將它們合併來觀察。匣母有四種對應：$k^h/k/h/ø$，h 雖多與各韻攝文讀韻母相配，但是與白讀配合的情形也不在少數，如：「夏」he^6、「後」hau^6、「旱」$hu\tilde{a}^6$、「橫」hui^2、「鱟」hau^6，在此先認定為跨越文白層的讀法。零聲母以及舌根塞音 k/k^h 的讀法則都與白讀韻母相配，如「鞋」ue^2、「換」$u\tilde{a}^6$、「閒」$\tilde{a}i^2$、

話漳腔辭典》（北京：中華書局）；潮州取自楊揚發（2001）《潮汕十八音字典》（廣東：汕頭大學出版社）及北京大學中國語言文學系語言學教研室編（2003）《漢語方音字匯》（北京：語文出版社）；泉州資料取自林連通（1993）《泉州市方言志》（北京：社會科學文獻出版社）。以下引用記音資料除非特別註明，否則均與此同。

〔註5〕除了聲母的表現，韻母的層次也是令人費解之處。依據杜佳倫（2006：111），枵在馬祖方言讀 iau^1，（枵在福州方言讀 εu^1）是白讀層的表現（文讀當為 iu）。而以閩南方言而言，枵讀 iau 應當是文讀韻的表現（效攝三等文白讀有 iau：io 的對比），若此，則更難判斷曉母讀零聲母所表現的層次早晚了。

「行」kiã²、「汗」kuã⁶、「猴」kau²、「寒」kuã²、「厚」kau⁶，因此可以定爲白讀層讀法。〔註6〕

喻三母有兩種對應：h 和 ø。與匣母不同的是，語料中 h 則只與白讀韻母結合，如：「雨」hɔ⁶、「遠」hŋ⁶、「園」hŋ²。而零聲母 ø 則和文白韻母都有搭配，如：「雨」u³、「爲」ui²、「郵」iu²、「榮」iŋ²；「芋」ɔ⁶、「有」u⁶、「圓」ĩ²、「院」ĩ⁶。

利用對漢語文獻的知識，我們推斷匣母讀爲舌根塞音 kʰ/k 表現的是上古「群匣未分」的格局。早期匣母和喻三共爲濁擦音，進入南方方言後，部份脫落而變爲零聲母、部份則清化讀同曉母。等到後來北方文讀層傳進閩語時，又帶來了「曉匣合流」（匣母讀 h 配文讀韻母的情形）以及「喻三喻四合併」（喻三讀 ø 配文讀韻母的情形）的文讀表現。

從喻三母的角度來看，其零聲母跨越文白的表現可說有兩個層次來源，一是反映「喻三古歸匣」，云匣同源的層次表現；另一是反映中古後期「喻三喻四合流」（即與匣母分流）的層次表現。從匣母來看，其 h 聲母同樣跨越文白的表現也可能蘊含著兩個層次：一是群匣分化之後，濁擦音進入南方未脫落而走上清化路線的層次；另一是反映濁音清化後「曉匣合流」的層次表現。

古以母字有少數白話音爲舌尖塞擦音及擦音的表現，如：「簷」tsĩ²、「癢」tsiũ⁶、「瘍」（牙垢說「喉齒瘍」）siũ²、「鹽」（醃漬）sĩ⁶、「蠅」sin²、「翼」sit⁸。注意到它們總是與白讀韻母搭配，我們推斷這應是早於《切韻》格局的表現。並且這個現象也廣泛見於其他閩方言：

	金沙	泉州	廈門	漳州	潮州	福州	建甌
簷 咸三	tsĩ²	tsĩ²	tsĩ²	tsĩ²	siam²/tsĩ²	sieŋ²	saŋ⁵
鹽 咸三	sĩ⁶	sĩ⁶	sĩ⁶	sĩ⁶	iam⁴	sieŋ⁵	iŋ⁶
瘍 宕三	siũ²	siũ²	siũ²	siɔ̃²	iaŋ²		
癢 宕三	tsiũ⁶	tsiũ⁶	tsiũ⁶	tsiɔ̃⁶	tsiɔ̃⁴	suɔŋ⁶	tsiɔŋ⁶
蠅 曾三	sin²	sin²	sin²		sin²	siŋ²	saiŋ⁵
翼 曾三	sit⁸	sit⁸	sit⁸	sit⁸	sik⁸	siʔ⁸	siɛ⁶

〔註6〕但「環」字讀爲 kʰuan²，雖是白話音，其韻母形式卻是文讀韻母，由於僅此一例，目前只好暫時當作特殊例外。

如此看來，這是閩語共同的底層表現。值得注意的是，ts 與 s 在不同閩方言間有交錯的情形，使我們想起閩語舌尖塞擦音與舌尖擦音的密切關係。

4.2.1.5 次濁母

本節我們討論明泥疑日來等中古次濁聲母。泥來母在金沙方言有相同表現，廈門、泉州、漳州等閩南方言也都如此。日母在泉州、廈門發生了「日歸柳」聲母歸併現象，因此併入泥來母而表現一致，從語料看來，金沙方言亦發生了此變化。在泉州系韻書《彙音妙悟》中，還分別以「柳」、「入」表示中古的來、日二母，且漳州系方音至今仍然保留日母字讀 dz 的唸法，可見早期閩南語日母與來母有別，合併的發生當是晚近一兩百年的事情。

明母字、泥來日母、疑母字分別有 m～b、n～l、ŋ～g 兩種讀法。除了後接鼻化元音韻母及成音節鼻音韻時讀 m、n、ŋ 之外，都讀爲 b、l、g，以下茲舉數例：

明　母	霧	bu⁶	面	bin⁶		
	滿	muã³	門	mŋ̍²		
泥來日母	紐	liu³	梨	lai²	人	lin²
	年	nĩ²	卵	nŋ̍⁶	讓	niu⁶
疑　母	銀	gin²	牛	gu²		
	眼	ŋãi³				

換句話說，在口部元音之前，古鼻音聲母都失去了鼻音成份。

這種鼻音與濁塞音的互補現象已是學界公認的閩南方言特徵之一，其中鼻音聲母的出現環境還牽扯到白讀層陽聲韻的歷史音變，綜合前人的研究成果，我們知道閩南方言經歷過以下三種歷史音變（楊秀芳 2005：357）：

其一，白讀層的古陽聲韻尾弱化，進而使元音鼻化，於是表現爲鼻化元音韻（如「暝」mĩ²、「生」sĩ¹）。

其二，古鼻音聲母去鼻音，這條規律的影響層面含跨文白層的鼻音聲母，使其讀爲 b、l、g。如「磨」bo²、「務」bu⁶、「內」lue⁶、「鬧」lau⁶、「儒」lu²、「二」li⁶、「漁」gi²、「危」gui²。

其三，某些未受上一條規律影響的文讀層陰聲韻鼻聲母字，因爲受到閩南鼻化韻的影響，而將鼻音成份向後擴展而使元音鼻化。

　　以金沙方言的語料為例，文讀層陰聲韻字卻帶有鼻化元音的字有：「麻」mã²、「馬」mã³、「罵」mã⁶、「耐」nãi⁶、「耳」nĩ³、「雅」ŋã³、「午」ŋɔ̃³。這裡我們傾向於把這些字視作上述第二條規律的例外，可能文讀層剛傳入時，這些字尚未運作去鼻音的規律，就受到白話層豐富鼻化韻的影響而將元音鼻化。

　　在金沙方言的語料中，白讀層也有將陰聲韻讀為鼻化韻的現象，不過例子不多，只有「麻」muã²、「荔」nãi⁶。我們認為它們也可能是「鼻音聲母去鼻音化」規律的語音殘餘，由於沒有進行變化，聲母仍然維持鼻音，之後同樣受到其他鼻化韻的影響而將鼻音擴及於韻母。

　　由於這種次濁母塞音及鼻音互補分佈的現象亦見於其他大部份閩南方言，廈門、泉州、漳州（除少部份例字外）皆是如此，僅潮州方言有明確的 b、l、g 與 m、n、ŋ 對立情形，而閩東、閩北方言則無此現象，因此這應該是閩南方言自身的演變。

　　此外，金沙方言有部份古次濁母字白讀音為 h 的現象。比如：

明母：「媒」、「茅」hm²。

日母：「耳」hi⁶、「燃」hiã²、「箸」hioʔ⁸、「肉」hik⁸。

疑母：「額」hiaʔ⁸、「硯」hĩ⁶、「岸」huã⁶、「蟻」hia⁶、「魚」hi²、「瓦」
　　　　hua⁶。

這種情形也見於其他閩南方言：

	媒	茅	燃	耳	肉	箸	蟻	魚	瓦	艾	硯	岸	額
金沙	hm²	hm²	hiã²	hi⁶	hik⁸	hioʔ⁸	hia⁶	hiɨ²	hua⁶	hia⁶	hĩ⁶	huã⁶	hiaʔ⁸
泉州	hm²		hiã²	hi⁶	hiak⁸	hioʔ⁸	hia⁶	huɨ²	hia⁶	hiã⁶	hĩ⁶	huã⁶	hiaʔ⁸
廈門	hm²	hm²	hiã²	hĩ⁶	hik⁸	hioʔ⁸	hia⁶	hi²	hia⁶	hiã⁶	hĩ⁶	huã⁶	hiaʔ⁸
漳州	hm²	hm²	hiã²	hi⁶	dziɔk⁸	hioʔ⁸	hia⁶	hi²	hia⁶	hiã⁶		huã⁶	hiaʔ⁸
潮陽			hiã²	hĩ⁴	nek⁸	hioʔ⁸	hia⁴	hu²	hia⁴	hiã⁶	ŋĩ⁶	huã⁶	hiaʔ⁸

　　同為古次濁母的泥母在金沙方言中沒有讀為 h 的字例，並且廈泉方言也未有紀錄，但是依據周長楫、歐陽憶耘（1998：124），其他閩南方言則有泥母讀 h 的音例，如漳州方言「諾」白話音 hioʔ⁸、潮汕地區「年」白話音 hĩ²。因此這種鼻音聲母通音化的現象可以說是閩南方言共有的語音特徵。

有學者提出這種現象可能與上古的複聲母有關，然而，從諧聲系列看來，除了明母有跟曉母諧聲的跡象之外，日泥疑母卻沒有（周長楫、歐陽憶耘 1998：124），因此這個想法目前需要更多證據及深入研究。

除了從複聲母的角度來思考，張光宇（1996a：165～167）則曾經以「氣流換道」說（switch of out-going airstream channnel）為這個現象提出解釋，認為古次濁母經過以下四個階段而變讀為 h：

$$①N+V>②N+V^N>③H+V^N>④H+V$$

N＋V 代表古音出發點的形式，②鼻音聲母進行順向同化，使元音鼻化，氣流部份轉由口腔外出，③氣流幾乎都由口腔外出，經鼻腔的已減弱，④最後氣流完全由口腔外出。這整個過程造成了鼻音聲母弱化為喉擦音的結果。劉秀雪（1998：30）更進一步補充，認為這些白讀聲母的出現環境有一個共同特點，就是都在高元音（介音）之前，而這是促成其語音變化的條件。

「氣流換道」的情形不只見于閩南的次濁聲母，閩北方言的來母字也可見氣流換道現象，氣流通道由舌尖兩側流出的邊音 -l- 換至由舌面中央流出的擦音 -s-（張光宇 1996a：167～168），可見氣流換道的確有可能是一種造成發音部位發生轉換的機制與過程。

要討論閩南方言獨特的次濁母氣流換道現象，其實還有一個困難之處。由於「氣流換道」說明的是鼻音聲母發音氣流的氣道轉換過程，我們認為這個過程發生在閩南方言運作「鼻音聲母去鼻音化」這個規律之前的可能性很大，否則鼻音聲母塞音化後，應該便失去了進行氣流換道的條件。〔註7〕

由於有此現象的例字在各閩南方言之間可說相當一致，我們猜想這群讀為 h 的次濁母字很有可能在閩南方言運作鼻音聲母去鼻音化的規律之前，就已經不是讀為鼻音了，否則它們應該依照規律讀作濁塞音。這樣看來，鼻音聲母通

〔註7〕另外一個可思考的問題是：通音化的例字中不乏來自中古陽聲韻之字，如「燃」、「硯」、「岸」等，由於我們知道陽聲韻白讀的鼻化元音來自於鼻音韻尾的弱化，而非聲母，因此這使我們疑惑陽聲韻同樣加入氣流換道演變的成因，也許鼻音韻尾弱化後，與鼻音聲母鼻音成分擴展至元音的陰聲韻音節形式一致，因此有了一致的走向；但這樣又會遇到另一個困難，閩語文讀層陰聲韻是否也有可能加入通音化的演變呢？從現存語料看來，並沒有發現文讀層陰聲韻字有鼻音母通音化的字例，這或許也從另一個角度幫助我們揣測，鼻音聲母通音化現象發生的時間應該不會太晚。

音化現象發生的時間應該不會太晚。可惜在有進一步的資料及深入研究之前，我們只能作這種邏輯上的推論，想要具體地判斷出時代則尚有困難。

4.2.1.6 小　結

根據學者對切韻音系的研究及擬音，我們可以看出閩語的聲母系統在白讀層顯現出許多異於切韻架構的表現。輕重唇不分以及端知不分表示閩語還保持著唇音及舌音分化之前的系統。而匣母根據我們對中古音的知識，不論是在反切或是韻圖上都屬於喉音，因此閩語將之讀爲牙音也是一種超出切韻架構的表現，反映的是上古群匣同源的格局；與此相同，喻三母讀喉音則顯示出它和匣母的密切關係，這也異於切韻架構的喻三喻四合流並與匣母分立的格局。

除了這種音類上的分合可以顯示出閩語與切韻架構的不同，一些聲母的特殊對應也顯示出閩語的獨特性。例如某些章系字讀舌根音、某些莊系字讀舌尖塞音、心邪書生禪母有塞擦音讀法、部份喻四字有讀舌尖塞擦音及擦音的情形。至於全濁母沒有清楚的清化規律可循，更是閩方言的一大特色。

這些現象普遍見於各區閩方言，可見閩方言內部在聲母系統上有著高度的一致性，一般學者稱之爲「十五音系統」。金沙方言既然屬於閩南方言的一種，自然也不例外，根據我們收集到的語料，金沙方言在聲母系統上和廈門、漳州、泉州等地沒有什麼不同，只是原本在十五音系統中分立的日母與柳母（來母）在金沙方言中發生了和泉州、廈門一樣的「日歸柳」現象，而漳州則仍維持日母的獨立性，從這一點看，金沙方言和泉州方言走向一致，這也呼應了學者的研究成果，金門地區的閩方言屬於泉州系方言的一支。

4.2.2 韻母的比較與歷史層次

這一小節我們以中古後期十六韻攝的架構來作各韻類的對應分析，試著理出各韻不同對應的歷史來源。要研究一個語言的歷史層次並不容易，在這裡我們只能就數量足夠及本字清楚的語料進行分析。合於切韻架構的表現，我們姑且稱爲文讀表現，但是僅以十六攝作爲判斷依據是不足的，因此我們另外搭配聲母或是聲調的文白表現來協助檢驗與判斷。至於不合切韻架構的表現，有些可能反映出更早的歷史層次，也有些可能是方言內部自己進行的變化，我們盡量透過各種文獻與比較方法來作判斷。

4.2.2.1 果　攝

部　位		開　口		合　口		
		舌　齒	牙　喉	唇	舌　齒	牙　喉
一等 歌戈	文	o 多駝舵羅左掌	o 哥可鵝蚵	o 波婆磨播	o 騍梭鎖莝座	o 過果課火
	白	ua 拖大	ua 歌柯我何 ia 鵝	ua 磨破	ə 膈螺坐	ə 鍋過果火禍貨
三等戈	文		io 茄			
	白					ə 瘸 ia 靴

開口一等的規則對應是 o，另有讀爲 ua 的表現，如：

哥	ko^1	爲何	ho^2	可惡	k^ho^3
歌	kua^1	何層	ua^2	小可（稍微）	k^hua^3

　　文讀系統通常區分開合口，因此合口一等規則對應應是 uo，然此處合口一等的對應卻是 o，推想是由於元音 o 和 u 同時具備〔＋round〕、〔＋back〕徵性，因此容易混融爲單元音。

　　合口一等的白讀表現有 ua、ə 兩個層次，當中 ua 和開口一等白讀表現一致，此處合併觀察：「拖、歌、柯、我、何、磨、破」都是上古歌部字，僅「大」字爲上古祭部字，上古歌祭可以視爲相配的一部（李方桂 1980：54），因此 ua 應是上古歌部字讀低元音的層次反映。至於對應 ə 的有「膈、螺、坐、鍋、過、果、火、禍、貨、瘸」等字，當中僅「火」字原屬上古微部字，西漢時期某些微部字併入了歌部字〔註8〕，火便是其中之一，而其餘字均屬上古歌部字。

　　如果跨越韻攝觀察整體語料表現，ua 韻母例字扣除極少數例外（如「紙」、「卦」），絕大部份都爲上古歌祭部字，而 ə 韻母隸字則包含上古歌部、祭部、之部、微部字，從這一點看來，ua 韻母應該代表的是比 ə 韻母更早的層次。

　　果攝三等「茄」字讀 kio^2，雖然僅一字難以判斷整體層次表現，但與一等規則讀法比較，則似乎反映的是具備三等介音的規則對應讀法，因此此處暫歸文讀表現。此外，一等開口及三等合口各有一字對應於 ia，「鵝」gia^2、「靴」hia^1，字數極少，暫時無法討論。

〔註 8〕丁邦新 1975：240。

4.2.2.2 假 攝

部 位		開 口			合 口
		唇	舌 齒	牙 喉	牙 喉
二等麻	文	a 麻馬罵	a 又	a 家賈雅假下	ua 花華化瓦誇
	白	e 杷馬把耙 ua 麻	e 茶蛇渣紗詐 ua 沙	e 家假牙價廈下	ue 花瓜
三等麻	文		ia 姐且寫謝惹車奢	ia 爺野	
	白		ua 蛇		

假攝二等主要有 a：e 的文白對比，除了可從語彙出現環境如：「馬上 mã³：騎馬 be³」、「放假 ka⁵：眞假 ke³」判斷之外，也可以從「下」字具有如下三讀判斷：

$$下 _{弦月} \quad\quad\quad ha^6$$

$$二九下 _{昏（除夕）} \quad\quad e^6$$

$$懸下 _{（高低）} \quad\quad\quad ke^6$$

匣母讀零聲母及舌根塞音反映的是白讀層表現，讀同曉母則多是文讀層的反映，因此我們將韻母 a 與 e 分別判斷爲文白韻母；合口則爲相對應的 ua 及 ue。

假攝三等主要對應爲 ia 韻母，應該是相對應於二等 a 韻具備三等介音形式的文讀表現。不過「謝」字作感謝意時讀爲 sia⁶，作爲姓氏時在某些閩方言卻讀爲 tsia⁶（吳瑞文 2005：113），搭配前文（4.2.1.3 節）的討論可知邪母字讀爲塞擦音反映的是六朝江東方言「從邪不分」層次，依此，本文暫將 ia 韻母視爲跨越文白層的韻讀。

另外，二等「麻、沙」、三等「蛇」字讀爲 ua 韻母，「麻沙蛇」均爲上古歌部字，和上文果攝的「拖、歌、柯、我、何、磨、破」表現一致，應該同爲上古歌部字讀低元音的層次反映。

4.2.2.3 遇　攝

部　位		開　口		合　口		
		舌　齒	牙　喉	唇	舌　齒	牙　喉
一等模	文			ɔ 補普布菩模 步簿鋪蒲摹	ɔ 都徒塗肚姁 兔渡奴路祖粗	ɔ 姑吳五午苦 故壺呼烏互糊 褲顧孤鼓
	白					
三等 魚虞	文	ɔ(莊系)阻楚所助 ɨ 驢女旅慮蛆徐 序書豬鋤箸鼠書 蜍藷煮處	ɨ 語魚車舉 鋸去余譽嶼	u 夫膚敷腐務 府脯殕父武舞 霧巫誣	u 趣拄住蛀蛛 乳儒廚珠主輸 戍 ɔ(莊系)數	u 軀區愚具懼 煦雨羽句
	白	ue 苧初梳疏黍	ɔ 與許	ɔ 夫扶斧脯麩	iu 鬚蛀樹珠 iau 數柱	ɔ 雨芋

遇攝合口一等所有例字均讀爲 ɔ，我們只好透過下列語詞進行層次判斷：

五穀	$gɔ^3$	湖（文讀）	$hɔ^2$	糊（文讀）	$hɔ^2$
五（數詞）	$gɔ^6$	湖（口語）	$ɔ^2$	糊（口語）	$kɔ^2$

「五」做數詞時讀陽去調，次濁母上聲讀爲陽去調爲白讀層表現；此外，「湖糊」都是匣母字，而匣母字有 h：ø、k 的文白對比表現，綜合這兩點，我們相信 ɔ 是文白層同形的一個韻母。

開口三等的規則讀法爲 ɨ，其中「書」和「魚」以及同音韻地位的「呂旅」有如下的異讀：

書（形容人飽讀詩書）	$sɨ^1$	江楓魚火對愁眠	gi^2	旅行	li^3
通書（曆書）	$tsɨ^1$	魚肉	$hɨ^2$	呂姓	li^6

除此之外，鼠 $tsʰɨ^3$、蜍 $tsɨ^2$、藷 $tsɨ^2$ 爲書、禪母字，讀塞擦音亦是白讀層表現，將這些現象合起來看，我們認爲 ɨ 應該也是一個跨越文白層次的韻母；而開口三等莊系字的韻母規則對應爲 ɔ，莊系字讀同一等韻母是閩語文讀層的特色（楊秀芳 1996：178），此處也不例外，莊系字讀同遇攝一等韻母 ɔ。

開口三等另有一個讀 ue 的層次，如：苧 tue^6、初 $tsʰue^1$、梳 sue^1、疏 sue^1、黍 sue^3。梅祖麟（2002：9〜10）從詞彙性質以及歷史文獻角度判斷這批字代表的是南朝江東方言層次，本文從之，在此歸爲白讀層表現。

合口三等虞韻文讀規則對應爲 u，莊系生母字「數」也一樣讀同一等 ɔ 韻。但是我們注意到敷母字「殕」（食物發霉）今讀爲 $pʰu^3$，輕唇字讀重唇音顯然是白讀層的表現；此外，表示「房子」之意的「戍」字在金沙方言讀作 $tsʰu^5$，和

其他閩南方言相同〔註9〕。戌是書母字，而書母字唸塞擦音也是白讀層的表現，同韻的禪母字「樹」即具有「su^6：ts^hiu^6」的文白對比，因此我們判斷虞韻的 u 韻母也是一個跨越文白層次的韻母。

從下面這些例字我們還可看出虞韻白讀層另有 ɔ、iu、iau 三種表現：

u：ɔ				
陳一夫（人名）	hu^1	□脯（肉鬆）	hu^3	雨水（節氣）	u^3
□夫（男人）	$pɔ^1$	菜脯囝（蘿蔔乾）	$pɔ^3$	落雨	$hɔ^6$
u：iu				
珍珠	tsu^1	蛀（文讀）	tsu^5		
目珠（眼睛）	$tsiu^1$	蛀齒	$tsiu^5$		
ɔ、u：iau				
劫數	$sɔ^5$	柱（文讀）	tsu^6		
拄數（抵帳）	$siau^5$	柱子	t^hiau^6		

從聲母、聲調的文白特性以及詞彙性質我們可以判斷它們屬於白話層韻母，並且我們也注意到它們在發音部位上的分佈區別，白話讀爲 ɔ 韻母的字都分佈在唇音及牙喉音，而 iu 及 iau 韻母則否。這種互補現象，可能有兩個原因，一是因爲發音部位不同而造成韻母產生變化；另一是歷史上的來源不同。

爲了判斷，我們先觀察這些虞韻字在上古的分部，在語料中有 u：ɔ 文白對比的例字「夫扶斧脯麩雨芋」全都來自上古魚部；而文讀爲 u，白讀爲 iu、iau 的例字「鬚蛀樹珠數柱」則都是上古侯部字，這樣看來，它們反映的是上古「魚侯有別」的格局〔註10〕，應該是最早的白讀層表現。

最後，我們回頭看看魚韻白讀層中「許」及「與」二字。「許」字有「hi^3：$k^hɔ^3$」的文白對比，「與」（給予義）則說 $hɔ^6$。從韻母形式來看，讀 ɔ 即是和虞韻白讀層有同樣表現的意思，根據我們對上古音的知識，我們知道中古魚虞兩韻幾乎都來自上古魚部（虞韻有部份來自侯部），依開合分化爲魚虞二韻是切韻

〔註9〕 「房子」在閩南方言讀爲 ts^hu^5，閩東方言讀爲 ts^huo^5，一般寫作訓讀字「厝」。這個語詞的本字，Jerry Norman（1984）和李如龍（1994）曾經進行考證，認爲是「戌」（傷遇切，舍也）。

〔註10〕 至於同樣都是來自侯部，「柱數」卻讀 iau 韻而不是 iu 韻的原因，請看楊秀芳（1982：71～73）。

系統之後的事，「許」之讀爲 ɔ 韻，表示它可能是走和切韻不一樣的路線，在切韻中「許」字歸開口魚韻，但是在閩語中卻歸合口虞韻。依此，「與」之讀爲 hɔ⁶ 可能也是同樣的原因。〔註11〕

　　整體而言，魚韻和虞韻的白讀表現顯示出了「魚虞有別」的格局，至於文讀層，以金沙方言的語料看不出一般眾所皆知的「魚虞無別」文讀層特色，魚韻文讀層在金沙方言都讀 ɨ，而虞韻文讀則爲 u。但是由莊系字在魚虞兩韻有一致的走向（皆讀 ɔ 韻）看來，金沙方言的魚虞兩韻應該仍有合流層次的表現，至於爲什麼魚韻文讀是 ɨ 而非 u，楊秀芳（1996：179）曾經指出，泉州文讀層之所以將魚韻讀爲開口韻，可能是受本身白話層韻母的影響而將 u 調整的結果。

4.2.2.4 蟹　攝

部　位		開　口			合　口		
		唇	舌　齒	牙　喉	唇	舌　齒	牙　喉
一等咍灰	文		ai 胎待戴代逮財柴栽猜彩在	ai 該改慨海孩愛	ue 杯賠裴輩配 ui 梅煤每	ue 退內罪 ui 推腿對隊雷崔	ue 灰 ui 猥
	白		ə 胎戴袋 i 苔鰓	ue 改 ui 開	ə 賠配倍妹	ə 退偝晬	ə 灰
一等泰	文		ai 帶泰大	ai 害	ue 貝	ui 兌最	ue 外繪檜
	白		ua 帶賴蔡	ua 蓋			ua 外
二等皆	文	ai 排拜		ai 介界戒			uai 乖怪淮
	白			ue 界挨 ua 芥			
二等佳	文	ai 牌	ai 篩	ai 解			uai 柺 ua 卦
	白	ue 買賣 ua 派	ue 釵 e 債	ue 街鞋矮解			ui 掛
二等夬	文	ai 敗邁					uai 快
	白		e 寨				ue 話
三等祭廢	文	e 蔽	e 際世制	e 藝	ue 廢 ui 廢 i 肺	ue 歲 ui 喙	ue 衛 ui 衛
	白		i 祭世勢 ua 世誓逝		ui 吠	ə 稅脆	ə 歲
四等齊	文	e 陛迷	e 啼體第禮弟帝	e 計繼			ui 桂惠
	白	i 米 ue 批	i 弟泥剃 ue 抵題犁洗細體 ui 梯 ai 婿臍西	i 計 ue 雞溪契			

〔註11〕以母字「與」爲何聲母表現爲 h 的原因，請參閱梅祖麟（2005）。

開口一等韻從「胎」tʰai¹：tʰə¹、「戴」tai⁵：tə⁵ 的文白對比可知，ai 韻應爲文讀層韻母，而 ə 爲白讀層韻母，另外「鰓」讀 tsʰi¹，心母字讀塞擦音爲早期現象，因此 i 應該也是個白話層韻母。至於 ue、ui 韻則各僅有一個例字：「改」kue³、「開」kʰui¹，隸字極少，無法看出層次表現。

開口一等泰韻有一批字讀 ua 韻，如「帶」tua⁵、「賴」lua⁶、「蔡」tsʰua⁵、「蓋」kua⁵，其中「帶」字有 tai⁵：tua⁵ 的文白對比，因此 ua 也應該是白話層韻母。如果再觀察這批字的上古來源，會發現「帶賴蔡蓋」都是上古祭部字，上古歌祭可謂一部（李方桂 1980：54），因此 ua 應該跟前述果攝的 ua 韻有同樣的意義；其中可以注意「大」字分見於果攝箇韻及蟹攝泰韻，語料中在蟹攝的「大夫」（醫生）tai⁶ hu¹ 爲該攝文讀表現，而果攝的「大」讀爲 ua 韻，爲白讀表現，從「大」字的分見歌泰兩韻我們也可以看出閩語和切韻架構的不同。

開口二等的韻母層次從「界」字具有 kai⁵：kue⁵ 的文白對比，以及「解」（知曉）ue⁶、「鞋」ue² 兩個匣母字讀爲零聲母的例字可以看出，文讀的規則對應同一等 ai 韻，而 ue 韻母則爲白讀層表現，另有讀 ua 韻的「芥」kua⁵（亦爲古祭部字），則應該同樣是上古歌祭部音讀層次的反映。

開口三等字少，和四等一併觀察，大部份字皆對應於 e 和 ue 韻，另有少部份對應於 ai、ua、ui、i 韻，可見層次相當多樣，其實蟹攝字在漢語各方言的表現都非常複雜，金沙方言也無法自外於這種情形。由於這些對應在語料中幾乎沒有蒐集到有明確文白對比的資料（比如不同聲母層次與韻母的搭配），因此有些難以判斷其層次歸屬，我們只好暫時依照音讀對應的語詞性質加以判斷，對應 e 韻的語詞有「皇帝」：te⁶、「禮貌」：le³、「徒弟」：te⁶、「計較」：ke³ 等，而對應 ue 韻的語詞有「大細（大小）」：sue³、「雞」：kue¹、「溪」：kʰue¹、「犁」：lue²、「鱧（一種肉魚）」：lue⁶ 等。

從聲母上我們看不出明顯不同的層次，而聲調上只有次濁上聲字可以透露出文白層的訊息，語料中僅「禮」、「鱧」兩字爲次濁上聲字，次濁上讀陽去調爲白讀層特徵，若此「鱧」lue⁶ 反映的應是白讀層表現，再搭配上這些語詞的出現環境，我們判斷蟹攝三四等的文讀規則對應爲 e，而 ue 則爲白讀層次。

蟹攝三等有一些字對應爲 ua 韻，如「世誓逝」。「世」sua⁵ 爲「接續」之意，發誓說「咒誓」tsiu⁵ tsua⁶，「逝」爲動作量詞，如一趟說「蜀逝」tsit⁸ tsua⁶

〔註12〕，這一批字可以和前面討論過的 ua 韻母合在一起看，它們也都是上古祭部字，反映的是上古祭部低元音的格局。至於 ai 韻母，如「西 sai^1 婿 sai^5 臍 tsai^2」等字，依吳瑞文（2002）的研究，為秦漢時代（甚至更早）的層次反映，因此這裡我們歸為白讀層。

i 韻母隸字有「祭世勢米弟剃泥計」，當中「米」讀 bi^3，次濁母讀陰上既可能是文讀層表現，也可能是白讀層表現（吳瑞文 2005），不過考慮到米飯是相當基本的詞彙，這裡認為它應該是白讀層表現。除此之外，「兄弟」也說 ti^6，親屬關係也是屬於相當基本的詞彙，因此綜合起來看，i 韻母應該也是一個白讀層韻母。

蟹攝四等「梯」字說 t^{h}ui^1，在整個蟹攝開口韻的語料中，僅四等「梯」字和一等「開」字為 ui 韻，字數極少，無法看出完整層次表現，只能依據其韻母與該等第的文讀韻母不同，以及詞彙性質較為基本等原因而暫時歸入白讀層。

合口一三等下列字有文白異讀：

賠償	pue^2	分配	p^{h}ue^5	撤退	t^{h}ue^5	灰文讀	hue^1	妹文讀	mui^6
賠口語	pə^2	男配女	p^{h}ə^5	退換	t^{h}ə^5	灰口語	hə^1	妹妹	bə^6

可見 ue、ui 應該是文讀表現，而 ə 則為白讀層韻母；一等「外」字 gua^6 韻母同一等開口白讀，應該是相同的層次表現。

合口二等規則對應 uai，是對應於開口二等文讀韻母 ai 的合口韻母。說話的「話」是 ue^6，匣母字讀零聲母為白讀層表現，故 ue 應是白話層韻母。

合口三四等字少，一併觀察，其對應的韻母有 ue、ui、ə、i 四種。從「廢」hue^5 字以及「歲」字具有的文白對比「sue^5：hə^5」看來，ue 是文讀層表現，而 ə 為讀同一等的白讀韻母。「廢」除了讀 hue^5 之外，亦讀 hui^5，這樣看 ui 似乎應該是文讀層韻母，但是語料中另有「吠」字說 pui^5，輕唇讀重唇為白讀層表現，可見 ui 大概也是一個跨越文白層的韻母。而 i 韻僅「肺」hi^5 一例，可能是由 ui 音變而來，此處依聲母表現歸入文讀。

〔註12〕楊秀芳（2000：129～130）曾對祭韻中的 ua 層次作過一番說明，讀者可以自行參看。

蟹攝的韻母層次相當複雜，我們最後稍微作一個概略性的總結。從文讀系統看，蟹攝的一二等和三四等表現不同，並且開口韻都不帶 u 介音，而合口韻則一致都帶有 u 介音，這些都顯示出文讀系統的特色。若從白讀層看來，則可以看出許多不同於《切韻》格局的表現，例如韻母 ə 跨越一三等、韻母 ua 跨越一二三等，而且都不分開合，而四等齊韻讀洪音的 ai 韻母更是閩語最突出的特點（張光宇 1996a：179），這些特色都很明顯的不同於《切韻》格局。比較麻煩的是 ue、ui 兩個韻母，它們同時出現在文讀層和白讀層中，使得蟹攝韻母層次更顯複雜，這一部份可能需要透過更多的方言資料進行比較研究才能釐清，不是本論文目前能處理的範圍，暫且擱置。

4.2.2.5 止　攝

部　位		開　口			合　口		
		唇	舌齒	牙喉	唇	舌齒	牙喉
三等支	文	i 碑披疕彼臂避	i 離匙枝是豉 ɨ（精系）此賜斯	i 奇騎敧義椅		ui 隨	ui 規危僞虧
	白	ə 皮糜被	ua 徙紙	ia 騎荷蟻移桸 ua 倚 i 枝		ə 髓吹炊箠	
三等脂	文	i 鼻庀美 丕楣祕	i 利遲脂二 ɨ（精系）私死四自	i 冀器棄		ui 水葵槌遂 墜隹	ui 櫃位遂
	白	ai 眉	i 四姊死 ue 地 e 地 ai 師屍利篩	i 指		ue 帥衰	ue 葵 u 龜
三等之	文		i 李姓史 ɨ（精系）慈思辭司子 （莊系）史士事	i 基疑起記醫 意			
	白		i 李思辭司子飼 ai 裏似治滓事駛	i 痣齒			
三等微	文			i 機祈衣氣	ui 飛妃費 i（微母）微味		ui 歸鬼貴輝 偉威
	白			ui 衣幾	ui 肥痱 ə 飛尾		

不同於蟹攝的四等俱全，止攝僅有三等韻，但韻母層次同樣相當複雜。先看下列的文白對比情形：

支韻		脂韻		之韻		精系	
竹枝詞	tsi¹	利息	li⁶	李姓	li³	子天干	tsɨ¹	四文讀	sɨ⁵
樹枝	ki¹	刀很利	lai⁶	李子	li⁶	腰子	tsi³	四數詞	si⁵

可以看出支脂之三韻規則對應爲 i 韻（精系字則文讀爲ɨ〔註13〕，白讀是i），這同時也顯示「支脂之合流」的晚期文讀架構。除此之外，從章母字「枝」讀 k 以及次濁母字「李」的聲調表現來看，i 也是一個跨越文白層次的韻母。

除了 i 韻，止攝開口白讀另有 ə、ua、ia、ai、ue、e 等韻母層次表現，ua 韻隸字有「徙紙倚」，ia 韻隸字則有「騎蟻移荷梯」，這兩群字都是中古支韻字，若論其古來源，ua 韻屬字「徙紙倚」中，「徙紙」爲古佳部字，而「倚」字則和 ia 韻的所有屬字同爲古歌部字。這樣看來，ia 韻母反映的應該是上古歌部低元音的層次，而 ua 韻若從韻母形式看來，也出現在果攝蟹攝，應該也是反映上古歌部字的層次，但是「徙紙」爲古佳部字而非歌部字，這或許是「歌佳合流」的表現〔註14〕，但還需要更進一步研究。

相對於 ua、ia 韻的只出現於中古支韻，白話韻母 ai 則都出現在中古脂之兩韻，可能表示南北朝時「之脂合流」的格局，如果參考丁邦新（1975）的研究，那麼我們除了可以知道 ua、ia、ai 韻爲早期韻讀之外，可能還可以推測 ai 韻母的層次時間較 ua、ia 來得晚。另外，從這三個韻母的分佈，我們也可以察覺金沙方言在白讀表現上有「支：脂之」兩分的格局，而這顯然與文讀系統「支脂之不分」是不同的。

止攝合口部份的規則對應爲 ui 韻，爲相應於開口 i 的合口形式，例如「飛」就有「hui¹：pə¹」的文白對比。但是由於書母字「水」具有「sui³：tsui³」的文白對比，而「肥」讀爲 pui²；同時，ui 韻也出現在開口微韻的白讀層，如「衣（胎盤）ui¹」、「幾 kui³」、「氣 kʰui⁵」。因此我們認爲 ui 韻應該和 i 韻一樣，也是跨越文白層次的韻母。

〔註13〕莊系字「史士事」等字文讀表現和精系字相同，依照楊秀芳（1996：175）的意見，懷疑這可能表現出《切韻指掌圖》之後、《古今韻會舉要》之前的音韻格局，當時知照尚未合流、止攝開口精系及莊系字都已經讀爲舌尖元音，而後泉音調整其讀法爲 ir（本文ɨ），漳音則一律調整爲 u。

〔註14〕依丁邦新（1975：239），東漢時部份歌部字和佳部合流。

ə韻母隸字有「皮被糜髓吹炊箠飛尾」，是一個同時見於開合口的韻母，顯然是一個早期韻讀形式。另外還有 ue 韻母也是開合俱見，屬字有「地帥葵」，而 e 韻母僅見一例「地 te⁶」，u 韻也是僅見一例「龜 ku¹」，後兩者由於隸字太少，無法完整看出層次表現，需要擴大研究，此處暫時歸入白讀層表現。

4.2.2.6 效　攝

部　位		開　口					
		唇		舌　齒		牙　喉	
一等豪	文	o 保寶抱報帽暴	au 袍褒	o 刀桃島討道套老 澇臊棗草嫂掃	au 腦老蚤草	o 膏篙考告 傲好豪	au 薅懊
	白	ŋ 毛			a 早		
二等肴	文	au 包卯炮貌胞		au 鬧		au 狡教孝校拗	
	白	a 拋飽		a 罩吵炒		a 骹鉸咬敲酵教孝 iau 巧攪	
三等宵	文	iau 飄表標苗描漂		iau 燎消笑朝招少		iau 驕蹺橋妖枵	
	白	io 藻錶鰾秒廟		io 蕉小笑趙燒少		io 橋轎腰窰	
四等蕭	文			iau 條弔跳料蕭		iau 澆曉堯	
	白			io 挑跳釣糶尿		io 叫	

效攝一等豪韻主要對應有 o、au 兩種形式〔註15〕，但是層次對應卻有些複雜，我們認為這兩種形式分別都跨越了不同的層次。先看 o 韻，與其對應的例字較多，但是我們單從語詞性質無法斷定其文白歸屬，之所以認為它跨越文白層，是從下列二字的讀音判斷的：

「臊」　tsʰo¹

「老」　lo³

表示「吃葷」或者「葷食」時用「臊」字，「臊」是心母字，讀塞擦音為早期層次的反映，以此我們認為 o 應該是白讀韻母，但是稱呼男性老者時會以姓氏加上「老」字表示，例如「陳老」，此時，老字讀陰上調，次濁讀為陰上雖然不一定是文讀層表現，但是根據周長楫、歐陽憶耘（1998：128），我們知道「歌豪同韻」的現象至少在唐末五代已經有詩文紀錄，以現存歌豪兩韻的韻讀

〔註15〕僅「毛」mŋ²、「早」tsa³ 二字例外，目前無法確切解釋其韻母為何如此表現，此處暫不討論。

層次看來，o 應該是晚唐文讀層的表現，因此，我們相信 o 韻也是一個文讀韻母。

接著看 au 韻，語料中下列二字顯示它似乎是一個早期層次的韻母：

「老」 lau⁶

「薅」 kʰau¹

形容人年紀大時用「老」，此時聲調為陽去調（陽上歸陽去），次濁上讀陽調是白讀層表現；除草說「薅草」kʰau¹ tsʰau³，「薅」為曉母字，中古曉母字讀送氣舌根塞音是一個相當早期的音韻特徵，因此我們認為 au 是一個白讀層韻母。但是，「腦」、「惱」二字出現時均讀為陰上調，如「□腦」（責備人做事不用心）bo² nãu³、「煩惱」huan² nãu³，次濁母讀陰上雖不一定是文讀層特徵，但是從詞彙性質來看，也很難認定它們是固有詞彙，因此這裡揣測 au 也有一個受到極晚近影響的層次。

這裡我們試著替這兩個韻母（四個層次）判斷出大致的先後關係。本文傾向於認為豪韻的四個層次為 au-o-o-au，從上面所舉的例字來看，曉母讀舌根塞音是一個相對來說較為早期的音韻特徵，我們因此將其代表的層次歸為最早的層次，以此，則同為白讀韻的 o 自然較晚。接著，依據周長楫、歐陽憶耘（1998：128），我們知道「歌豪同韻」的現象至少在唐末五代已經有詩文紀錄，如此看來，o 應該是晚唐文讀層的表現，最後，豪韻可能有一個受近代官話影響的更晚層次 au。

二等肴韻有 au、a 兩種對應，依據「卯」（明母）之讀為 bau³，我們相信 au 是肴韻的規則對應讀法。而對應 a 韻的例字中，「骹」kʰa¹（腳）是閩南語一個相當明顯的方言特徵詞，時代對應上也明顯的屬於早期層次，因此 a 是一個白讀層韻母當無可疑。至於「巧」、「攪」二字讀 iau 韻母目前無法清楚的解釋〔註16〕，肴韻語料中僅此二字讀 iau 韻，隸字過少無法看出完整表現，此處暫時歸入白讀層（因為不同於規則讀法）。

三等宵韻具有下列的異讀：

〔註16〕我們猜測這可能是二等韻在見曉系聲母下易產生出細音介音的現象，這種情形也見于北方官話，例如「家」、「加」等麻韻二等字，也是在見曉系聲母後產生了細音介音。

| 笑（文讀） | siau⁵ | 花落知多少 | siau³ | 板橋（地名） | kiau² |
| 笑（口語） | tsʰio⁵ | 少（口語） | tsio³ | 一座橋 | kio² |

「笑」是心母字，「少」是書母字，心母和書母字讀塞擦音是白讀層特徵；另外，「橋」在地名時和在口語中的不同讀法也支持我們相信 iau 是宵韻的規則對應，io 則是白讀層韻母。

四等蕭韻整體例字不多，不過從形式來看，iau 韻應該是相對應三等 iau 形式的規則對應韻母，而 io 則是與宵韻白讀形式相同的白讀韻母。

4.2.2.7 流　攝

部　位		開　口		
		唇	舌　齒	牙　喉
一等侯	文	ɔ 戊貿某畝茂 io 母	ɔ 陋抖鬥	ɔ 茍后後
	白	u 母	au 樓漏走嗽偷頭投斗	au 溝狗口後候猴甌鷗
三等尤幽	文	u 負富婦 iu 彪 io 謀謬	iu 榴紐柳秋首手 ɔ（莊組）瘦搜餿	iu 球仇舅究休尤友柚右幼幽
	白	u 浮婦伏	au 晝臭 iu 手	au 九 u 丘牛久韭舅舊有

流攝一等主要對應有 ɔ、au 兩種韻母，由於未收集到有明確不同聲母層次對比的單一語詞，我們只能從「猴」、「厚」兩個匣母字的讀法作判斷，「猴」音 kau²、「厚」音 kau⁶，匣母字讀舌根塞音反映的是上古群匣不分的格局，因此 au 韻母顯然是白讀層韻母。而 ɔ 韻母則都出現在文讀語詞，例如「貿易」bɔ⁶ ik⁸、「茍」kɔ³，這些都是極為明顯的文讀詞彙，因此 ɔ 應是一等侯韻的文讀層韻母。

流攝三等主要表現為 iu、au、u 三種層次對應，我們看下面的文白對比：

| 有利 | iu³ | 舅（文讀） | kiu⁶ | 九（文讀） | kiu³ | 手（文讀） | siu³ |
| 有無 | u⁶ | 舅（口語） | ku⁶ | 九（口語） | kau³ | 手（口語） | tsʰiu³ |

從這四組語詞，我們可以看出幾點：（一）iu 是流攝三等的文讀表現。（二）u、au 是白讀層的韻母。（三）「手」是中古書母字，讀塞擦音也是一個明確的早期特徵，這樣看來，似乎 iu 是一個跨越文白層的韻母。

　　流攝三等還有兩點值得注意，唇音部份「負富婦」三字聲母爲 h，可知 u 在此是文讀韻母。由於 u 並不出現在本攝其他發音部位的文讀層，這種互補分佈可能是受到發音部位的影響，使得 iu 韻丟掉了 i 介音。因爲發音部位而使韻母有不同演變的例子在漢語方言中不勝枚舉，例如在閩南語文讀系統中，非系字及莊系字便讀同一等韻母，這裡我們可以看到尤韻的莊系字「瘦搜」就讀 sɔ⁵、sɔ¹。

　　最後，我們還沒討論的有一等侯韻的「母」字，以及三等尤韻的「謀」字。「母」在口語中說 bu³，在詩文中則讀 bio³（如「慈母手中線」）；三等「謀」在「陰謀」一詞中讀 bio²。

　　「母」上古屬於之部字，之部字演變到中古時部份字入尤韻，然而「母」字在切韻系統中入侯韻而非尤韻，這裡「母」bu³ 的韻母和三等尤韻「婦丘牛久」等字相同，使我們懷疑「母」之讀 bu³ 可能是因爲閩語保留了其之部來源的讀法。

　　「母」字和尤韻的「浮婦伏丘牛久韭有舅舊」等字同讀 u 韻母還可以給我們一個啓發，這一群字上古都是之部和幽部字（「母婦丘牛久有」爲之部，其餘爲幽部）。然侯韻及尤韻的白讀韻母〔au〕的屬字則全都是上古侯部和幽部（「鷇臭九」爲幽部，其餘「樓漏走偷頭投溝狗口侯嗽」皆爲侯部），依據丁邦新（1975：238～239）的研究，我們知道在上古時代之部和幽部便已經有來往，但是侯部和幽部有來往則是魏晉南北朝時候的事〔註17〕，因此，我們推測〔au〕韻代表的層次時間應該比〔u〕韻來得晚。

　　至於「母」和「謀」的文讀〔io〕韻母，雖然不是僅見於金沙方言，但是目前我們無法提出完善的解釋，只好列而不論。

〔註17〕據此，原屬上古之部字的「母」字，可能是在南北朝時期變入侯韻的。

4.2.2.8 咸　攝

部位		開　口					合　口	
		唇	舌　齒		牙　喉		唇	
一等覃合	文		am 貪男南慘	ap 雜	am 堪龕含頷憾暗庵	ap 合		
	白			aʔ沓挾〔註18〕		aʔ盒喝		
一等談盍	文		am 談藍三 ap 塔		am 甘敢蚶 ap 磕			
	白		ã 膽籃三 aʔ塔蠟		ã 敢 aʔ蓋			
二等咸洽	文		am 斬站		am 癌			
	白		aʔ插閘煠		iam 減鹹 iap 夾 ã 餡 ueʔ狹			
二等銜狎	文		am 攙		am 鑑 ap 押			
	白		ã 衫		ã 監 aʔ鴨甲			
三等鹽葉	文	ian 貶	iam 簾黏尖籤閃 iap 接捷		iam 閹險炎嚴 iap 葉			
	白		ĩ 簾閃染 iã 饜 iʔ摺	iaʔ睫	ĩ 鉗鹽簷 im 淹			
三等嚴業	文				iam 嚴欠 iap 劫業脅		uan 凡犯範 uat 法乏	三等凡乏
	白							
四等添帖	文		iam 點店念 iap 帖蝶		iam 兼謙嫌 iap 挾			
	白		ĩ 添甜 aʔ貼					

　　一等覃韻皆對應爲〔am〕韻，表現相當一致，是覃韻的規則對應。然而表示「口中含物」之意的「含」字說 kam²，「含」爲中古匣母字，讀舌根塞音是一個早期的音韻特徵，因此我們相信 am 韻是一個文白層同形的韻母。合韻有兩種對應，ap 韻爲與 am 韻相對的入聲文讀層韻母；另外，從匣母字「盒」aʔ⁸爲零聲母看來，〔aʔ〕是一個白讀層韻母。

〔註18〕挾，集韻作荅切，「持也」。挾錢 tsaʔ⁷ tsĩ² 指攜帶金錢，楊秀芳 1991：43。

一等的談韻對應有 am、ã 兩種。與覃韻合起來看，我們判斷 am 爲文讀層表現，而因陽聲韻尾丟失所產生的鼻化元音一般公認是白話層表現，如此，則 ã 韻爲白話層韻母。例如「三」這個字，在表達歷史上的「三國」時讀爲 sam¹，而口語中表達數量時則說 sã¹；另外，「敢」字也一樣有 kam³：kã³ 的文白異讀。盍韻表現同合韻，〔ap〕爲與〔am〕相對的文讀層韻母，〔aʔ〕韻則是白讀層韻母。

從上述覃談兩韻的白話層表現，我們可以看到金沙方言如同其他閩南方言一般，在白讀層上保持了覃談兩個重韻的區別；而文讀層體現的正是北方方言覃談合流的系統。

二等咸韻有〔am〕、〔iam〕、〔ã〕三種對應。「鹹」字說 kiam²，「餡」說 ã⁶，這兩個字都是中古匣母字，讀舌根塞音以及零聲母都是白讀層特徵，因此〔iam〕、〔ã〕都是白讀層韻母；〔am〕則應是文讀層讀法。入聲洽韻有〔aʔ〕、〔ueʔ〕、〔iap〕三種表現，其中〔iap〕韻例字只有一個「夾」kiap⁷字，但是由於四等帖韻亦有和此字意義難以分割的「挾」字，這裡無法確定所收錄的 kiap⁷ 本字爲何，以及 kiap⁷ 所反映的究竟是四等的文讀層表現或是與二等〔iam〕韻母形式相當的白讀韻母，此處先存疑。而〔aʔ〕、〔ueʔ〕兩者從韻尾形式及出現環境判斷，都是白讀層韻母。

二等銜韻例字不多，對應爲〔am〕、〔ã〕。前者是文讀層表現，後者是白讀表現，例如「監」字就具有「kam¹：kã¹」的文白異讀，入聲狎韻有〔ap〕、〔aʔ〕兩種表現，〔ap〕爲相應〔am〕的入聲韻母，〔aʔ〕同樣也是白讀韻母。

三等鹽韻葉韻規則讀法爲帶有細音介音的〔iam〕、〔iap〕，白讀方面鹽韻主要有〔ĩ〕、〔iã〕兩種對應，〔ĩ〕韻例字中「簷」tsĩ²、「鹽」sĩ⁶ 二字的聲母表現相當特別，它們都是中古以母字，讀塞擦音及擦音是早期層次的反映，因此〔ĩ〕自然是一個白話層韻母[註19]。另外，金沙方言表達食物味道清淡時用「饗」tsiã³ 表示，這是一個非常口語的詞彙，可以說是閩方言的特徵詞。依此我們認定入聲葉韻的〔iʔ〕、〔iaʔ〕爲與〔ĩ〕、〔iã〕平行的白話韻母。

三等鹽韻另有兩字韻母特別，一個是「貶」pian³，咸攝韻尾應是雙唇部

[註19] 又如「閃」字，有「金光閃閃 siam³：閃爍（閃電）sĩ³」的文白對比。

位的鼻音及塞音，但此處卻收舌尖鼻音，想來大概是受到前文（2.4.3.2 節）討論過的唇音異化現象影響，而將韻尾異化爲舌尖鼻音。另一字是表示淹水的「淹」im^1，常用字丟失介音的情形並不少見，但是此處看來丟失的卻是主要元音，對此我們無法提出解釋，由於與規則對應不同，此處暫時歸入白讀層。

　　三等嚴業韻只有牙喉音字，在語料中的反映爲〔iam〕、〔iap〕兩類，因爲缺乏足夠的語料，我們無法得知完整的層次表現，這裡暫將它們視爲文讀層表現。四等添帖韻的規則對應也是〔iam〕、〔iap〕，白讀方面則有〔ĩ〕、〔aʔ〕兩種形式。例如「添」字在人名「廖添丁」中就念爲 t^hiam^1，但是在口語中表示添加意時就說 $t^h\tilde{i}^1$。「貼」的文讀爲 t^hiap^7，而口語則是說 $ta?^7$，其韻母表現與此攝一二等相同，也許暗示了二四等不分的層次。

　　咸攝只有三等凡韻的唇音聲母有合口字，聲母表現均爲 h，因此 uan、uat 應爲文讀層韻讀，至於韻尾則同樣由於異化作用而變爲 n、t，而非系聲母下韻母表現同一二等洪音則是閩南文讀層的一個特徵。

4.2.2.9 深　攝

部　位		開　口		
		唇	舌　齒	牙　喉
三等侵緝	文	in 品禀	im 林臨心沉蔘深枕甚任嬸審 ip 立習執十入	im 今金欽禽琴吟陰淫音 ip 急及揖
	白		iam 尋砧針 / iap 粒 am 針淋 / ap 汁十 ã 林 ue? 笠	iap 揖

　　深攝只有三等，不過我們沒有收集到許多同時具有文白異讀的單一語詞，只有下列五例可供層次判斷的參考：

林 姓氏	lim^2	十 文讀	sip^8	揖 文讀	ip^7	審 判	sim^3		
淋 雨	lam^2	十 數詞	$tsap^8$	揖 動作	iap^7	嬸	$tsim^3$	深	ts^him^1

　　例字中「十」是禪母字，讀爲塞擦音是白讀層表現，所以 ap 應是一個白讀層韻母，據此，音韻地位完全相同的「林淋」二字，其韻母 am 應是與 ap 相對的白讀層陽聲韻母。另外，由於「十」的文讀爲 sip^8，我們推測 im 韻是與 ip

相對的文讀層韻母；然而從中古同音韻地位的書母字「審孀」二字分別讀為 sim³、tsim³ 以及「深」（書母）字讀 tsʰim¹ 看來，im 應該是一個跨越文白層的韻母。

從「摺」字的文白異讀我們知道 iap 為白讀韻母，若此則 iam 該是與之相對的陽聲韻白讀韻母。由於「針」字在金沙方言中同時具有 tsam¹、tsiam¹ 兩種讀法，使我們注意到 am/ap、iam/iap 之間的關係。這兩種對應主要元音及韻尾都相同，差異只在於有無介音，那麼這種差異是不同層次的反映或者僅是次方言之間的不同對應？

「針」字在漳州白讀為 tsiam¹，而在泉州則白讀為 tsam¹[註20]，這樣看來似乎可以說金沙的 am/iam 是次方言的語音差異，漳州有介音，泉州則否（劉秀雪 1998：43）。不過若是我們把觀察範圍擴大到侵韻其他具有介音的 iam/iap 例字上，就會看到像「粒」liap⁸、「砧」tiam¹ 等在泉州腔同樣具有介音讀法的情形，那麼這樣很難斷定泉州深攝的白讀對應為不具備介音的 am/ap，因此這個問題需要更進一步的擴大研究，目前無法下結論。

值得注意的是本攝白讀韻母主要元音和咸攝相同，咸攝上古來源於侵部與談部，深攝則皆來自侵部，因此兩者白讀層的表現可能顯示出古來源的一致。另外我們也看到入聲緝韻的白讀帶有唇塞音尾，這表示同樣是來自上古緝部，一二四等的合洽帖韻都是收喉塞尾，僅三等緝韻仍收唇塞音尾。

白讀另有 ã、ueʔ 兩種對應。「林」字白讀為 nã²，「笠」字則為 lueʔ⁸，各僅有一例，字數過少，較難看出完整層次。

〔註20〕漳州語料見陳正統（2007）主編《閩南話漳腔辭典》（北京：中華書局），頁 559；泉州語料見林連通（1993）《泉州市方言志》（北京：社會科學文獻出版社），頁 120。

4.2.2.10　山　攝

部位		開口			合口		
		唇	舌齒	牙喉	唇	舌齒	牙喉
一等寒曷桓	文		an 蘭餐殘珊 at 達擦	an 竿幹寒安 at 遏	uan 盤瞞滿半 uat 奪	uan 短暖亂蒜	uan 棺寬館款桓
	白		ã 誕 uã 單丹爛炭 uaʔ辣	uã 肝乾看寒 晏汗旱 uaʔ喝割	uã 搬盤滿半 un 潘 uaʔ鉢跋抹	ŋ 酸卵算蒜 uaʔ脫捋	uã 官歡碗 ŋ 管 uaʔ闊活
二等山黠	文	an 辦盼	an 山產 at 察殺	an 間眼簡			uan 鰥幻
	白	uã 扮 ueʔ八 uaʔ抹	uã 山鏟 ĩ 組	ãi 間眼揀閑 ueʔ攝			ut 滑猾
二等刪鎋	文	an 班蠻板	an 刪棧	an 奸顏雁		uan 篡	uan 關慣還患 ŋ 栓
	白						uãi 關 ui 關 uaʔ刮
三等仙薛	文	ian 免 iat 別滅	ian 聯輾煎仙 剪淺鮮戰 iat 烈徹撤設	ian 乾演遣 iat 孑孽		uan 全泉選篆船 喘川 uat 絕雪	uan 倦
	白	ĩ 篇棉 in 面 iʔ鱉 at 別	ĩ 錢箭纏扇鮮 uã 濺線 iʔ舌 uaʔ熱掣	iã 囝件		uã 泉串 un 旋船 ŋ 磚旋 əʔ雪絕啜說踅	ĩ 圓院 un 圈拳 ian 鉛
三等元月	文			ian 言建獻	uan 番煩反晚販 uat 髮發罰		uan 元原阮願冤 遠怨 uat 月越
	白			ĩ 獻	uã 販 an 挽萬 əʔ襪		un 楦 ŋ 遠園 əʔ月蹶
四等先屑	文	ian 眠遍 iat 撇	ian 顛天年練 千先洗 iat 節切	ian 監研現牽 iat 結			ian 犬淵 iat 穴血 uat 決缺
	白	ĩ 邊片麵 in 眠 iʔ篾蔑	ĩ 天年 iŋ 千前先 ãi 前筅 uã 楗 iʔ鐵捏蠶 at 節 ueʔ截楔節	ĩ 見硯 iŋ 研 ãi 研 an 肩牽 at 結			uãi 懸縣 in 眩 əʔ缺 iʔ缺 uiʔ血抉

　　山攝四等俱全，從上表可以知道其層次對應相當複雜，我們先看下列例字（一二三四等各舉兩例）：

寒山寺	han²	汗	han⁶	山水	san¹	中間	kan¹
寒（冷）	kuã²	流汗	kuã⁶	山	suã¹	房間	kãi¹
文獻	hian⁵	鮮文讀	sian¹	豐年	lian²	研究	gian²
獻口語	hĩ⁵	鮮口語	tsʰĩ̃¹	過年	nĩ²	研（輾壓）	ŋãi³

詞例中「寒」、「汗」是匣母字，讀舌根塞音是白讀層特徵，可知 uã² 應是白讀層韻母；口語中表示食物新鮮說「鮮」tsʰĩ̃¹，心母字讀塞擦音亦是早期特徵，如此則 ĩ 韻母亦為白讀韻母。從與這些白讀韻母相對的異讀出現的語詞性質以及韻攝格局來看，可以彙整出整個山攝的文讀層開口表現為一二等 an/at，三四等 ian/iat。

合口方面，我們看這些例字：

半文讀	puan⁵	蒜文讀	suan⁵	山海關	kuan¹		
半口語	puã⁵	蒜口語	sŋ̍⁵	關口語	kuãi¹		
泉州	tsuan²	遠文讀	uan³	血脈	hiat⁷	缺點	kʰuat⁷
泉水	tsuã²	遠口語	hŋ̍⁶	流血	huiʔ⁷	缺口語	kʰəʔ⁷

「遠」是喻三字，讀為喉擦音是早期層次的特徵，聲調上讀同陽去亦是白讀層特徵，如此則 uan 應是與開口 ian 相對帶有合口介音的文讀韻母表現。從語料中可以注意到，山攝合口三四等有些字讀如開口 ian/iat 韻，和切韻表現不同。總而言之，山攝的文讀層合口部分為 uan/uat（僅三四等有 ian/iat）。

根據上面的討論，可見文讀表現相當單純一致，接下來我們可以討論白讀層的表現，先將白讀韻母分佈情形概略表示如下：

	開　口	合　口
一　等	uã/uaʔ	
	ã	un/ŋ̍
二　等	uã/uaʔ	
	ĩ/ãi/iŋ/ueʔ	uãi/ut/ŋ̍/uĩ
三　等	uã/uaʔ	
	ĩ/iʔ/iã/in/at	ĩ/un/ŋ̍/əʔ
四　等	uã	
	ĩ/iʔ/ãi/iŋ/in/an/at/ueʔ	uãi/iʔ/uiʔ/əʔ

我們分點討論以清眉目：

（一）從上表可以看出，uã/uaʔ 韻出現在寒山刪仙先諸韻，不但跨越四個等第，也開合俱現。開口韻出現合口呼的現象，在前面已經討論過的果止蟹攝也有；而三四等表現同一二等，更是一個不同於《切韻》格局的特色。

（二）接著看 ãi/iŋ 兩個韻母，依據張光宇（1989b）的研究，可以知道 ãi/iŋ 是不同次方言之間的不同對應，以山先兩韻來說，在潮陽對應爲 ãi 韻的屬字，在廈門則對應爲 iŋ 韻母。語調時當地發音人也特別說明，金門人（自言爲同安人）彼此溝通時，「間眼揀開前研」等字皆讀爲 ãi 韻，只有跟廈門人或是台灣人交談時，才會刻意將這些字讀爲 iŋ 韻，以便溝通。若此，則這批字在金沙方言讀爲 iŋ 韻母，可能是由語言接觸而造成的現象。

除了說明 ãi/iŋ 兩個韻母的性質，我們也要注意這兩個韻母同時出現於二等山韻及四等先韻的情形，二四等不分顯然是一個異於《切韻》格局的特色，前面討論過的蟹攝也可以看到這個現象。另外，合口二四等有少數字爲 uãi 韻母，如「關」kuãi[1]、「懸」kuãi[2]、「縣」kuãi[6]，也許是與開口 ãi 韻相對的合口表現。

（三）然後看 ĩ 韻母，主要出現於三四等（二等僅一「組」字讀 tʰĩ[6]）。單純從類的分合來看的話，這可以視爲三四等合流（與咸攝三四等可以合併觀察）；同時我們也注意到 iã 韻母只出現在三等仙韻，如果搭配上一段對 ãi 韻母的討論，似乎表示三等仙韻讀 iã 與四等先韻讀 ãi 是反映三四等有別的格局。若此，那麼 ĩ 韻母所代表的層次時間應是晚於仙 iã：先 ãi 有別層次的。〔註21〕

至於三四等入聲韻的 iʔ 韻母，其隸字有「鱉舌篾䑕鐵蟨」等，從韻母形式來判斷，可能是與 ĩ 韻母相對的入聲韻母。

（四）un 韻母都只出現在合口韻，從邪母字「旋」（擰乾毛巾）讀 tsun[6]，船母字「船」讀 tsun[2] 看來，是白讀韻母無疑；合口二等的 ut 韻例字如「滑」

〔註21〕這裡需要注意的是，我們僅就「類」的分合來觀察，然而，層次的分析並不是「同一韻母形式〔ĩ〕就必然表示爲同一層次」這麼簡單的事。我們也必須考慮不同層次但是音韻形式卻相同的情形。依據吳瑞文（2002）研究顯示，ĩ 韻母雖然同時出現於仙先兩韻，但所代表的層次卻是不相同的，三等仙韻的 ĩ 韻母是秦漢層次的反映，而出現在四等先韻的 ĩ 韻母則是六朝層次的反映。這樣的研究依靠的是跨方言的同源詞比較，無法僅憑單一方言的語料判斷，故非本文能夠處理的問題，此處備爲一說。

kut⁸、「猾」kut⁸，應該是與之對應的入聲韻。成音節鼻音 ŋ̩ 韻母同樣也只出現在合口呼，從邪母字「旋」（髮旋）tsŋ̍⁶，喻三字「遠」讀 hŋ̍⁶ 可以知道這也是白讀韻母。

（五）in 韻母出現在三四等，如面 bin⁶、眠 bin²、眩 hin²。當中「眠」字有「春眠 bian²：眠床 bin²」的文白對比，因此 in 韻母應為白讀韻母。

at 韻母也出現在三四等，例字如「節」tsat⁷、「結」kat⁷。「節」字有「節約 tsiat⁷：竹節 tsat⁷」的文白對比、「結」字也有「結婚 kiat⁷：結繩 kat⁷」的文白對比，「節約」、「結婚」很明顯是文讀詞彙，因此 iat 當屬文讀韻母無疑，而 at 則是白讀韻母。承此，韻母形式與之相當的 an 韻，就可能是與之相對的陽聲韻白讀韻母，如「牽」kʰan¹、「肩」kan¹等字。

（六）əʔ 韻隸字有「雪絕啜說蜇襪月噦缺」，這一批字全部都是上古祭部字，主要元音和陰聲韻中同樣來自上古歌祭部的屬字相同，應該也是相當早期層次的反映。ueʔ 韻母有「八截楔節」等字，此韻母和 uaʔ 韻母一樣，合口韻卻出現於開口呼，異於切韻格局；也許是 uaʔ 韻母元音高化後的產物。

4.2.2.11 臻 攝

部　位		開　口			合　口		
		唇	舌 齒	牙 喉	唇	舌 齒	牙 喉
一等 痕 魂 沒	文				un 奔噴門本 ut 不	un 尊村存孫寸 ut 突卒	un 昆坤困昏魂穩 ut 骨窟忽
	白		un 吞	un 根墾恩恨	ŋ̍ 本門	ŋ̍ 村 uan 村	ŋ̍ 昏
三等 眞 質 諄 術	文	in 賓彬民鬢 it 筆蜜密	in 親秦辛盡 信眞神塵人 it 七疾姪實 失日 im 忍	in 緊寅印 it 一		un 輪筍俊春唇 ut 律戌出	un 鈞菌勻允
	白	an 閩 at 密	un 塵陣忍 an 陳趁鱗 at 栗漆虱實 ik 室	un 巾銀			
三等 殷 迄 文 物	文			in 謹 it 乞 im 欣	un 分糞焚吻文 ut 佛		un 軍君運雲 ut 屈掘熨
	白			un 斤勤近			
					ŋ̍ 問		

一等開口痕韻字例不多，單從語料我們無法判斷「吞根恩恨」等字之讀爲 un 韻是白讀層抑或文讀層表現，因此我們先看一等合口魂韻的表現，觀察下列例字：

根本	pun³	金門	bun²	鄉村	tsʰun¹	昏君	hun¹
本量詞	pŋ̩³	開門	mŋ̩²	村頭	tsʰŋ̩¹	下昏（黃昏）	hŋ̩¹

從上列語詞的性質可以知道 un 韻母是文讀層的表現，而 ŋ̩ 韻母則是白話韻母，ut 韻是與 un 對應的入聲韻母。

三等開口眞韻有如下異讀：

民國	bin²	臨行密密縫	bit⁸	風塵	tin²
閩南	ban²	疏密	bat⁸	灰塵	tʰun²

從上面可以看出 in/it 韻母的出現環境都是很明顯的文讀詞彙，當是文讀層表現，而 an/at/un 等韻母則應是白讀表現。

欣韻例字極少，僅「謹」kin³、「乞」kʰit⁷、「斤」kun¹、「勤」kʰun²、「近」kun⁶。現在依照眞韻的分析，定 in/it 韻母爲文讀，un 韻母爲白讀。至於文韻（欣韻合口）層次可以從下面的詞例觀察：

分數	hun¹			佛	hut⁸		
分東西	pun¹	糞	pun⁵	佛	put⁸	雲	hun²

「分糞佛」等字的韻母同時接輕唇音與重唇音、「雲」是喻三字，聲母讀喉擦音亦是早期特徵，可見 un/ut 應該是跨越文白層次的韻母。

看完了文韻（欣韻合口），回頭看諄韻（眞韻合口），語料顯示所有的字例都是 un/ut 韻。然而諄韻所收集到的語料中並沒有具備明顯聲母、聲調文白層次對比的詞例，這裡暫時比照文韻，認定諄韻的 un/ut 韻也是跨越文白層次的韻母。

現在還剩痕韻沒有討論，「吞根恩恨」等字讀 un 韻，究竟是文讀或是白讀？單從詞例本身是沒有辦法作判斷的。只好先從臻攝的整體表現入手，三等部份很清楚有著「in：un」的文白對比，我們也猜測痕韻的 un 韻是白讀表現。從系統性來想，閩語的文讀層開合口算是分得相當清楚，因此比照三等部份，推想痕韻也該有*in 的文讀表現。其次，若是 un 韻是痕韻的文讀表現，那等於是說

臻攝開口韻可以有合口呼，若此，我們也期待會在眞欣兩韻的文讀層看到 un 韻，結果卻不然。因此，這裡將痕韻的 un 韻歸爲白讀表現應該會比歸爲文讀合理。

至於「忍」lim³、「欣」him¹ 兩字的韻母表現非常特殊，出現語詞分別是「忍耐 lim³ nãi⁶」、「欣然 him¹ lian²」，其中「忍耐」在口語中另有「吞忍 tʰun¹ lun³」的表達方式。從韻母形式及語詞性質的差異來看，判斷 im 應該是文讀表現。但韻尾收雙唇鼻音的原因待考。

4.2.2.12 宕 攝

部 位		開 口			合 口	
		唇	舌 齒	牙 喉	唇	牙 喉
一等唐鐸	文	ɔŋ 芒莽榜 ɔk 博薄	ɔŋ 當湯堂唐黨囊郎葬 ɔk 託樂駱落	ɔŋ 康昂抗 ɔk 惡		ɔŋ 光廣壙皇凰汪 ɔk 擴
	白	aŋ 幫 oʔ 粕薄	ŋ 當湯糖堂燙臟桑 ak 落 oʔ 作索昨 auʔ 落	ŋ 囥 aŋ 行 oʔ 鶴 auʔ 蕻		ŋ 光黃 əʔ 郭
三等陽藥	文		iɔŋ 良量兩亮相祥想將匠腸長章掌昌傷常賞上讓 ɔŋ（莊組）牀雙爽 iɔk 鵲弱酌勺芍	iɔŋ 疆強仰香鄉陽養 iɔk 約藥	ɔŋ 防芳亡網 ɔk 縛	ɔŋ 狂王枉旺
	白		ŋ 兩狀長杖莊瘡牀霜 iu 娘樑兩漿牆箱想橡醬匠長傷上向唱掌 ioʔ 雀箸著 iaʔ 削	ŋ 央秧向 iu 薑鄉香羊烊陽瘍癢颺 ioʔ 約藥	aŋ 枋芳房網望放 ak 縛	

一等唐韻文讀爲 ɔŋ/ɔk，白讀則有 ŋ/oʔ/auʔ/ak，例如：

商湯	tʰɔŋ¹	反抗	kʰɔŋ⁵		
煮湯	tʰŋ¹	囥（放置）	kʰŋ⁵		
薄文讀	pɔk⁸	落文讀	lɔk⁸		
厚薄	poʔ⁸	落下	loʔ⁸	落屎（腹瀉）lauʔ⁷	落價（降價）lak⁷

一等唐韻除了有上述的韻讀層次之外，陽聲韻另有 aŋ 的對應。語料中僅有兩字「行」haŋ²、「幫」paŋ¹，雖然沒有收集到它們的其他異讀，但是由入聲韻母 ak 屬白讀韻母來看，此處的 aŋ 韻應該也是白讀表現。

開口三等陽韻的層次可從下列詞例觀察：

上班	siɔŋ⁶	傷患	siɔŋ¹	床前明月光	tsʰɔŋ²
上水	tsʰiũ⁶	傷多（太多）	siũ¹	眠床	tsʰŋ̍²
藥文讀	iɔk⁸	弱文讀	liɔk⁸		
藥口語	ioʔ⁸	箬葉子	hioʔ⁸		

「上」是禪母字，讀塞擦音是早期音韻特徵；「箬」是日母字，讀喉擦音亦是白話層特徵，再根據語詞性質判斷，陽韻的文讀層對應除了莊系字讀同一等ɔŋ之外，其餘均爲 iɔŋ/iɔk。白讀層對應則爲 iu/ŋ̍/ioʔ。

宕攝合口一等只有牙喉音字，見下例：

皇帝	hɔŋ²	光榮	kɔŋ¹
黃顏色	ŋ̍²	天光	kŋ̍¹

「黃」是匣母字，讀零聲母爲白讀層特徵，而「皇」字和「光」字出現在文讀詞彙如「皇帝」、「光榮」中時則搭配ɔŋ 韻，可見宕攝合口一等韻母表現同開口一等規則讀法。入聲僅收集到「擴」kʰɔk⁷、「郭」kəʔ⁷ 二字，依照對陽聲韻的分析，ɔk 是文讀層韻母。

əʔ 則稍微特殊，「郭」字上古來自魚部，和山攝那群同樣讀 əʔ 韻母的字來源不同（歌祭部）；而來自古魚部的入聲字在語料中的對應則沒有跟「郭」字一樣讀 əʔ 的（多是 oʔ 或其他圓唇後元音），那麼有沒有可能是後期產生了音變？比如可能原來的 oʔ 韻母舌位上升而漸讀爲 əʔ？

我們認爲這不是由音變造成的。原因有二：其一，我們無法解釋爲何僅「郭」字發生舌位上升情形，而其餘眾多 oʔ 韻母字不變。其二，「郭」字在廈門方言讀爲 keʔ⁷，泉州音系的 ə 元音對應部份廈門的 e 元音，從這樣的對應關係看來，可以反推「郭」字在泉州音系下本就讀爲 ə 元音。因此我們猜測「郭」字很早就與其他古魚部入聲字分道揚鑣，而非是後期的音變。

閩語文讀層的開合分別算是相當清楚，因此宕攝合口一等表現該是*uɔŋ，但我們看到語料卻顯示爲沒有合口介音，這大約是由於介音 u 和元音 ɔ 同時具備了〔＋round〕、〔＋back〕的徵性，所以容易混融爲單元音，這個情形也見於果攝。

宕攝合口三等文讀對應同於一等文讀 ɔŋ/ɔk，我們比較下面的文白異讀：

秋芳	hɔŋ¹	法網	bɔŋ³	束縛	hɔk⁸
眞芳（香）	pʰaŋ¹	魚網	baŋ⁶	縛縋（綁緊）	pak⁸

從「芳」、「縛」兩字二讀所配合的聲母來看，aŋ/ak 韻顯然是屬於白讀層次。

4.2.2.13 江　攝

部　位		開　口		
		脣	舌　齒	牙　喉
二等江覺	文		ɔŋ 撞窗雙 ɔk 濁	ɔŋ 講 ɔk 握
	白	ak 剝 auʔ雹	aŋ 窗雙 ak 齪 oʔ桌	aŋ 江降降巷 iũ 腔 ak 學樂覺殼 oʔ學

江攝僅有二等，整體語料亦不多，所收錄到具有異讀的語詞僅有下列兩例：

窗台	tsʰɔŋ¹	雙十（國慶）	sɔŋ¹
窗口語	tʰaŋ¹	雙生（學生）	saŋ¹

從這兩組詞例判斷，「窗」是初母字，初母字有「tsʰ：tʰ」的文白對比；而「雙十」與「雙生」則前者明顯爲文讀詞彙，若此則可以判斷 ɔŋ 是文讀韻母，而 aŋ 是白讀韻母，入聲部份則是與之相對的 ɔk/ak。

入聲部份白讀另有一個韻母層次 oʔ，例字有「桌」toʔ⁷、「學」oʔ⁸，「學」是匣母字，讀爲零聲母反映的是早期的歷史層次，因此 oʔ 韻母應該也是白讀層韻母。

白讀層中僅「腔」kʰiũ¹字韻母爲 iũ，其聲符「空」爲上古東部字，而其韻母形式表現與宕攝三等陽韻白讀韻相同，陽韻上古都來自陽部，因此不知道「腔」讀爲 kʰiũ¹ 是否表示了東部與陽部有往來關係，可惜僅此一例，無法判斷。

4.2.2.14 曾　攝

部　位		開　口			合　口
		唇	舌　齒	牙　喉	牙　喉
一等 登德	文	iŋ 崩朋	iŋ 能登曾贈 ik 德特則	iŋ 恆肯 ik 刻	ɔŋ 弘 ɔk 國
	白	ak 北墨 at 墨	an 等層 at 賊 it 得		
三等 蒸職	文	iŋ 冰 ik 逼	iŋ 陵菱升承秤證 ik 息測色蝕力	iŋ 興應 ik 憶	ik 域
	白		an 塍 in 秤 at 力值 it 即直拭食穡 iaʔ食	in 蠅 it 翼	

　　曾攝一等開口韻的對應主要可以分為兩大類，一類是主要元音為高元音 i 的 iŋ/ik，另一類則為低元音 a 的 an/at，語料中收集到同時具此二讀的僅一「力」字，在「一臂之力」中讀為 lik[8]，白話中則為 lat[8]，雖然僅此一例，但若再依照眾所皆知中古以後的「曾梗合攝」現象，我們應可將 iŋ/ik 歸為文讀層次，an/at 等歸入白讀層次。

　　三等開口的文讀表現同一等為 iŋ/ik，白讀韻母層次較為複雜。先看「拭」、「蠅」、「翼」三字代表的 in/it 韻，「拭」tsʰit[7] 為書母字，讀塞擦音為早期特徵；「蠅」sin[2]、「翼」sit[8] 兩字為以母字，以母字讀擦音亦是白讀層特徵，因此 in/it 韻應為白讀層韻母。

　　三等開口蒸韻另有韻母對應 an，如「塍」（田地）tsʰan[2]，船母字讀塞擦音為白讀層特徵，如此可以知道 an 應為白讀層韻母，入聲則有與之相對的 at 韻，如「力」lat[8]、「值」tʰat[8]。

　　合口部分例字過少，無法觀察整體表現，暫時先擱置不論。

4.2.2.15 梗 攝

部位		開 口			合 口
		唇	舌 齒	牙 喉	牙 喉
二等庚陌	文	iŋ 孟 ik 伯魄	iŋ 冷省生甥 ik 擇	iŋ 行 ik 客	ɔŋ*礦
	白	ĩ 彭盲 in 猛 aʔ百拍 eʔ伯白	ĩ 生 an 瘠鉎 in 冷 iaʔ拆 eʔ宅	ĩ 更庚羹硬 iã 行 iaʔ額 eʔ嚇客	uĩ 橫 uãi 橫
二等耕麥	文		iŋ 爭 ik 責	iŋ 耿莖幸鶯	
	白	ĩ 棚 eʔ麥脈擘	ĩ 諍 eʔ砸冊	eʔ革隔	ɔk 獲
三等庚陌	文	iŋ 兵平明病命 ik 碧		iŋ 卿境警慶英影 ik 逆	iŋ 兄榮永泳
	白	ĩ 病平 iã 命丙坪明		iã 京驚迎影鏡 iaʔ屐	iã 兄
三等清昔	文	iŋ 名聘	iŋ 令清情靜性聲成聖政 ik 積夕尺適	iŋ 輕嬰 ik 益易	iŋ 瓊 ik 役
	白	iã 名餅摒 iaʔ癖	in 清清 iã 領情請正城 iaʔ隻赤石席刺脊跡 ioʔ借惜席摭尺石	in 輕 ĩ 嬰楹 iã 贏 ioʔ液	iã 營
四等青錫	文	iŋ 萍	iŋ 丁庭頂聽定零星 ik 歷曆績寂	iŋ 經形 ik 擊	
	白	ĩ 暝 iaʔ壁	an 零星釘 ĩ 青星醒 iã 庭鼎定 iʔ滴 iaʔ糴剔		

梗攝二三四等的文讀對應都是 iŋ/ik，如下列異讀：

人生	siŋ[1]	伯文讀	pik[7]	行爲	hiŋ[2]	客船	kʰik[7]
後生	sĩ[1]	阿伯	peʔ[7]	行（走）	kiã[2]	儂客	kʰeʔ[7]
平凡	piŋ[2]	命令	biŋ[6]	尺文讀	tsʰik[7]	貿易	ik[8]
平地	pĩ[2]	好命	miã[6]	尺口語	tsʰioʔ[7]	骹液（腳汗）	sioʔ[8]
丁（天干）	tiŋ[1]	零分	liŋ[2]	星文讀	siŋ[1]	法庭	tiŋ[2]
鐵釘	tan[1]	零星（零錢）	lan[2]	星口語	tsʰĩ[1]	庭口語	tiã[2]

　　從上面詞例可以明顯看出梗攝的文讀對應爲 iŋ/ik，與曾攝文讀有相同的表現，這反映了晚期韻圖「曾梗合攝」的格局。

　　白讀方面，我們先看 ĩ 韻母，它是橫跨二三四等各韻的韻母，可以說是梗攝最主要的白讀韻母。而 ĩ 韻母除了在梗攝出現，也見於前面討論的咸攝、山攝，單從韻母形式看，我們無法判斷這種一致的韻母形式是由於來源相同，或是經過音變而合併的，因此需要參照其他次方言的表現。

　　梗攝讀爲 ĩ 的字在漳州都對應爲 ẽ，而咸山兩攝讀爲 ĩ 韻母的字在漳州則仍對應爲 ĩ，如：

	梗		攝				
金沙	嬰	ĩ¹	星	tsʰĩ¹	生	sĩ¹	棚	pĩ²
漳州		ẽ¹		tsʰẽ¹		sẽ¹		pẽ²
	咸攝				山攝		
金沙	染	nĩ³	添	tʰĩ¹	天	tʰĩ¹	變	pĩ⁵
漳州		nĩ³		tʰĩ¹		tʰĩ¹		pĩ⁵

　　從上表看起來，梗攝在泉（金沙爲泉州系方言）漳有「ĩ：ẽ」的對比，咸山兩攝則不論泉漳皆是 ĩ。也就是說，在漳州可以分爲兩類的「ĩ（咸山）：ẽ（梗）」，在金沙則只有一類「ĩ」。依據比較方法，我們可以合理假設原先金沙的梗攝與咸山攝白讀亦有區別，現今表現相同是後期合併的結果；推測 ẽ 元音高化後成爲 ĩ，而與咸山兩攝的白讀 ĩ 合流。

　　接下來看 iã/iaʔ 這一對陽入相承的韻母。梗攝讀 iã 韻母的字有「丙明京迎影鏡行（以上爲陽部）命名餅坪領情正城驚贏（以上爲耕部）」，分別來自古耕部與陽部，而讀 iaʔ 韻的字則來自古佳部及魚部，如「石席額隻赤（上屬魚部）屐癖壁刺脊跡剔（上屬佳部）」。上古魚陽、佳耕是分別相配的韻部，依據李方桂（1971）的擬音，上古佳耕部元音爲 *i，而魚陽部元音爲 *a，現在這批字都讀爲 iã/iaʔ 意味著它們發生過合流，對來自古魚陽部的字來說仍然維持低元音，而佳耕部的字則可能發生過元音分裂，即 *i 元音分裂爲 *ia，而與之合流。

　　昔韻字另有讀 ioʔ 的對應，如「借席惜撠尺石」，觀察其上古來源，這一群字全部來自上古魚部，可能反映著古魚部獨立的格局。前段提到昔韻字有 iaʔ

的對應（魚佳合流），按理來說，魚部獨立的層次會比魚佳合流的層次爲早，若此，則昔韻的兩個層次 ioʔ/iaʔ 中，ioʔ 所代表的層次可能比 iaʔ 層次來得早。

　　從另一方面看，來自古佳部的昔韻字如「屐癖壁刺脊跡剔」等都不具有 ioʔ 韻讀法，因爲他們都是佳部字，不具有來自魚部入聲的 ioʔ 讀法也是很自然的。這或許可以證明來自佳部的 iaʔ 與來自魚部的 ioʔ 分別可以上推到上古魚佳分立的階段。〔註22〕

　　陽聲韻白讀另有 in/an 兩個層次。讀 in 者如「猛冷清清輕」，考慮其主要元音爲高元音 i，有可能是後期音變的結果。而讀 an 者有「瘩鉎零星釘」，其中「零星釘」三字爲四等字，四等字主要元音讀爲洪音，使我們猜測這大約是較爲早期的韻母表現。

　　入聲白讀層方面另有 eʔ/aʔ/iʔ 三種對應。從其屬字來源觀察，讀爲 eʔ 者都在二等陌麥韻，有「伯白宅客（爲上古魚部）麥脈擘冊隔（上古爲佳部）」，看來也是一個反映魚佳合流的白讀韻母。而讀 aʔ 韻的例字雖然不多，僅有「百拍」兩字，但此二字剛好都是古魚部字，也許是反映古魚部讀低元音的格局。至於 iʔ 韻，僅有一「滴」字，無法觀察其層次表現。

　　梗攝合口部份例字不多，不過表現大體可以比照開口。礦獲二字讀 ɔŋ/ɔk 恐怕是另有原因，「礦」字聲符「廣」爲宕攝字；「獲」字與在宕攝的「鑊」字也有同樣的聲符，且此二字念的亦是宕攝文讀的讀法，猜想可能是受聲符影響而產生的文讀音。

　　「橫」字有兩讀：huĩ²/huãi²，其韻讀在此攝僅有本例，無法多作解釋。不過山攝刪韻的「關」字恰巧也有同樣韻母形式表現的兩讀：kuĩ¹/kuãi¹，根據周長楫、歐陽憶耘（1998：136），在唐末五代泉州籍詩人義存和尚的詩作中，已經出現「關橫」兩字相押的詩例，也就是刪庚相押，如果以今天的韻讀來看，「關」、「橫」兩字的確可以相押。

　　從山梗兩攝現今所有的韻讀形式看來，兩攝能夠相押的韻大概也的確是

〔註22〕不過這個想法似乎和前面認爲這群魚部入聲字保留了上古低元音的説法矛盾，對魚部來説，究竟是 ioʔ 還是看似保留了 a 元音的 iaʔ 早，這個問題相當複雜，可能的原因也不只一種，也許上古已有不同區域的方言變體，某些地方魚陽部主要元音爲圓唇元音，其他地方則是低元音。但這些都僅是推測，需要將來進一步的研究。

uĩ/uãi 韻〔註23〕，可惜我們無法以今天的音值去揣測從前的音值與韻類，這一個問題顯然需要將來進一步研究，首先必須確定義存和尚詩作中刪庚相押的例字有哪些，只有「關橫」二字或有許多其他例字？若是僅有此例，我們不得不考慮此字在閩語與在切韻有不同演變的可能性，橫的聲符是「黃」，「黃」字在廈門及漳州有「ŋ：uĩ」的對比，以此作爲切入點，也許可以找出 uĩ 韻與 uãi 韻之間的關係。

4.2.2.16 通　攝

部位		合口		
		唇	舌齒	牙喉
一等 東屋	文	ɔŋ 蒙 ɔk 木沐	ɔŋ 東通筒童動凍痛總 ɔk 讀獨鹿祿	ɔŋ 公工功孔貢 ɔk 谷穀
	白	aŋ 篷蠓 ak 木曝	aŋ 東通筒同童董桶動凍籠弄蔥叢總粽鬆送 ak 讀 uʔ 禿	aŋ 公工空紅翁甕 ak 穀 au 哭
一等 冬沃	文		ɔŋ 統宗鬆宋 ɔk 毒篤	ɔŋ 攻
	白		aŋ 多農鬆 au 毒	ak 沃
三等 東屋	文	ɔŋ 風鳳 ɔk 福服目牧	iɔŋ 中終 iɔk 六祝叔塾	iɔŋ 宮弓雄融 iɔk 育
	白	aŋ 夢 ak 腹目 uaŋ 風	aŋ 蟲 ik 竹叔熟肉 ak 六逐	iŋ 宮弓 ak 菊麴
三等 鍾燭	文	ɔŋ 封峰縫奉	iɔŋ 松誦訟重鐘衝 iɔk 足俗蜀褥辱	iɔŋ 恐供共凶勇用 iɔk 玉局浴
	白	aŋ 蜂挵縫	aŋ 龍松重 iŋ 重寵舂腫種冗／ik 綠粟燭	iŋ 容供胸湧用 ik 玉

通攝一等的文讀層次爲 ɔŋ/ɔk，白讀層次爲 aŋ/ak，例如：

運動	tɔŋ[6]	聰明	tsʰɔŋ[1]	木 (五行)	bɔk[8]		
地動 (地震)	taŋ[6]	蔥	tsʰaŋ[1]	木師	bak[8]	紅色	aŋ[2]

〔註23〕兩攝相同形式可以相押的韻亦有 iŋ，如山攝「前先研」等字，不過前面已經提過山攝四等的 iŋ 韻母實爲演變而來，且梗攝讀爲高元音爲文讀層表現，山攝文讀層並不讀爲高元音，因此刪庚能夠相押，大概不會是 iŋ 的表現。

「紅」為匣母字，讀零聲母為白讀層特徵，因此 aŋ 應屬白讀韻母；若再搭配這些語詞的詞彙性質，則 ɔŋ/ɔk 為文讀層次，而 aŋ/ak 為白讀層次。

通攝三等有如下的異讀可供判斷層次：

| 密密縫 | hɔŋ² | 節目 | bɔk⁸ | 六文讀 | liɔk⁸ | 黑松 | siɔŋ² | 叔文讀 | siɔk⁷ |
| 撑（端物） | pʰaŋ² | 目眼睛 | bak⁸ | 六數詞 | lak⁸ | 松樹 | tsiŋ² | 叔稱謂 | tsik⁷ |

中古同音韻地位的「縫」與「撑」，輕唇音所接的韻母為 ɔŋ，而重唇音則與 aŋ 搭配，顯然前者為文讀韻母，後者為白讀韻母。「松」為邪母字、「叔」為書母字，讀塞擦音為白讀層特徵，因此 iŋ/ik 亦為白讀層韻母。總而言之，三等文讀除了非系聲母下韻母讀同一等文讀之外，皆為帶有 i 介音的 iɔŋ/iɔk，白讀則有同於一等的 aŋ/ak，亦有僅見於三等的 iŋ/ik。

一等另有 uʔ/au 兩種對應，uʔ 韻只有一字「禿」，例少無法討論。而讀 au 韻的也只有兩字：「哭」kʰau⁵、「毒」tʰau⁶，考量到其語源以及本文 2.2.4 節的討論，估計是由入聲 auʔ 演變而來。依此則在語料中 auʔ 韻屬字有「哭毒落歇雹」：

	雹	毒	哭	歇	落
上古韻部	幽	幽	侯	宵	魚
中古韻目	覺	沃	屋	鐸	鐸

根據上表，這些字是上古幽侯宵魚四部的入聲字，依據李方桂（1980：73），我們知道上古時期楚語有東陽互押的韻例，因此上面來自侯宵魚三部的字也許與此相關，不過仍有來自古幽部的「雹毒」二字無法解釋，這個問題本文目前無法討論，上面只是列出現象，並且期待將來進一步的研究。

4.2.2.17 小　結

從上面的整理歸納，我們可以看出金沙方言的韻母系統相當複雜。文讀系統表現與中古十六攝系統大致合轍，除了開合口韻的區分大致清楚之外，三四等與一二等區別也相當清楚，三四等韻都帶有細音介音 -i-，只有非系與莊系聲母下讀為不帶介音的洪音讀法，三套入聲韻尾 p、t、k 也清楚地保留著。

除了這些比較明顯清楚的對應之外，另有許多不合於中古音韻格局的表現，較為明顯的特徵有開合口的對應與切韻音系不同、四等韻讀為洪音、韻類

的分合與切韻音系不同等等。這些表現有些可以依據對漢語文獻的知識，或是聲母聲調的差異以及該韻讀出現的詞彙性質等方式來判斷層次先後。不過仍有許多目前無法解釋之處，有些是因爲語料不足，無法清楚表現韻母的層次或是意義，也有些問題是無法單靠一個方言點的語料加以判斷的，因此仍然需要將來進一步補充語料以及擴大與其他方言點之間的比較才能深入研究。

4.2.3 聲調的比較與歷史層次

這一節我們以中古漢語的平上去入四聲以及聲母清濁作爲參照架構與金沙方言的語料作比較，可以看出聲調調類分合的異同。先將語料依此架構整理的結果列表如下：

古調	平		上			去		入	
古聲	清	濁	清	次濁 A	次濁 B	濁	清	濁	清	濁
今調	陰平	陽平	陰上	陽上		陰去	陽去	陰入	陽入
調值	55	35	52	（33）		11	33	21	55
例字	夫杯包	婆文門	掌馬耳	耳兩誕		蔗臭寸	面定住	雪博北	蜀糶箬

首先可以看到金沙方言如同多數閩南方言：清濁分調，而濁上歸濁去，因此共有七個調類。平去入聲分別都依中古聲母清濁不同而區分陰陽調，只有上聲的對應較爲特別，除了中古清聲母字一律對應爲陰上調、濁聲母字一律對應陽上調（又因陽上陽去併調而讀同陽去調）之外，次濁母則兩者皆有對應。

下面先針對次濁母字的聲調表現作討論：

4.2.3.1 次濁上聲字聲調表現

單純以調值作爲區分標準的話，次濁上聲字分爲兩部份，一部份跟著清聲母走，讀爲陰上調；另一部份則隨濁聲母讀爲陽上調（陽去調）。

在語料中讀陰上調的例字有：

我 gua、馬 mã/be、雅 ŋã、惹 lia、努 lɔ、五 ŋɔ̃、女 li、旅 li、汝 li、語 gi、武 bu、舞 bu、乳 lu、羽 u、雨 u、買 bue、米 bi、禮 le、每 muĩ、美 bi、李 li、耳 nĩ、尾 bə、老 lo、腦 nãu、卯 bau、秒 biau/bio、母 bio/bu、紐 liu、柳 liu、友 iu、酉 liu、染 nĩ、眼 ŋãi、免 bian、演

ian、滿 muã/buan、暖 luan、軟 luan/nŋ、晚 buan、遠 uan、朗 lɔŋ、

兩 liɔŋ/niũ、養 iɔŋ、ŋ⊃ 網 bɔŋ、領 liŋ/niã、蠓 baŋ、籠 laŋ、湧 iŋ。

讀陽上（歸陽去）調的例字有：

五 gɔ、呂 lɨ、雨 hɔ、鱧 lue、蟻 hia、李 li、裏 lai、耳 hi、老 lau、

卵 nŋ、遠 hŋ、兩 nŋ、網 baŋ、夢 baŋ。

如果只看調值分類的話，除了讀陽上調的字數明顯少於讀爲陰上調的字數之外，我們無法看出其他訊息或者是何以分讀的箇中原委。然而如果以文白異讀的角度來看，可以發現讀爲陽上調的例字韻母都是該韻攝的白讀層表現；而讀爲陰上調的卻同時含跨有文讀層與白讀層的表現。

為了方便討論，我們只將語料中同時具有異讀的例字挑出來觀察，從文白異讀的角度看，可以分爲兩大類，一類是文讀歸陰上調，白讀爲陽上（歸陽去）調；另一類是文讀白讀都歸陰上調。

先看前者例字（文讀歸陰上調，白讀爲陽去調）：

例字	雨	五	耳	老	遠	兩數詞	網
文	u^3	$\eta\tilde{ɔ}^3$	$n\tilde{i}^3$	lo^3	uan^3	$liɔŋ^3$	$bɔŋ^3$
白	$hɔ^6$	$gɔ^6$	hi^6	lau^6	$hŋ^6$	$nŋ^6$	$baŋ^6$

再看後者例字（文讀白讀都歸陰上調）：

例字	馬	母	滿	軟	領	兩～斤
文	$m\tilde{a}^3$	bio^3	$buan^3$	$luan^3$	$liŋ^3$	
白	be^3	bu^3	$mu\tilde{a}^3$	$nŋ^3$	$ni\tilde{a}^3$	niu^3

從這些字的文白系統來看，可以看出，文讀層一律都讀爲陰上調。但是白讀層卻有兩種不同表現，一類是讀爲陽去調，一類是讀爲陰上調。

根據吳瑞文（2005）的研究，可以知道在各閩語次方言中，白讀系統中這兩類的轄字相當一致，也就是說，白讀系統陽去與陰上兩類聲調的區別，是在文讀系統傳入之前就已經形成的。

換言之，以中古次濁母的角度來觀察的話，聲調對應有三套規則：一套是文讀，讀爲陰上調；兩套是白讀，陽調陰調皆有。依據歷史語言學的精神，相

同的聲母應該有相同的演變，當相同的聲母有不同的今讀演變之時，除非我們能夠找到分化的條件，否則我們必須假設這些不同的演變有不同的來源。

根據這樣的認識，吳瑞文（2005）透過吳閩方言同源詞的比較研究，認爲閩語白讀層中次濁上聲字讀爲陰上調的字和現代浙南吳語有密切的關係，可能是六朝江東方言痕跡，而次濁上聲字讀爲陽調的則是較六朝更早的一個層次。

據此，則金沙方言也和其他閩南方言一樣可以看出這些不同的層次。白讀層讀爲陽去調的屬於最早的一個層次，讀爲陰上調的則是六朝時期江東方言的層次表現，其後則是晚唐以後的文讀層，聲調上一律隨清聲母讀爲陰上調。

4.2.3.2 濁塞音、流音、鼻音聲母字讀陰調

至此，本章的討論範圍僅限於已經確定本字的語料，本字不明表示無法確認其歷史來源，自然無法用作同源詞的比較判斷，更無法對其作歷史音韻的研究。雖然有時我們可以利用同源詞的音韻對應規則來協助我們尋找本字，例如一個聲母爲舌根音 k、韻母爲 im、聲調調值爲高平調 55 的音節，即使本字不明，我們也可以根據整個音韻系統的對應規則來協助判斷其本字歸屬：舌根音 k 有可能是見母或群母，韻母則可能是深攝，由聲調高平調看，該是陰平字，則聲母便應該不會是群母字。這樣最後我們可以將這個本字的範圍侷限在中古見母、侵韻的屬字中。這就是梅祖麟（1995）所提出的本字研究法中的「尋音」法。

之所以能夠運用尋音法探求本字，乃是因爲音變有其規律。當然尋求本字不能單單只靠音韻上的對應，不過卻也是一個必須滿足的條件。在這樣的認識下，我們注意到了一些特別的現象：部份聲母爲濁塞音、流音、鼻音的本字不明音節，聲調讀爲陰調。之所以說它們特別，是因爲在整體的音韻對應中（此處自然是指已知語源的本字），濁塞音、流音、鼻音聲母的字都是來自中古的次濁母，而中古次濁母聲調上除了前述的次濁上聲字有讀爲陰調的層次之外，其餘皆對應爲陽調。

如果單純以尋音法的步驟試圖探求這些音節的本字時，最有可能的猜測是依據聲母表現反推爲中古的次濁母字，然而這麼作卻無法找出聲調上的規則對應，這就是這一群語詞的特殊之處。我們先將語料中這一類的語詞列出：

表現爲陰平調者：

「lin55」（乳汁）、「lui55」（銅錢）、「lim55」（喝）、「gam55」（憨傻）、「gio55」（逗弄欺負）、「gi55」（笑吱吱）、「nĩ55」（蜻蜓）、「niãu55」（貓）、「nŋ55/lun55」（伸、縮、鑽）、「ŋiãu55」（死、搔癢）

表現爲陰去調者：

「lio11」（高個兒）、「liu11」（滑溜溜）、「liŋ11」（向上騰躍）、「lin11」（孩童在地上打滾耍賴）、「giaŋ11」（暴牙）、「gian11」（喜好）、「nuã11」（在地上滾）、「ŋiãu11」（死）

表現爲陰入調者：

「baʔ21」（肉）、「giaʔ21」（用針挑）、「nĩʔ21」（眨眼睛）、「nãʔ21」（凹陷）、「ŋeʔ21/ŋueʔ21」（夾）

其實，當這些音節已經處於「本字不明」的地位時，我們就無法確認這群語詞的歷史來源，自然也就無法討論何謂「規則」。因爲這些音節很有可能根本不是來自所謂的中古次濁母，也許是因爲發生了某種音變，又或者甚至是異源層次的遺留而導致這個現象，目前都無法作出確定的判斷，本文只能將調查所得有這種情形的語料作一番整理，呈現出來，期待將來的進一步研究。

4.2.3.3 小　結

以中古切韻爲框架，再搭配聲母清濁來觀察的話，可以看出金沙方言平上去入四聲俱全；又依聲母清濁各分陰陽調，其中陽上調歸入陽去調，因此是一個有七調的方言。當中次濁母上聲字在白讀層的不同表現，也暗示了閩語白讀層有不同層次疊積的可能。這也同時告訴我們一件事，閩語的文讀層與白讀層，在聲母韻母上的差異比在聲調上的差異還要大。聲母韻母的差異相當明顯，然而聲調上除了次濁母字上聲字在文白層有不同的表現差異之外，其餘則沒有差別，也就是說，聲調系統上，文白層次是幾乎一致的，這種一致，以現今的語料看來，不單是指調類上的一致，也包含了調值的一致。

至於這種一致所代表的究竟是新傳入的聲調系統受到原有的聲調系統調整而趨同，或者是的確原本就相同，正好是研究歷史音韻的聲調部份時最爲棘手的問題，因爲語音出之口吻，瞬間即逝，尤其是聲調這種超音段成份，在古人

脣吻之間究竟如何表現，恐怕是沒有辦法得知的了。平山久雄（2005）曾經針對廈門話的古調值構擬做出一些成果，該文參考了相當多的語料，並且提出了對於廈門話古調值的構擬，是研究方言聲調古調值的重要作品。考量到本文的篇幅以及能力，對於聲調部份的歷史層次研究，目前僅能針對調類的分合做觀察及整理，至於調值的研究及構擬則有俟異日。

第五章　結　論

　　本論文呈現了金沙方言的音韻表現，不但對其平面音韻系統進行分析，也試圖從歷史音韻的角度觀察中古切韻系統與今日金沙方言音韻系統之間的關係。除了音韻系統的研究，在田調過程中我們也發現一些有趣的現象，例如小稱詞尾「囝」的特殊聲調表現，以及為了通商往來需要而在語音或是語言習慣上有所調整的情形。相信本文的研究成果，對於日後不論是要擴大方言比較、全面探討閩南方言的歷史音韻，或是要進行閩方言詞彙與句法系統的研究，甚至是社會語言學的探討，都能夠提供一個可靠而信實的基礎。

5.1 金沙方言的音韻表現

5.1.1 平面音韻

　　聲母方面，金沙方言既是屬於閩南方言的一支，其聲母系統與一般閩南方言相較而言可說沒有太大差異。許多閩南方言具有的聲母特點也見於金沙方言，例如聲母系統相當簡單，以音位分析而言，金沙方言僅十四個聲母；至於 b、l、g 與 m、n、ŋ 聲母的互補分佈（complementary distribution）狀態，以及沒有捲舌音等等都是一般閩語聲母系統的特色。

　　韻母方面，金沙方言與一般泉州系閩方言一樣具有央高元音 ɨ，配上 i、u、e、ɔ、ə、o、a 構成一個八元音的元音系統，這八個元音和 i、u 兩個介音（也

作元音韻尾）、與 m、n、ŋ、p、t、k、ʔ 七個輔音韻尾加上兩個成音節鼻音（syllable nasal）構成整個金沙方言的韻母系統。韻母系統有許多在語流中的特殊語音表現，可詳見本文 2.2 節對韻母系統的語音描述。

聲調上，金沙方言的單字調有七種，以相對音高描寫，可以訂出三種平調：11、33、55 調、高降調 52 調、中升調 35 調，以及低降促調 21 調、高促調 55 調。決定調值的標準可詳見本文 2.3 節。至於連讀調的表現，和廈門、台灣地區通行的閩南語比起來，最大的不同是古上聲來源的字在連讀時的聲調表現，廈門、台灣地區的古上聲字在連讀時調型為高平調，而金沙方言則是中升調。

另外一點較為特殊的聲調表現是古陰去及陰入字的連讀調，古陰去、陰入字的連讀調在遇到後字是高調起首的聲調時，會有高平和高降兩可的表現。而且依據語調結果以及前人研究成果，我們推測這是一個存在於高年齡層之中的語音現象，詳細原因雖然不明，但仍然是一個有趣而值得探討的問題。

在音節結構與限制上，金沙方言的平面音節結構為：$(C)(M)V(E_1)(E_2)$。其中 C 和 E_2 都是輔音性質，但可以出現在這兩個位置的輔音卻不盡相同。C 包含除了喉塞音 ʔ 之外的所有其他輔音，而能夠作為 E_2 的只有 m、n、ŋ、p、t、k、ʔ 七個輔音。V 作為主要元音，是一個音節不可或缺的部份；在八個元音當中只有 i、u 可以同時作為 M 及 E_1；此外，鼻輔音 m 與 ŋ 也可以作為音節核心，地位等同 V。至於結構中不同音段之間的搭配限制情形請詳見 2.4.4 小節。

5.1.2 歷史音韻

（一）聲母表現

以切韻音系為主要參照架構觀察金沙方言的聲母系統，可以看出金沙方言與一般閩方言一樣有著豐富的歷史層次。許多閩方言共有的層次表現，如輕重唇不分、端知不分（表示還保持著唇音及舌音分化之前的系統）、匣母讀為牙音（反映上古群匣同源格局）、喻三母讀為喉音（顯示出它和匣母的密切關係，有別於切韻架構喻三喻四合流，並與匣母分立之格局）等等特色，也同樣表現在金沙方言之中。

除了這種音類上的分合可以顯示出金沙方言與切韻架構的不同，一些閩語聲母與切韻架構的特殊對應在金沙方言中也可見到，例如某些章系字讀舌根

音、某些莊系字讀舌尖塞音、心邪書生禪母有塞擦音讀法、部份喻四字有讀舌尖塞擦音及擦音的情形。全濁母雖沒有清楚的清化規律可循，但是哪些字清化，哪些字不清化卻有著內部一致的表現，這是閩方言的一大特色，金沙方言自然也不例外。

根據我們收集到的語料，金沙方言在聲母系統上和廈門、漳州、泉州等地沒有什麼不同，只是原本在十五音系統中分立的日母與柳母（來母）在金沙方言中發生了和泉州、廈門一樣的「日歸柳」現象，而漳州則仍維持日母的獨立性，從這一點看，金沙方言和泉州方言走向一致，這也呼應了學者的研究成果，金門地區的閩方言屬於泉州系方言的一支。

（二）韻母表現

將金沙方言的韻母以中古十六韻攝作為比較架構，可以看出其具有豐富的層次表現。文讀系統的表現與中古十六攝系統大致合轍，除了開合口韻的區分大致清楚之外，三四等與一二等區別也相當清楚，三四等韻都帶有細音介音 -i-，只在非系與莊系聲母下讀為不帶介音的洪音讀法，三套入聲韻尾 p、t、k 也清楚地保留著。而白讀系統的表現則與十六攝架構多有不同，較為明顯的特徵有開合口的對應與切韻音系不同、四等韻讀為洪音、韻類的分合紊亂並與切韻表現架構不同。這些特徵大多也是其他閩方言共同具有的層次特徵，關於每一個韻攝的詳細探討請參閱本文 4.2.2 節。

（三）聲調表現

以中古四聲清濁框架觀察，可看出金沙方言平上去入四聲俱全；又依聲母清濁各分陰陽調，其中陽上調歸入陽去調，因此是一個有七調的方言。

金沙方言次濁母上聲字在白讀層的不同表現，暗示了閩語白讀層有不同層次疊積的可能。根據吳瑞文（2005）對吳閩方言同源詞的比較研究，我們相信金沙方言也和其他閩南方言一樣，具備不同的層次。白讀層讀為陽去調的屬於最早的一個層次，讀為陰上調的則是六朝時期江東方言的層次表現，其後則是晚唐以後的文讀層，聲調上一律隨清聲母讀為陰上調。

可見閩語的文讀層與白讀層，在聲調上的差異與其在聲母韻母的差異上大不相同，聲母韻母的差異相當明顯，然而聲調上除了次濁母字上聲字在文白層有不同的表現差異之外，其餘則沒有差別，也就是說，聲調系統上，文白層次

是幾乎一致的。

5.2 金沙方言的囝字調

　　金沙方言的小稱詞「囝」字表現和鄰近地區的閩方言比較起來，可說相當具有特色，不但在囝字的使用頻率上和廈門、台灣地區差異甚多，甚至在聲調表現上，也大相逕庭。

　　首先在「□囝」結構的聲調表現上，金沙方言的囝尾聲調是以平調調型作為特徵，這與廈門、台灣等地保持上聲高降調的情形不同。不但如此，囝前字在金沙方言也都是平調，而在台灣、廈門方言則不然。大體而言，囝尾的聲調與囝前字的聲調相同。而「□囝□」結構中的囝字，金沙方言都固定讀為中平調 33，但台灣、廈門則都是讀為高平調 44（55）。

　　根據前文的分析與研究，我們對金沙方言小稱詞「囝」之所以都讀為平調提出了一個假設。即是，小稱詞「囝」由於從最初明確指稱子女的實詞意義逐漸虛化，不但導致了聲母與韻母的變化，甚至也導致了聲調上的逐漸弱化。若此，我們對於金沙方言的「□囝」與「□囝□」結構的聲調表現，就可以獲得一致的解釋：就「□囝」結構而言，因為弱化，囝尾隨前變調；就「□囝□」而言，同樣也因為弱化以及音節位置，所以選擇發音相對簡易的中平調。

5.3 未來繼續研究之方向

　　本論文深入研究了金門金沙鎮的音韻系統，並且作了層次的分析與比較。金沙鎮一地的研究結果，對研究金門方言而言只是一個階段性的成果。還有許多課題，必須要將來擴大研究更多金門方言甚至是金門以外的方言點才能深入討論的。

　　就以「陰去具兩種連讀」的現象為例，從張屏生（1996）對同安音系相關方言的研究結果可知，在同安（福建）、金門、馬公（澎湖縣馬公市）、湖西（澎湖縣湖西鄉）、西嶼（澎湖縣西嶼鄉）、後寮（澎湖縣白沙鄉）、蘆州（台北縣）、大同（台北市社子島）八個方言點中，有這個現象的只有金門與馬公、湖西，而馬公、湖西的先民乃從金門移居而來。那麼這個現象有沒有可能是從金門傳入澎湖地區的呢？這顯然需要更進一步的深入蒐集材料才能確認。

　　除此之外，鄭縈（1994）的研究結果，指出在中老年層的元音結構中並存的 o、ɔ 元音，在青少年層中已經歸併為 ɔ。這種研究方式在預測語音變遷的方向上的確有其貢獻，本文囿於研究課題因此並未專文討論。但是將來的確可以另外針對新生代的語音表現進行田野調查，如此可以生動地看出語音變化的軌跡與方向。

　　方言接觸，更是一個可以持續研究的課題。就以囝字的表現情形之紊亂而言，越是經商、多與外界往來的人士，其表現越接近廈門、台灣，反之則不然。這樣看來，方言接觸的確是造成此一現象的可能因素。將來也許可以更深入而全面的進行研究，甚至可以用到量化研究的方式，將不同年齡層、不同職業、不同性別的發音人表現仔細的整理、分類與研究，以便更清楚的看到語言彼此影響的過程。

　　上述各點都值得我們繼續深入的研究，希望未來能夠在目前的研究基礎上進一步擴大方言比較，除了探討金沙方言的表現之外，也能對鄰近方言點有更多瞭解，如此才有助於我們對閩南方言甚至是閩方言的整體認識。

參考書目

一、參考工具書

1. 宋·陳彭年等,《新校宋本廣韻》(台北:洪葉文化事業有限公司,2001 年 9 月)。

2. 中國社會科學院與澳大利亞人文科學院合編,《中國語言地圖集》(香港:朗文出版社,1988 年)。

3. 中國社會科學院語言研究所,《方言調查字表》(北京:商務印書館,1988 年)。

4. 北京大學中國語言文學系語言學教研室編,《漢語方音字匯》第二版 (1989)(北京:文字改革出版社,2003 年)。

5. 北京語言大學語言研究所,漢語方言地圖集調查手冊(澳門語言學會)。

6. 吳多泰中國語文研究中心,《中國六省區及東南亞閩方言調查字表》,香港中文大學中國文化研究所,2003 年。

7. 吳多泰中國語文研究中心,《中國六省區及東南亞閩方言調查詞表》,香港中文大學中國文化研究所,2003 年。

8. 金門縣立社會教育館編,《金門縣志》,金門縣政府印行,1993 年。

9. 黃謙、廖綸璣,《泉州方言韻書三種》(台北:武陵出版社,1993 年)。

二、研究著作與期刊論文

1. 丁邦新,《Chinese phonology of the Wei-chin period:reconstruction of the finals as reflected in poetry》(魏晉音韻研究)(台北:中央研究院歷史語言研究所,1975 年)。

2. 丁邦新,〈從漢語方言現象檢討幾個辨音徵性的問題〉,《中央研究院歷史語言研究所集刊》第五十一卷第四期,1980 年,頁 607～614。

3. 丁邦新,〈Some Aspects of Tonal Development in Chinese Dialects〉,《中央研究院歷史語言研究所集刊》第五十三卷第四期,1982 年,頁 629～644。

4. 丁邦新，〈漢語方言區分的條件〉，《清華學報》新十四卷，1982 年，頁 495～519。

5. 丁邦新，〈漢語方言層次的特點〉，《永遠的 POLA：王士元先生七秩壽慶論文集》（台北：中央研究院歷史語言研究所，2005 年）。

6. 丁邦新、張雙慶編，《閩語研究及其與周邊方言的關係》（香港：香港中文大學，2002 年）。

7. 平山久雄，〈廈門話古調值的內部構擬〉，《平山久雄語言學論文集》（北京：商務印書館，2005 年），頁 173～190。

8. 石曉娉，《從自主音段音韻學觀點看金城方言聲調學》，國立清華大學語言學研究所碩士論文，1996 年。

9. 何大安，〈變調現象的兩種貫時意義：兼論晉江方言的古調值〉，《中央研究院歷史語言研究所集刊》第五十五卷第一期，1984 年，頁 115～132。

10. 何大安，〈元音 i、u 和介音 i、u，兼論漢語史研究的一個方面〉，《王靜芝先生七十壽慶論文集》（台北：文史哲出版社，1986 年）。

11. 何大安，《規律與方向：變遷中的音韻結構》，中央研究院歷史語言研究所專刊之九十，1988 年。

12. 何大安，〈語言史研究中的層次問題〉，《漢學研究》第十八卷特刊，2000 年，頁 261～271。

13. 李榮，〈語音演變規律的例外〉，《中國語文》第二期，1965 年，頁 116～126。

14. 李榮，〈漢語方言的分區〉，《方言》第四期，1989 年，頁 241～259。

15. 李小凡，〈漢語方言連讀變調的層級和類型〉，《方言》第一期，2004 年，頁 16～33。

16. 李方桂，《上古音研究》（北京：商務印書館，1998 年）。

17. 李如龍，〈中古全濁聲母閩方言今讀的分析〉，《語言研究》第一期，1985 年，頁 139～149。

18. 李如龍，《福州方言詞典》（福州：福建人民出版社，1994 年）。

19. 李如龍，《方言與音韻論集》（香港：香港中文大學中國文化研究所、吳多泰中國語文研究中心，1996 年）。

20. 李如龍，《福建方言》（福州：福建人民出版社，1997 年）。

21. 李如龍，《福建縣市方言志十二種》（福州：福建教育出版社，2001 年）。

22. 李如龍，《漢語方言特徵詞研究》（廈門：廈門大學出版社，2001 年）。

23. 李如龍、陳章太，〈論閩方言內部的主要差異〉，《中國語言學報》第二期，1984 年，頁 93～173。

24. 吳瑞文，〈論閩方言四等韻的三個層次〉，《語言暨語言學》第三卷第一期，2002 年，頁 133～162。

25. 吳瑞文，〈談覃有別與現代方言〉，《聲韻論叢》第十三輯，2004 年，頁 147～186。

26. 吳瑞文，《吳閩方言音韻比較研究》，國立政治大學中國文學研究所博士論文，2005 年。

27. 辛世彪，《東南方言聲調比較研究》（上海：上海教育出版社，2004 年）。

28. 周長楫，〈廈門話文白異讀的類型〉（上），《中國語文》第五期，1983 年，頁 331～336。

29. 周長楫，〈廈門話文白異讀的類型〉（下），《中國語文》第六期，1983 年，頁 430～438。

30. 周長楫，〈福建境內閩南方言的分類〉，《語言研究》第二期，1986 年，頁 69～84。

31. 周長楫，〈廈門方言同音字匯〉，《方言》第二期，1991 年，頁 99～118。

32. 周長楫，〈中古豪韻在閩南方言的文白讀音問題〉，《臺灣研究集刊》第一期，1995 年，頁 77～82。

33. 周長楫，《廈門方言詞典》（南京：江蘇教育出版社，1998 年）。

34. 周長楫，〈重讀《廈門音系》〉，《方言》第三期，1999 年，頁 176～180。

35. 周長楫、歐陽憶耘，《廈門方言研究》（福州：福建人民出版社，1998 年）。

36. 周振鶴、游汝杰，《方言與中國文化》（台北：南天出版社，1990 年）。

37. 林連通主編，《泉州市方言志》（北京：北京社會科學文獻出版社，1993 年）。

38. 林寶卿，〈閩南方言聲母白讀音的歷史語音層次初探〉，《古漢語研究》第一期，1998 年，頁 60～63。

39. 林寶卿，〈閩南方言三種地方韻書比較〉，《漳州師範學院學報・哲學社會科學版》第三十五期，2000 年，頁 72～79。

40. 侯精一主編，《現代漢語方言概論》（上海：上海教育出版社，2002 年）。

41. 姚榮松，〈廈門話文白異讀中鼻化韻母的探討〉，《聲韻論叢》第二輯，1994 年，頁 315～335。

42. 洪惟仁，《彙音妙悟的音讀：二百年前的泉州音系》，第二屆國際閩方言研討會論文，1990 年。

43. 徐芳敏，《閩南廈漳泉次方言白讀層韻母系統與上古韻部關係之研究》，國立臺灣大學中國文學研究所博士論文，1991 年。

44. 徐芳敏，《閩南方言本字與相關問題探索》（台北：大安出版社，2003 年）。

45. 徐通鏘，《歷史語言學》（北京：商務印書館，1991 年）。

46. 袁家驊，《漢語方言概要》第二版（北京：語文出版社，2001 年）。

47. 高本漢原著，趙元任、羅常培、李方桂合譯，《中國音韻學研究》（北京：商務印書館，1995 年）。

48. 莊初升，〈中古全濁聲母閩方言今讀研究述評〉，《語文研究》第三期，2004 年，頁 56～60。

49. 張光宇，〈閩方言音韻層次的時代與地域〉，《清華學報》新十九卷第一期，1989 年，頁 95～113。

50. 張光宇，〈閩南方言的特殊韻母 iŋ〉，《大陸雜誌》第七十九卷第二期，1989 年，頁 16～22。

51. 張光宇，〈閩方言古次濁聲母的白讀 h- 和 s-〉，《中國語文》第四期，1989 年，頁 300～307。

52. 張光宇，《切韻與方言》（台北：臺灣商務印書館，1990 年）。

53. 張光宇，〈漢語方言發展的不平衡性〉，《中國語文》第六期，1991 年，頁 431～438。

54. 張光宇，《閩客方言史稿》（台北：南天書局，1996 年）。

55. 張光宇，〈論閩方言的形成〉，《中國語文》第一期，1996 年，頁 16～26。

56. 張屏生，《同安方言及其部分相關方言的語音調查和比較》，國立臺灣師範大學國文研究所博士論文，1996 年。

57. 張振興，《漳平方言研究》（北京：中國社會科學出版社，1992 年）。

58. 張振興，《臺灣閩南方言記略》（台北：文史哲出版社，1997 年）。

59. 張振興，〈閩南方言的比較研究〉，《臺灣研究集刊》第一期，1995 年，頁 69～76。

60. 張琨，〈論比較閩方言〉，《中央研究院歷史語言研究所集刊》第五十五卷第三期，1984 年，頁 415～458。

61. 張琨，〈再論比較閩方言〉，《中央研究院歷史語言研究所集刊》第六十二卷第四期，1991 年，頁 89～135。

62. 張琨，〈漢語方言的分類〉，《中國境內語言暨語言學》第一期，1992 年，頁 1～21。

63. 張琨，〈閩方言中蟹攝韻的讀音〉，《中央研究院歷史語言研究所集刊》第六十四卷第四期，1993 年，頁 877～890。

64. 梅祖麟，〈方言本字研究的兩種方法〉，《吳語和閩語的比較研究》（中國東南方言比較研究叢書第一輯，1995 年），頁 1～12。

65. 梅祖麟，〈幾個閩語虛詞在文獻上和方言中出現的年代〉，《南北是非：漢語方言的差異與變化》（何大安主編，中央研究院語言學研究所籌備處，第三屆國際漢學會議論文集（語言組），2002 年），頁 1～21。

66. 梅祖麟，〈閩南語 "給予" 的本字及其語法功能的來源〉，《永遠的 POLA：王士元先生七秩壽慶論文集》（台北：中央研究院語言學研究所，2005 年），頁 163～173。

67. 陳章太、李如龍，《閩語研究》（北京：語文出版社，1991 年）。

68. 陳漢光，〈金門語研究〉，《福建文獻》第三期，1968 年，頁 58～66。

69. 游汝杰，《漢語方言學教程》（上海：上海教育出版社，2004 年）。

70. 程俊源，〈台灣閩南語聲母去鼻化之詞彙擴散現象〉，《聲韻論叢》第七輯，1998 年，頁 277～315。

71. 楊秀芳，《閩南語文白系統的研究》，臺灣大學中國文學研究所博士論文，1982 年。

72. 楊秀芳，《臺灣閩南語語法稿》（台北：大安出版社，1991 年）。

73. 楊秀芳，〈論文白異讀〉，《王叔岷先生八十壽慶論文集》（台北：大安出版社，1993 年），頁 823～849。

74. 楊秀芳，〈論閩南語的文白異讀〉，「臺灣閩南語概論」講授資料彙編（臺北：臺灣語文學會，1996 年），頁 154～224。

75. 楊秀芳，〈方言本字研究的觀念與方法〉，《漢學研究》第十八卷特刊，臺灣語言學的創造力專號，2000 年，頁 111～146。

76. 楊秀芳，〈從「鄂不韡韡」看「蓮房」與「蓮蓬」〉，《漢藏語研究：龔煌城先生七秩壽

慶論文集》（台北：中央研究院語言學研究所，2004 年）。

77. 楊秀芳，〈論閩南語「若」的用法及其來源〉，《漢學研究》第二十三卷第二期，2005 年，頁 355～388。

78. 董同龢，《上古音韻表稿》，中央研究院歷史語言研究所單刊甲種之二十一，1944 年。

79. 董同龢，〈廈門方言的音韻〉，《歷史語言研究所集刊》第二十九本上冊，1957 年，頁 231～253。

80. 董同龢，〈四個閩南方言〉，《歷史語言研究所集刊》第三十本下冊，1959 年，頁 729 ～1042。

81. 董同龢，《漢語音韻學》第十五版（台北：文史哲出版社，1998 年）。

82. 詹伯慧主編，《漢語方言及方言調查》（武漢：湖北教育出版社，2001 年）。

83. 趙元任，《中國話的文法》（丁邦新譯）（香港：香港中文大學，1984 年）。

84. 劉秀雪，《金門瓊林方言探討》，國立清華大學語言學研究所碩士論文，1998 年。

85. 潘茂鼎、李如龍、梁玉璋、張盛裕、陳章太，〈福建漢語方言分區略說〉，《中國語文》第六期，1963 年，頁 475～495。

86. 鄭縈，〈金門官澳方言初探〉，余光弘、魏捷茲編《金門暑期人類學田野工作教室論文集》（台北：中研院民族學研究所，1994 年）。

87. 鍾榮富，〈客家話韻母的結構〉，《漢學研究》第八卷第二期，1990 年，頁 57～77。

88. 戴黎剛，〈閩語果攝的歷史層次及演變〉，《語言研究》第二十五卷第二期，2005 年，頁 56～61。

89. 謝國平，《語言學概論》（台北：三民書局，1998 年）。

90. 羅常培，《廈門音系》，中央研究院歷史語言研究所單刊甲種之二十四，1930 年。

91. Chomsky, Noam & Halle, Morris. The Sound Pattern of English. New York: Haper & Row, 1968.

92. Crowley, Terry. An Introduction to Historical Linguistics. New York: Oxford University Press, 1992.

93. Douglas, Carstairs & Barclay, Thomas，《廈英大辭典》（台北：南天書局，1990 年）。

94. Norman, Jerry. Tonal development in Min. *Journal of Chinese Linguistics*. Vol.1, p.222~238, 1973.

95. Norman, Jerry. The Initials of Proto-Min. *Journal of Chinese Linguistics*. Vol.2, p.27~36, 1974.

96. Norman, Jerry，〈閩語詞彙的時代層次〉（梅祖麟譯），《大陸雜誌》第八十八卷第二期，1979 年，頁 45～48。

97. Norman, Jerry. The Proto-Min Finls，《中央研究院國際漢學會議論文集》（語言文字組），1981 年，頁 35～74。

98. Norman, Jerry. Three Min etymologies. *CLAO*. Vol.13, p.175~190, 1984.

99. Norman, Jerry，《漢語概說》（張惠英譯）（北京：語文出版社，1992 年）。

附　錄

附錄一：金沙方言同音字表

字表按照韻母的韻尾形式以開尾韻、鼻化韻、鼻尾韻、成音節鼻音、喉塞尾韻、塞音尾韻的順序排列。

各韻母之下，再按照聲母排列，順序如：

p，pʰ，b(m)，t，tʰ，l(n)，ts，tsʰ，s，k，kʰ，g(ŋ)，h，ø。

在聲母之下，再依照聲調排列：

陰平(55)，陽平(35)，上聲(52)，陰去(11)，陽去(33)，陰入(21)，陽入(55)。

□代表有音無字或是本字不明的音節，並後加小字說明舉例。在說明舉例時，為節省空間，非末音節者均只標連讀調，並以較小字體置於右下角以示提醒。

i

pi	55	卑、碑‖□牛虻、□～囝：哨子
	35	脾
	52	比、彼
	11	庇、臂、秘
	33	弊、避、備
pʰi	55	披、丕
	35	皮、枇、琵、疲
	52	疕
	11	屁
	33	鼻
bi	35	微、楣
	52	米、美、靡
	33	未、味、媚
ti	55	蜘
	35	池、馳、遲
	52	抵
	11	蒂、致、智、置
	33	治、弟、地、痔
tʰi	55	黐
	35	苔
	52	恥

	11	剃
li	35	尼、兒、而、籬
	52	理、鯉、里、裏、李
	11	□撕破
	33	利、離、吏、字、李、膩、餌
tsi	55	脂、之、芝
	35	餈麻～：一種糯米點心
	52	子、姊、止、址、指、旨
	11	志、誌、至、祭
	33	舐、薺
tsʰi	55	鰓、癡
	35	持
	52	侈
	11	試、刺
	33	飼、市
si	55	思、西、司、絲、施、屍、詩
	35	時、辭、匙
	52	死、始、矢
	11	四、世、勢
	33	是、寺、豉、侍、視、嗜、示

ki	55	支、枝、肢、梔、基、幾、機、譏、肌
	35	其、旗、期、棋、奇、祈、□～琶：琵琶
	52	己、紀、指
	11	記、痣、計、冀、既
	33	忌
kʰi	55	欺、敲
	35	蟣、□～杷：枇杷
	52	起、齒、豈
	11	氣、器、棄
	33	□～果：柿子
gi	55	□笑～～：笑眯眯
	35	疑、宜、儀
	52	擬
	33	義、議
hi	55	希、稀、犧、熙
	52	喜
	11	戲、肺
	33	耳
i	55	醫、伊、衣、依
	35	姨、夷、遺
	52	椅、已、以
	11	意
	33	異、易

ɨ

tɨ	55	豬
	35	鋤、除
	33	箸
tʰɨ	52	褚姓
lɨ	35	驢、如
	52	女、汝、旅
	33	呂、慮
tsɨ	55	書、咨、諸、姿
	35	蜍、慈、藷
	52	煮、子、紫
	33	自

tsʰɨ	55	舒、蛆
	35	疵
	52	鼠、此
	11	處、次
sɨ	55	思、司、私、書、斯
	35	徐、辭、祠
	52	死、史、璽
	11	恕、賜、四、庶、絮
	33	序、似、祀、巳、事、士、仕、緒、敘
kɨ	55	車、居
	52	舉
	11	鋸、據
	33	巨、拒、距
kʰɨ	11	去、□kʰaŋ33～：工作
gɨ	35	漁
	52	語
	33	禦
hɨ	55	虛
	35	魚
	52	許
ɨ	55	淤
	35	余、餘
	11	□食物油膩
	33	譽

e

pe	35	爬、琶、杷
	52	把
	11	壩、蔽
	33	耙、陛
be	35	迷
	52	馬
te	35	茶
	11	帝
	33	第、弟、地
tʰe	55	黳

	35	啼		52	尾
	52	體		33	妹
	11	替	tə	52	□短
	33	蛇		11	戴
le	35	黎		33	袋
	52	禮	tʰə	55	胎
	33	麗、例、勵、隸、厲		35	□草～：除草長鑱
tse	55	渣		11	退
	35	齊	lə	35	螺、膈
	52	姊		52	儡
	11	債、際、詐、濟、祭	tsə	11	晬
	33	寨		33	坐
tsʰe	55	妻	tsʰə	55	炊、吹
se	55	西、紗		35	籤、垂、□腳在地上拖行
	52	洗		52	髓
	11	世		11	脆
	33	逝	sə	11	稅
ke	55	家、加	kə	52	果、餜、□用東西墊高
	35	枷		11	過
	52	假	kʰə	35	瘸
	11	架、價、嫁、計、繼	hə	55	灰
	33	下		35	和
ge	35	芽、牙		52	火、夥
	33	藝		11	貨、歲
he	35	蝦	ə	55	鍋
	33	夏		33	禍
e	52	啞			
	33	廈、下			**o**
		ə	po	55	波
				35	婆
pə	55	飛		52	保、堡、寶
	35	賠		11	報、播
	33	倍		33	暴、薄
pʰə	35	皮	pʰo	55	坡
	11	配		33	抱
	33	被	bo	35	無
bə	35	糜		33	磨、帽

to	55	刀、多
	35	逃、駝、馱、濤、陶、萄
	52	島、倒、禱、朵
	11	倒、到
	33	道、舵、惰、導、盜
tʰo	55	拖、滔
	35	桃、□tsʰit₅₅～：玩耍
	52	討
	11	套、唾
lo	35	羅、籮、鑼、騾、□水渾濁
	52	老
	11	跳～骹：腿長
	33	潦、裸
tso	55	糟、遭
	35	槽、曹
	52	棗、左
	11	躁、佐
	33	座、造、皂
tsʰo	55	臊
	52	草
	11	糙、坐
so	55	梭、挲、騷
	35	□亂晃、走
	52	鎖、嫂
	11	掃
ko	55	糕、高、篙、膏、哥
	35	□lo₁₁～：耍賴
	52	果、稿
	11	告、過、個
kʰo	55	科
	52	考、烤、可
	11	課
go	35	鵝、俄、娥
	33	傲、臥
ho	35	河、何、荷、豪、和
	52	好、火
	33	賀、浩

o	55	□～lo⁵²：稱讚誇獎
	35	蠔

ɔ

pɔ	55	晡、舖、夫
	35	蒲、箁
	52	補、脯
	11	布、佈、怖
	33	哺、部、步
pʰɔ	55	麩
	35	扶
	52	普、浦、斧、譜
	11	鋪
	33	簿
bɔ	35	模、摹
	52	姥、某、畝
	33	墓、貿、暮、茂
tɔ	55	都
	35	徒、圖、途
	52	肚、賭、堵、抖
	11	妒
	33	渡、度、杜、肚
tʰɔ	35	塗
	52	土、吐
	11	兔、吐
lɔ	35	盧、爐、鱸、蘆、奴
	52	魯、努、滷、虜
	33	路、露、陋、怒
tsɔ	55	租
	52	祖、組、阻
	11	奏
	33	助
tsʰɔ	55	粗、初
	52	楚、礎
	11	錯、醋
sɔ	55	酥、蘇、搜、餿
	52	所、叟

	11	素、訴、塑、數、瘦			52	早
kɔ	55	姑、孤			11	詐
	35	糊		tsʰa	55	叉、差
	52	古、股、鼓、蠱、狗			35	樵
	11	雇、顧、故、固			52	吵、炒
kʰɔ	55	呼、枯、箍		sa	55	廝、沙
	52	苦、許			52	灑
	11	庫、褲		ka	55	鉸、家、嘉、傢
gɔ	35	吳、蜈、吾、梧			52	賈
	52	五			11	酵、假、澉
	33	誤、五			33	嫁
hɔ	55	呼		kʰa	55	骹
	35	侯、狐、胡、鬍、□用手撈浮在水面的物體			11	敲
	52	虎、滸			33	□門半開半掩
	11	戽、□兩人合力以繩取水		ga	35	芽
	33	戶、互、護、與、雨、后		ha	35	霞、瑕
ɔ	55	烏、污			11	孝
	35	湖、壺			33	夏、下
	52	□挖		a	55	阿
	11	惡			11	亞
	33	芋				

a

u

pa	55	巴		pu	35	浮
	35	琶、杷、□父親			33	婦、伏
	52	飽		pʰu	35	浮、芙
	11	豹、霸			52	殕
pʰa	55	拋、□lan₁₁～：陰囊		bu	35	巫、誣、無
	11	帕、怕			52	母、武、舞、撫、嫵、鵡
	33	皰			33	務、霧
ba	35	麻		tu	55	蛛、誅、株
ta	55	□疑為焦字			35	廚、櫥
	52	□哄小孩吃東西			52	拄
	11	罩			33	□～死：淹死
tʰa	55	他		tʰu	52	□～蓄
tsa	55	查、楂		lu	55	□直推向前
					35	儒
					52	乳、癒

	11	□蹭搓		tsʰia	55	車
	33	裕、喻			35	斜
tsu	55	珠、硃、朱			52	且
	52	主			33	佘
	11	注、鑄		sia	55	賒
	33	住、聚			35	邪
tsʰu	55	趨、樞			52	寫
	52	取			11	舍、赦、卸
	11	趣			33	社、謝、射
su	55	輸、需、須		kia	11	寄
	35	雛			33	崎
ku	55	龜		kʰia	55	琦
	52	久、韭			35	騎
	11	句			33	埼
	33	舊、舅、具		gia	35	鵝、蜈
kʰu	55	丘、邱、區、驅、軀		hia	55	欷、靴
	35	□蹲			33	蟻
	33	臼、懼		ia	35	爺、移
gu	35	牛、愚、娛、虞			52	野、啞
	33	遇			33	夜
hu	55	膚、夫、敷、□香灰、□骸頭 ～：膝蓋				
	35	符、浮			io	
	52	脯、府、赴、訃		pio	52	錶
	11	富、賦、副			33	鰾
	33	腐、負、父		pʰio	35	藻
u	52	羽、雨、宇、禹			11	票
	11	煦		bio	35	謀、描
	33	有			52	母、秒
					33	廟、妙
	ia			tio	35	跳、潮
tia	55	爹			11	釣
lia	55	遮			33	趙
	52	惹		tʰio	55	挑
tsia	55	遮、奢			35	跳
	52	姐、者			11	糶
	11	蔗		lio	52	瞭
					11	□～骸：腿長或作「䠂」

	33	尿		33	樹
tsio	55	招、蕉、椒	siu	55	收、修、羞
	35	□這裡		35	泅、酬、囚、仇
	52	少		52	守、首
	11	照		11	秀、繡、宿
tsʰio	55	□動物發情		33	受、壽、售、授、岫
	11	笑	kiu	55	勼
	33	□用燈～亮		35	球、求、仇姓
sio	55	燒		52	九
	35	□行動緩慢不便		11	究、救
	52	小		33	舅
kio	35	橋、茄	kʰiu	55	邱
	11	叫		35	□含齒
	33	轎		52	□拉、扯
gio	55	□逗弄欺負		33	□有嚼勁
hio	35	□那裡	giu	35	牛
io	55	腰	hiu	55	休
	35	窯、搖、謠		35	□棉～：棉襖
				52	朽
		iu		11	□甩手
piu	55	彪	iu	55	優、憂、幽
tiu	35	綢、籌		35	油、尤、猶、由、猶、游
	52	肘		52	友、有、酉、莠、誘
	33	紬、紂、宙		11	幼
tʰiu	55	抽		33	柚、又、右、祐、釉
	52	丑			
liu	55	□塗～：泥鰍			ui
	35	流、劉、榴、柔、留	pui	35	肥
	52	紐、柳		11	沸、痱
	11	溜		33	吠
tsiu	55	周、珠、舟、州、洲	pʰui	52	□吐口水
	52	酒、帚		11	屁
	11	咒、蛀	tui	55	堆、追
	33	就		11	對
tsʰiu	55	鬚、秋		33	隊、墜
	35	愁	tʰui	55	梯、推
	52	手、帚		35	槌、錘

	52	腿
	11	退
lui	55	□銅錢
	35	雷
	52	壘、累積
	33	類、累勞～
tsui	55	佳、錐
	52	水
	11	最、醉
	33	瘁
tsʰui	55	崔、摧
	11	碎、粹
sui	55	荽、雖、□鬢～：鬢角
	35	隨、誰、垂
	52	水
	33	遂、穗、瑞
kui	55	規、歸、圭、閨
	35	逵
	52	鬼、幾
	11	貴、桂、掛、季
	33	櫃、跪
kʰui	55	開、虧
	11	氣、愧
gui	35	危
	33	偽、魏
hui	55	妃、飛、揮、暉、輝、徽、麾
	35	□瓷器
	52	匪、毀
	11	費、廢、諱
	33	慧、惠
ui	55	威、衣
	35	圍、爲、維、違、遺
	52	委、葦、偉
	11	慰、畏
	33	位、畫、爲

ue

pue	55	杯、悲
	35	陪、賠、裴、培
	11	輩、貝、背
	33	佩
pʰue	55	批
	52	頗
	11	配
	33	稗
bue	52	買
	33	賣
tue	35	蹄、題
	52	底、貯
	33	地、苧
tʰue	55	釵
	11	替、退
lue	35	犁
	52	詈
	11	鑢
	33	內、鱧
tsue	35	齊
	11	贅
	33	罪、儕
tsʰue	55	初
sue	55	梳、疏、衰
	52	洗、黍
	11	細、歲、帥
kue	55	雞、瓜、街
	35	膎
	52	改
	11	界、檜
	33	慧
kʰue	55	溪、魁、恢、盔
	11	契
gue	33	外
hue	55	花、灰

	35	回
	52	悔
	11	廢、賄
	33	會、繪、匯
ue	55	挨
	35	鞋
	52	矮
	33	話、解、衛

ua

pua	11	簸
phua	11	派、破
bua	35	磨
tua	11	帶、□居住
	33	大
thua	55	拖
	11	泰、□櫥～：抽屜
	33	汰
lua	33	賴、僆
tsua	35	蛇
	52	紙
	33	誓
tshua	11	蔡
	33	□娶
sua	55	沙
	52	徙
	11	世
kua	55	歌、柯、過
	52	寡
	11	芥、卦
khua	55	誇
	52	可
	11	艐
gua	52	我
	33	外
hua	55	花
	35	華

	11	化
	33	瓦、畫
ua	55	娃
	35	何
	52	倚

ai

pai	55	□hiau$_{33}$～：驕傲囂張
	35	牌、排、□言語侮辱
	52	□蜀～：一次
	11	拜
	33	敗
phai	52	□不好的
	11	沛
bai	55	□tsi$_{33}$～：女性生殖器
	35	眉、埋
	52	穤
	33	邁
tai	35	臺
	52	滓
	11	戴、帶
	33	逮、大、事、怠、殆、貸
thai	55	篩、胎
	35	治
	52	□～ko55：癩病
	11	太、泰
	33	待
lai	35	來、梨
	33	利、裏
tsai	55	栽、災、齋
	35	臍、財、材、財
	52	宰、載年
	11	再
	33	在、載
tshai	55	猜、差
	35	裁、豺
	52	彩、採

	11	桨		11	透
sai	55	師、獅、西		33	毒
	52	駛、使	lau	35	樓、流、劉
	11	賽、婿		52	□扭到
	33	姒		33	漏、老、鬧
kai	55	該	tsau	55	糟
	52	解、改		35	曹
	11	介、界、概、戒、丐		52	走、蚤
kʰai	55	開、□竹製魚籠		11	竈、奏
	52	楷、凱	tsʰau	55	操、抄、鈔
	11	慨		35	嘈
gai	35	涯		52	草
	33	礙		11	臭
hai	55	咍	sau	55	□～聲：聲音沙啞
	35	孩		11	瘙、掃
	52	海	kau	55	交、郊、勾、鈎、溝
	33	害、亥、蟹		35	猴
ai	55	哀、埃		52	狗、九、狡
	11	愛		11	教、較、夠、□到達
				33	厚
		au	kʰau	55	薅、摳
pau	55	包、胞、褒		52	口
	33	鮑		11	哭
pʰau	55	雹	gau	35	淆、□厲害
	35	袍	hau	52	吼
	11	炮		11	孝
bau	35	錨、矛		33	效、校、後、候、鱟
	52	卯	au	55	甌、歐
	33	貌		35	喉
tau	55	兜		52	拗
	35	投		11	□氣味難聞、人品差
	52	斗		33	後
	11	晝			
	33	豆、脰、稻			**iau**
tʰau	55	偷	piau	55	標
	35	頭		52	表、婊
	52	敲	pʰiau	55	飄

	11	漂	hiau	55	驍
biau	35	苗、描		35	姣
	52	秒、藐、渺		52	曉
	33	妙	iau	55	妖、枵、邀
tiau	55	朝、貂、雕		35	窯
	35	條、朝、潮、□tɔŋ₅₂ bue₁₁～：受不了		52	夭
				11	要
	11	吊		33	耀
	33	調、掉、兆			

uai

tʰiau	55	刁
	35	□～囤：粉刺
	11	跳
	33	柱

kuai	55	乖
	52	枴
	11	怪
kʰuai	11	快
huai	35	淮、懷、槐
uai	55	歪

liau	35	燎、聊、條、遼、寥
	52	了、擾
	33	料、廖
tsiau	55	招、昭
	35	樵、□～勻：備妥
	52	沼
	11	照

ĩ

pĩ	55	邊
	35	平、彭、棚
	52	扁
	11	變
	33	病
pʰĩ	55	篇
	11	片

tsʰiau	55	超
	35	□協商調整
	52	悄
	11	笑
siau	55	消、蕭、簫、宵
	35	韶、□精液
	52	少、□～狗：瘋狗
	11	少、笑、數
	33	紹、邵

mĩ	55	□握拳
	35	瞑、棉、綿、盲
	33	麵
tĩ	55	甜
	35	纏
	33	鄭、□水滿
tʰĩ	55	添
	52	捵展開

kiau	55	嬌、驕、澆
	35	僑、橋
	52	攪、繳
	33	□以中指辱人
kʰiau	55	蹺
	52	巧
	11	翹
giau	35	堯

nĩ	55	□橡～環：橡皮筋
	35	年、簾、泥、尼
	52	染、耳、蕊、爾
tsĩ	55	晶

	35	錢、簪
	52	井、□蔬果幼嫩
	11	諍、箭
tsʰĩ	55	青、鮮、青、星
	52	醒
sĩ	55	生
	11	扇、閃
	33	鹽
kĩ	55	庚、羹、更
	35	舷
	11	見
kʰĩ	55	坑
	35	鉗
ŋĩ	33	硬
hĩ	11	獻
	33	硯
ĩ	55	嬰
	35	圓、楹
	11	燕
	33	院

ã

pʰã	33	□質地空泛、□炎～～：火盛貌
mã	35	麻
	52	馬
	11	□烏～～：黑漆漆
	33	罵
tã	55	擔
	52	膽、疸
	11	擔
tʰã	52	□扶～：阿諛
nã	35	籃、林樹～：森林、□～喉：喉嚨
	52	欖
	33	爁
sã	55	三、衫
kã	55	監
	35	銜

	52	敢、橄
	11	酵
kʰã	55	坩
ŋã	52	雅
hã	33	□半開半掩
ã	52	□偏袒
	11	□彎下身
	33	鎌

ɔ̃

mɔ̃	55	摸、毛
	35	毛、魔、矛
	33	冒、戊
ŋɔ̃	52	午
	33	悟
ɔ̃	55	□哄嬰兒睡

iã

piã	55	兵
	35	平
	52	餅、丙
	11	摒
pʰiã	55	髀
	35	坪
miã	35	名、明
	33	命
tiã	35	庭
	52	鼎
	33	定
tʰiã	55	聽、廳
	35	程、呈
	11	□～惜：疼惜
niã	35	娘
	52	領
tsiã	55	正
	35	情
	52	饗、□軟～：懦弱

	11	正
tsʰiã	35	成
	52	請
	11	倩
siã	55	聲
	35	城
	52	□什麼
	11	聖
	33	盛
kiã	55	驚、京
	35	行
	52	囝
	11	鏡
	33	件
ŋiã	35	迎
hiã	55	兄
	35	燃
	33	艾有人不鼻化
iã	55	纓
	35	營、贏
	52	影
	33	颺

iũ

tiũ	55	張
	35	場
	52	長
	11	帳脹
	33	丈
niũ	35	樑、娘
	52	兩
	33	讓、量秤牲畜的大秤
tsiũ	55	漿
	35	裳
	52	槳、獎、掌、蔣
	11	醬
	33	癢

tsʰiũ	55	昌、鯧
	35	牆
	52	搶
	11	唱
	33	象、橡、像、上、匠
siũ	55	相、箱、商、傷
	35	瘍
	52	賞
	11	相
	33	尙、想
kiũ	55	薑
kʰiũ	55	腔
ŋiũ	52	□扭動
hiũ	55	鄉、香
iũ	55	鴦
	35	羊、烊、洋、楊
	52	□～水：舀水
	33	樣

uĩ

muĩ	35	梅、媒、枚
	52	每
kuĩ	55	關
huĩ	35	橫
	11	□～目：眨眼

uã

puã	55	般、搬
	35	盤
	11	半、扮
	33	拌、伴(別人送氣)
pʰuã	11	販
	33	伴
muã	35	鰻、麻
	52	滿
tuã	55	單
	35	壇

	11	旦
	33	誕
tʰuã	52	鑹
	11	炭
nuã	35	攔
	52	䕆
	11	□在地翻滾耍賴
	33	爛、僆、□唾液
tsuã	55	煎
	35	泉
	52	盞
	11	濺
tsʰuã	55	箋
	52	癬
	11	串
suã	55	山
	52	散
	11	傘、線
kuã	55	乾、肝、竿、官、棺
	35	寒
	52	趕
	11	觀
	33	汗、捾提重物
kʰuã	52	款
	11	看
huã	55	歡
	35	□打鼾
	33	岸、旱
uã	55	安、鞍
	52	碗
	11	晏
	33	換

ãi

pãi	52	□kʰun52～覆：趴睡
tãi	33	模
nãi	33	耐、荔、耐

tsãi	35	前
	52	指
tsʰãi	52	筅
kãi	55	間
	52	揀
kʰãi	52	□用肩膀撞
hãi	35	還～餅：訂婚送餅
ŋãi	52	眼、研
ãi	35	閑

ãu

mãu	55	□用拳頭搵人
nãu	52	腦
ŋãu	33	藕、□軟～～：軟綿綿

iãu

niãu	55	□貓
	52	～鼠：老鼠
ŋiãu	55	□搔人癢

uãi

suãi	33	□芒果，或作檨
kuãi	55	□椅囝～：椅腿間橫木
	35	懸
	52	稈
	11	慣
	33	縣
huãi	35	橫

im

tim	35	沉
	11	□～頭：點頭
lim	55	□喝
	35	林、臨、壬、任
	52	忍
	33	任、賃
tsim	55	斟

	35	蟳
	52	枕、嬸
	11	浸
tsʰim	55	深
	35	尋
	52	寢
sim	55	心、參、森
	35	尋
	52	沈、審
	11	□橋面搖晃
	33	甚
kim	55	金、今
	11	禁
	33	妗
kʰim	55	欽
	35	琴
gim	35	吟
	52	錦
him	55	歆
	35	熊
im	55	音、陰、淹
	35	淫
	52	飲
	11	蔭

am

tam	55	眈
	35	談、潭、譚、□濕
	52	膽
	11	擔、□搽藥水
	33	淡
tʰam	55	貪
	35	譚、潭
	11	探
lam	55	□披衣取暖
	35	南、男、藍、淋
	52	覽、攬

	11	□用力踩踏
	33	濫
tsam	55	針
	52	斬
	11	慘、站站立
	33	站車站、鏨
tsʰam	55	參、攙
	35	慚、蠶、饞、讒
	52	慘
sam	55	三、衫
	11	鬖
kam	55	甘、柑
	35	含
	52	感、敢、橄
	11	鑑
kʰam	55	龕
	52	砍
	11	鞍
gam	55	□傻笨
	35	癌
ham	55	蚶
	35	含
	11	顄
	33	憾、陷
am	55	庵
	52	飲
	11	暗
	33	頷

iam

tiam	55	砧、□刺腳
	35	沈
	52	點
	11	店
	33	沈
tʰiam	55	添
	35	恬

	52	悈勞累
liam	35	廉、簾、□骹鼻～：脛骨
	52	染
	11	□挑撿菜葉準備烹煮、拔雞毛
	33	斂、念
tsiam	55	尖、針、占
	35	潛
	11	占
	33	漸、暫
tsʰiam	55	籤
	52	□用尖刀捅
siam	35	尋
	52	閃、陝
	11	滲
kiam	55	兼
	35	鹹、咸
	52	檢、減
	11	劍
kʰiam	55	謙
	35	黔、鉗
	11	欠
	33	儉
giam	35	嚴、□～硬：硬朗
	52	儼
	33	驗
hiam	55	薟
	35	嫌
	52	險
	11	喊
iam	55	閹、□掏口袋
	35	鹽、閻、炎、簷
	11	厭
	33	豔

in

pin	55	賓、彬
	35	貧、頻

	52	稟
	11	鬢
pʰin	35	□暈醉
	52	品
bin	35	眠、民
	52	憫、敏、□刷子
	33	面
tin	55	珍
	35	塵、藤
	11	鎮
	33	陣
tʰin	35	□～酒：斟酒
	11	趁
lin	55	□乳汁
	35	仁、鄰
	52	□你們
	11	□在地上打滾（欠揍）
	33	認、刃、吝
tsin	55	眞
	35	秦
	52	診、疹
	11	晉、進、震、振
	33	盡
tsʰin	55	親
	11	清、親、秤
sin	55	新、薪、辛、身、申、伸
	35	神、臣、辰、晨、蠅
	11	信、訊
	33	愼、腎、剩
kin	52	緊、謹
	33	近
kʰin	52	□水淺
gin	33	□厭恨
hin	35	眩
	33	恨
in	55	因、姻、□他們
	35	寅

	52	引
	11	印
	33	孕

un

pun	55	分
	35	嗌
	52	本
	11	糞
	33	笨
pʰun	55	潘、噴
	35	盆
	11	噴
bun	35	文、門、聞
	52	刎、吻
	33	問
tun	55	敦
	35	唇
	52	盾
	11	頓
	33	鈍、囤、沌、遁
tʰun	55	吞
	35	塵、臀、豚
lun	55	□伸出、鑽入
	35	倫、輪、論
	52	忍
	33	閏、潤、論、嫩
tsun	55	尊、遵
	35	船
	52	準
	11	俊、峻
	33	陣、旋擰毛巾
tsʰun	55	伸、春、□剩下
	35	存
	52	蠢、忖
	11	寸
sun	55	孫

	35	唇、純、醇、循、旬、巡、荀
	52	筍、損
	11	舜、遜
	33	順、殉
kun	55	斤、根、巾、筋、鈞、均、君、軍
	35	裙、群、拳
	52	滾
	11	棍
	33	近、郡
kʰun	55	坤、昆、崑
	35	芹、勤
	52	墾
	11	困
gun	35	銀
	52	阮
hun	55	分、婚、熏、薰、葷、芬
	35	雲、墳、痕、魂、渾、痕、焚
	52	粉
	11	訓、奮
	33	恨、混、份
un	55	恩、殷
	35	勻
	52	允、隱、穩、尹
	11	搵
	33	運

an

pan	55	班、斑、頒
	35	瓶
	52	板、版
	33	辦、瓣
pʰan	55	攀
	11	盼
ban	35	蠻、閩
	52	挽

	33	萬、慢
tan	55	釘、丹
	35	陳、壇
	52	等
	11	且、□丟棄
	33	但、蛋
tʰan	55	蟶
	35	檀
	52	毯、坦
	11	趁
lan	35	鱗、難、蘭、欄、爛
	52	□我們
	33	爛、難患～
tsan	55	曾、□後～：臼齒
	35	層、殘
	52	盞
	11	贊
	33	棧
tsʰan	55	餐
	35	殘、臌
	11	燦
san	55	山、珊、刪、鉎
	52	產、瘩
	11	散
kan	55	奸、艱、干、肝、竿、煎、肩
	52	簡
	11	幹、諫
kʰan	55	牽
gan	35	顏
	52	眼
	33	雁、岸、諺
han	35	寒
	52	罕
	11	漢
	33	翰、限
an	55	安

	35	□縛較～：綁緊點
	11	案
	33	限

ian

pian	55	鞭
	52	□～仙：騙子
	11	遍
	33	辯、便、汴
pʰian	55	偏
	11	騙
bian	35	眠
	52	免、勉、娩
	33	面
tian	55	顛
	52	典、展
	33	電、殿、奠
tʰian	55	天
	52	搌展開
lian	55	□花～去：花枯萎
	35	蓮、連、廉、年、黏、憐、然
	52	碾
	33	練、鍊
tsian	55	煎
	35	前
	52	剪
	11	戰、薦
	33	賤
tsʰian	55	遷、千
	35	錢
	52	淺
sian	55	仙、先
	35	蟬
	52	癬、洗
	11	扇、搧
	33	羨、善、蟮、禪

kian	55	堅		11	鍛
	52	繭		33	篆
	11	建、見	luan	35	鸞
	33	健		52	軟、暖
kʰian	55	牽		33	亂
	35	乾	tsuan	55	專、磚
	52	犬、遣		35	泉、全、船
	11	□～芳：油鍋爆香		52	轉
gian	35	言		11	鑽
	52	研		33	撰
	11	□嗜愛	tsʰuan	55	川、村
hian	55	掀、軒		35	□準備所需事物
	35	弦、賢、玄		52	喘
	52	顯		11	竄、篡
	11	獻、憲		33	□～死：就算死也……
	33	現	suan	55	宣
ian	55	煙、胭、淵		35	旋
	35	緣、延、鉛		52	選
	52	演		11	蒜
	11	宴	kuan	55	官
				35	權
		uan		52	管、眷
puan	55	般		11	罐、卷
	11	半		33	倦
	33	叛	kʰuan	55	寬
pʰuan	55	潘		35	環
	35	盤		52	款
	11	判		11	勸
buan	35	瞞	guan	35	原、源、元、芫
	52	滿、晚		52	阮
tuan	55	端		33	願
	35	團、傳	huan	55	番
	52	短		35	煩、凡、帆、桓、還、袁、藩、繁、礬
	11	斷		52	反、範
	33	緞、段、傳、斷		11	販、泛
tʰuan	55	湍		33	犯、幻、宦、患、范、範
	35	團			

uan	55	彎、灣、冤
	35	員、袁、援、圓
	52	遠
	11	怨
	33	援、緩

iŋ

piŋ	55	冰、兵
	35	平、朋
	11	柄
	33	病
pʰiŋ	55	烹、崩
	35	鵬、萍、蘋
	11	聘
	33	並
biŋ	35	明、名、萌、鳴
	52	猛、皿
	33	孟、命
tiŋ	55	丁、燈、登、徵
	35	庭、重、藤、廷、澄
	52	頂、等
	11	訂
	33	定、鄭
tʰiŋ	55	廳
	35	程、停、謄、騰
	52	寵
	11	聽
liŋ	55	□鷄～：八哥
	35	龍、能、陵、菱、翎、靈、寧
	52	冷、嶺
	11	□向上騰躍
	33	令、冗、佞
tsiŋ	55	春、曾、增、爭、箏、蒸、晶、晴
	35	情、前、層、榕
	52	腫、拯
	11	證、症、政

	33	靜、贈
tsʰiŋ	55	千、清
	11	銃、秤
	33	□穿
siŋ	55	先、星、甥、升、勝、聲、腥
	35	成、承、丞、誠
	52	省
	11	性、姓、聖
	33	盛、□寵小孩
kiŋ	55	弓、宮、供、耕、經
	35	窮
	52	耿、景、境
	11	供、警、敬、竟
	33	競
kʰiŋ	55	卿、輕
	35	瓊
	52	肯
	11	慶
	33	□虹
giŋ	35	迎
	52	研
	33	硬
hiŋ	55	胸、興、兄、馨
	35	形、恆、行、刑
	11	興
	33	幸、杏
iŋ	55	英、應、嬰、櫻、鸚、鶯
	35	榮、容
	52	湧、影、永
	11	應
	33	用

aŋ

paŋ	55	幫、枋
	35	房
	52	綁

	11	放	haŋ	55	烘
pʰaŋ	55	蜂、芳		35	降、行
	35	捀、篷		33	巷、項
	52	紡	aŋ	55	翁
	33	縫		35	洪、紅
baŋ	35	芒		11	甕
	52	蠓			
	33	望、網、夢			ɔŋ
taŋ	55	東、冬	pɔŋ	35	旁、房
	35	同、銅、桐、童、筒		52	榜
	52	董		11	謗
	11	凍、□用指甲掐		33	傍、□～心：蘿蔔失水中空
	33	動、重	pʰɔŋ	55	豐
tʰaŋ	55	通、窗		35	膀
	35	蟲		52	捧
	52	桶		11	胖
laŋ	35	聾、儂、籠		33	□～sɔŋ⁵⁵：蓬鬆
	52	攏、籠	bɔŋ	35	亡、芒、蒙
	33	弄		52	網、莽、懵
tsaŋ	55	椶		11	妄、□打
	35	叢		33	望
	52	總	tɔŋ	55	當、東
	11	糉		35	堂、唐、棠、瞳
tsʰaŋ	55	蔥		52	黨、懂
	35	□摤～～：無頭緒		11	棟、凍、撞
	11	鬆		33	洞、動
saŋ	55	鬆、雙	tʰɔŋ	55	湯、通
	35	□相同		52	統
	11	送		11	痛
kaŋ	55	江、公、蚣		33	□緩慢前行
	35	□一樣	lɔŋ	55	□套手套、枕頭套
	52	港		35	囊、狼、狼、農、濃
	11	降		52	朗
	33	共		11	□撞
kʰaŋ	55	空		33	弄、浪
	11	控、空	tsɔŋ	55	宗
gaŋ	33	□楞呆		52	總

	11	葬、壯
tsʰɔŋ	55	倉、窗
	35	床、崇
	11	創
sɔŋ	55	霜、鬆、雙、喪
	35	□土氣、落伍
	52	爽
	11	宋、喪
	33	□鴨子划水
kɔŋ	55	光、公、工、功、攻
	35	狂
	52	講、廣
	11	貢、□用石頭砸
kʰɔŋ	55	康、糠、空
	52	慷、孔
	11	空、控、抗、曠
	33	□~kʰiaŋ¹¹：不穩健弱不禁風
gɔŋ	35	昂
	33	□愚笨
hɔŋ	55	風、楓、方、封、峰、烽、豐、芳
	35	皇、防、縫、凰、弘、宏、逢、紅
	52	仿、訪
	11	放、諷
	33	奉、鳳
ɔŋ	55	汪
	35	王
	52	枉
	11	甕
	33	旺

iaŋ

pʰiaŋ	55	□碰撞聲
	33	□大~：個頭大
tiaŋ	11	□是誰？
liaŋ	35	涼

tsiaŋ	55	漳
	52	掌
	11	將
tsʰiaŋ	35	腸、橙
	33	□~~滾：水沸騰貌
siaŋ	55	雙
kiaŋ	55	□大碗公
kʰiaŋ	55	□杯碗碰撞聲
	11	□~骸：精明能幹
giaŋ	55	□鈴聲
	11	□~牙：暴牙
iaŋ	33	□~囝囝：背小孩

iɔŋ

tiɔŋ	55	中、忠
	35	重、長
	52	長
	11	中、漲
	33	丈
tʰiɔŋ	55	衷
	35	蟲
	52	寵
	11	暢
liɔŋ	35	良、梁、量、隆、茸
	52	兩
	11	釀
	33	諒、量、亮、讓
tsiɔŋ	55	終、章、樟
	35	從
	52	獎、掌
	11	將
	33	狀
tsʰiɔŋ	55	衝、昌、充
	35	牆、□到處亂踩
	52	廠
	11	縱
	33	匠

siɔŋ	55	商、傷、相、鑲、湘、襄		33	飯
	35	松、祥、詳、常、嫦	mŋ	35	門、□毛
	52	賞、想		52	晚
	11	相		33	問
	33	上、頌、訟、誦	tŋ	55	當
kiɔŋ	55	薑、疆、姜、宮、恭		35	腸、堂、長
	35	強、窮		52	轉
	11	供		11	當、頓
	33	共		33	丈
kʰiɔŋ	55	姜、羌	tʰŋ	55	湯
	52	恐		35	糖
giɔŋ	52	仰		11	燙、褪
	33	勥		33	杖
hiɔŋ	55	鄉、香	nŋ	55	□~入去：伸進去
	35	雄、□蠻橫		35	瓤
	52	響		52	軟
	11	向		33	兩、卵
iɔŋ	55	央、秧	tsŋ	55	妝、莊、裝、鑽、磚
	35	容、羊、洋、揚、陽、楊、 融、庸		35	全
				11	鑽、□肥~~：肥胖
	52	勇、養		33	狀、旋、臟
	11	映	tsʰŋ	55	瘡、村、穿
	33	用		35	床
				52	□啃骨頭
	uaŋ		sŋ	55	霜、酸、桑
huaŋ	55	風		35	□籠~：蒸籠
uaŋ	55	□狐群狗黨的量詞		52	損
				11	算、蒜
	m̩		kŋ	55	光、扛
hm	35	茅、煤~儂：媒人		52	管
m	35	□花~：蓓蕾		11	鋼
	52	□阿~：伯母	kʰŋ	55	糠
	33	□~通：不行		11	囥、勸
			hŋ	55	昏、方
	ŋ̩			35	園
pŋ	55	方		33	遠
	52	本	ŋ	55	央、□捂住

35　黃

52　婉、鞔秤盤

33　向

iʔ

piʔ　21　鼊、拟

biʔ　21　覕

　　55　篾

tiʔ　21　滴

　　55　□想要

tʰiʔ　21　鐵

liʔ　55　裂

tsiʔ　21　摺

　　55　舌

tsʰiʔ　55　璽、□按壓

siʔ　21　薛

　　55　蝕

kʰiʔ　21　缺

eʔ

peʔ　21　伯、擘

　　55　白

pʰeʔ　55　□泡沫

beʔ　55　脈

teʔ　21　□～定：定親

tʰeʔ　55　宅

leʔ　55　□～～叫：震耳欲聾聲

tsʰeʔ　21　冊

　　55　□破～聲：破鑼嗓子

keʔ　21　隔

　　55　□～～叫：嘈雜聲

kʰeʔ　21　客

heʔ　21　赫、嚇

əʔ

bəʔ　21　□將要

　　55　襪

ləʔ　21　□用手指捏夾

tsəʔ　55　絕

tsʰəʔ　21　歠

səʔ　21　雪

　　55　蛩

kəʔ　21　郭

kʰəʔ　21　缺

gəʔ　55　月

əʔ　21　噎

aʔ

paʔ　21　百

pʰaʔ　21　拍

taʔ　21　答、貼

　　55　踏

tʰaʔ　21　塔

　　55　沓

laʔ　55　臘、蠟

tsaʔ　21　挾

　　55　閘

tsʰaʔ　21　插

saʔ　55　煠

kaʔ　21　甲、胛

kʰaʔ　21　較

haʔ　55　脅

aʔ　21　鴨、押、壓、欲

　　55　盒

oʔ

poʔ　21　駁

　　55　薄

pʰoʔ　21　粕

toʔ　21　桌

tʰoʔ　55　□tʰian₃₃～：慢悠悠不經心

loʔ　55　落

tsoʔ　21　作

　　55　昨

tsʰoʔ 21 □言語侮辱

soʔ 21 索

koʔ 21 □～kʰaʔ₅₅pui³⁵：比……肥

hoʔ 55 鶴

oʔ 21 惡

   55 學

uʔ

puʔ 21 □～芽：發芽

tuʔ 21 □～ku55：打瞌睡

   55 □戳

tʰuʔ 21 禿

   55 □儂～～：不愛說話

kuʔ 55 □燉煮

iaʔ

piaʔ 21 壁

pʰiaʔ 21 僻、癖

   55 □出～：發麻疹

tiaʔ 21 摘

   55 糴

tʰiaʔ 21 剔

liaʔ 21 跡

   55 搦

tsiaʔ 21 隻、睫、脊

   55 食

tsʰiaʔ 21 赤

siaʔ 21 削

   55 石、夕

kiaʔ 55 揭

kʰiaʔ 55 屧

giaʔ 21 □用針挑出

   55 額

hiaʔ 55 額

iaʔ 21 □挖

   55 蛺蝴蝶

ioʔ

tioʔ 21 著

   55 著

lioʔ 55 略

tsioʔ 21 借、□棉～：棉花胎

   55 石

tsʰioʔ 21 尺、雀

   55 席

sioʔ 21 惜

   55 液

kioʔ 21 腳

kʰioʔ 21 撠

hioʔ 21 歇

   55 箬

ioʔ 21 蒦

   55 藥

uiʔ

puiʔ 55 拔

kuiʔ 21 劃

huiʔ 21 血

uiʔ 21 抉

ueʔ

pueʔ 21 八

tʰueʔ 55 □拿

lueʔ 55 笠

tsueʔ 21 節

   55 截

tsʰueʔ 21 切怨～：怨嘆

sueʔ 21 楔

kʰueʔ 21 眩、擖

   55 □掐

ueʔ 55 狹

uaʔ

puaʔ 21 撥

	55	跋
pʰuaʔ	21	潑
	55	□～骹：腿橫架上去
buaʔ	21	抹
	55	末
tuaʔ	21	□tiũ₃₃～：賭氣
	55	□氣～～：氣呼呼
tʰuaʔ	21	脫
luaʔ	21	□～鹽：用鹽巴塗擦
	55	熱、辣、捋
tsuaʔ	55	□ka₃₃～：蟑螂
tsʰuaʔ	21	掣
	55	拽歪斜不直
suaʔ	21	煞、刷
kuaʔ	21	割
kʰuaʔ	21	闊
huaʔ	21	喝
	55	伐
uaʔ	55	活

auʔ

pʰauʔ	55	雹
bauʔ	21	□面～～：臉頰凹陷
	55	□～貨底：全買下
tauʔ	21	□檨～：硬朗
	55	□洘～～：乾稠貌
lauʔ	21	落
	55	落
kauʔ	21	□潤餅～：春捲
hauʔ	21	蔽

iauʔ

tsiauʔ	21	□靜～～：靜悄悄
kʰiauʔ	21	□檨～～：硬梆梆

ĩʔ

mĩʔ	55	□～件：東西

nĩʔ	21	躡
	55	捏

ẽʔ

ŋẽʔ	21	□～菜：挾菜配飯
	55	□夾在腋下

ãʔ

nãʔ	21	□頭毛～～：髮型塌陷

iãʔ

hiãʔ	21	□拿取

uẽʔ

ŋuẽʔ	21	□～菜：挾菜配飯
	55	□夾在腋下

m̩ʔ

hm̩ʔ	21	□～儂：打人
	55	□～～：陰沈不出聲

ŋ̍ʔ

mŋ̍ʔ	55	□～件：東西
tsʰŋ̍ʔ	55	□～～叫：啜泣
sŋ̍ʔ	55	□～～叫：帶著鼻涕的呼吸聲

ip

tip	55	蟄
lip	55	立、入
tsip	21	執
	55	集
sip	21	濕
	55	習、襲
kip	21	急、十
	55	及
kʰip	21	吸、泣
hip	21	熻、吸

ip	21	揖

ap

tap	21	答、搭
tʰap	21	塔
lap	21	拉、□~sap21：垃圾
	55	納
tsap	21	汁
	55	雜、十
kap	21	合
kʰap	21	磕
hap	55	合
ap	21	壓、押
	55	盒

iap

tiap	55	蝶
tʰiap	21	帖
	55	疊
liap	21	攝
	55	粒
tsiap	21	接
	55	捷
tsʰiap	21	妾
siap	21	澀
	55	涉
kiap	21	劫
giap	55	業
hiap	21	脅
	55	協
iap	21	揖
	55	葉

it

pit	21	筆、畢、必
pʰit	21	匹
bit	55	蜜、密

tit	21	得
	55	直、值、姪、秩
lit	55	日
tsit	21	質、即、職、脊
	55	疾、蜀
tsʰit	21	七、拭、□~tʰo35：玩耍
sit	21	失、蟋、穡
	55	實、食、翼
kʰit	21	乞
hit	21	□~e55：那個
	55	□左右甩手
it	21	乙
	55	逸

at

pat	21	別~字：識字
	55	別~儂：別人
bat	21	別~來：曾來過
	55	密
tat	55	達
tʰat	21	獺、窒、□踢
lat	55	力、栗
tsat	21	節、紮
	55	實、鍘、賊墨賊
tsʰat	21	漆、察、擦
	55	賊
sat	21	蝨、薩、殺
kat	21	結、葛
kʰat	21	剋、渴
hat	21	轄
at	21	遏

ut

put	21	不
	55	佛、渤
but	55	物、勿、沒
tut	55	突

tʰut	55	□～臼：脫臼
lut	55	律
tsut	21	卒
	55	秫
tsʰut	21	出
sut	21	戌、蟀
	55	術、述
kut	21	骨
	55	掘、滑、猾
kʰut	21	窟、屈
	55	□大～：大衣
hut	21	忽、佛
	55	佛、核
ut	21	熨、鬱
	55	聿

iat

piat	21	鱉
	55	別
pʰiat	21	撇
biat	55	滅
tiat	21	哲
	55	迭
tʰiat	21	撤、徹、轍
liat	55	烈、列、裂
tsiat	21	節
	55	截
tsʰiat	21	切
siat	21	設、屑
	55	舌
kiat	21	結、潔
	55	傑
kʰiat	21	□劃擦火柴
giat	21	齧
	55	孽
hiat	21	血、□丟擲
	55	穴
iat	21	謁

	55	□搧扇子、～手：招手

uat

puat	21	鉢
	55	拔
pʰuat	21	潑
buat	21	抹
	55	末
tuat	21	綴
	55	奪
luat	55	辣
tsuat	55	絕
suat	21	雪
kuat	21	決、刮
kʰuat	21	缺、闊
guat	55	月
huat	21	發、法、髮
	55	罰、乏、伐
uat	21	斡
	55	越、曰、粵

ik

pik	21	逼、迫、伯
	55	白、帛
pʰik	21	魄、碧、璧
	55	闢
bik	55	脈、陌、覓
tik	21	竹、德、的
	55	特、擇、狄、敵、澤
tʰik	21	畜
lik	55	綠、歷、曆、力、肋、勒
tsik	21	燭、則、責、積、績、叔
	55	寂、藉、籍
tsʰik	21	粟、測、策、戚
sik	21	色、息、熄、室、適、釋、嗇、析、錫、飾
	55	熟、夕、蝕、食
kik	21	激、擊、格、革

	<u>55</u>	局、極
kʰik	<u>21</u>	曲、刻、客
gik	<u>55</u>	玉、逆
hik	<u>21</u>	黑、嚇
	<u>55</u>	或、惑、肉
ik	<u>21</u>	抑、億、憶、益
	<u>55</u>	域、亦、役、翼

ak

pak	<u>21</u>	剝、北、腹
	<u>55</u>	縛
pʰak	<u>21</u>	覆
	<u>55</u>	曝
bak	<u>55</u>	墨、木、目
tak	<u>21</u>	□～喙鼓：抬槓
	<u>55</u>	逐
tʰak	<u>55</u>	讀
lak	<u>21</u>	落
	<u>55</u>	六
tsak	<u>21</u>	齪
	<u>55</u>	族
tsʰak	<u>55</u>	鑿
sak	<u>21</u>	□～倒：推倒
kak	<u>21</u>	菊、覺、角、穀
kʰak	<u>21</u>	麴、殼
gak	<u>55</u>	樂、岳
hak	<u>55</u>	學、□屎～：糞坑
ak	<u>21</u>	沃

ɔk

pɔk	<u>21</u>	卜、駁
	<u>55</u>	薄、縛、僕、瀑
pʰɔk	<u>21</u>	博、泊、撲、樸
	<u>55</u>	瀑
bɔk	<u>55</u>	木、目、牧、莫、摸、睦、沐
tɔk	<u>21</u>	篤、剢、督、卓、琢
	<u>55</u>	毒、獨、牘、躅、鐸、犢

tʰɔk	<u>21</u>	託
	<u>55</u>	讀
lɔk	<u>55</u>	鹿、落、駱、樂、祿、諾
tsɔk	<u>21</u>	作
	<u>55</u>	族、濁
tsʰɔk	<u>21</u>	簇
	<u>55</u>	戳
sɔk	<u>21</u>	束、夙、朔、速
kɔk	<u>21</u>	國、谷、各
kʰɔk	<u>21</u>	酷、哭
gɔk	<u>55</u>	鄂、□～魚：鱷魚
hɔk	<u>21</u>	福、幅
	<u>55</u>	服
ɔk	<u>21</u>	惡、握、齷、渥、屋

iak

piak	<u>55</u>	□破裂聲
pʰiak	<u>55</u>	□揮打
tiak	<u>55</u>	□～手：打榧子
tsiak	<u>55</u>	□水濺起
siak	<u>21</u>	□摔

iɔk

tiɔk	<u>21</u>	築
	<u>55</u>	逐
tʰiɔk	<u>21</u>	蓄、畜
liɔk	<u>55</u>	辱、六、弱、略、錄、陸
tsiɔk	<u>21</u>	足、祝、酌、燭、爵、囑
	<u>55</u>	勺、芍、嚼
tsʰiɔk	<u>21</u>	鵲、醋、觸
siɔk	<u>21</u>	叔、續、宿、肅
	<u>55</u>	蜀、俗、塾
kiɔk	<u>21</u>	菊、腳
	<u>55</u>	局
kʰiɔk	<u>21</u>	曲、卻
giɔk	<u>55</u>	玉
iɔk	<u>21</u>	約
	<u>55</u>	育、藥、躍、浴、欲

附錄二：金沙方言分類詞表

語料分類整理如下：

天干地支

甲	kaʔ21	
乙	it21	乙
丙	piã52	丙
丁	tiŋ55	丁
戊	mã33	戊
己	ki52	己
庚	kĩ55	庚
辛	sin55	辛
壬	lim35	壬
癸	kʰui52	癸
子	tsɨ52	子
丑	tʰiu52	丑
寅	in35	寅
卯	bau52	卯
辰	sin35	辰
巳	sɨ33	巳
午	ŋã52	午
未	bi33	未
申	sin55	申
酉	iu52	酉
戌	sut21	戌
亥	hai33	亥

天文

日	lit55		日
日頭	lit55＞11	tʰau35	太陽
日頭落山	lit55＞11	tʰau35 loʔ55＞11 suã55	太陽下山
天狗□日	tʰian55＞33	kau52 tsiaʔ55＞11 lit55	日蝕
天氣眞好	tʰĩ55＞33	kʰi11 tsin55＞33 ho52	好天氣
月	gəʔ55		月
月娘	gəʔ55＞11	niũ35	月亮
月光	gəʔ55＞11	kŋ55	月光
月□	gəʔ55	sik55	月蝕
月圓	gəʔ55＞11	ĩ35	滿月
上弦月	sioŋ33＞11 hian35＞11	gəʔ55	上弦月
下弦月	ha33＞11 hian35＞11	gəʔ55	下弦月
星	tsʰĩ55		星星
北斗星	pak21＞55	tau52＞35 tsʰĩ55	北極星
掃尾囝星	sau11＞52 bə52＞35 a33	tsʰĩ55	流星
掃帚星	sau11＞52 tsʰiu52＞35	tsʰĩ55	彗星
雲	hun35		雲
烏雲	ɔ55＞33	hun35	烏雲
陰天	im55＞33	tʰĩ55	陰天
落雨天	loʔ55＞11	hɔ33 tʰĩ55	雨天
落雨	loʔ55＞11	hɔ33	下雨
□□囝雨	mŋ35＞11 mŋ35＞11 a33	hɔ33	毛毛雨
大雨	tua33＞11	hɔ33	大雨
沃雨	ak21＞55	hɔ33	淋雨
淋雨	lam35＞11	hɔ33	淋雨
霞	ha35		霞
□	kʰiŋ33		彩虹
風	huaŋ55		風
起風	kʰi52＞35	huaŋ55	颱風
風篩	hoŋ55＞33	tʰai55	颱風
秋風	tsʰiu55＞33	huaŋ55	秋風
春風	tsʰun55＞33	huaŋ55	春風
順風	sun33＞11	huaŋ55	順風
逆風	gik55＞11	huaŋ55	逆風
雷	lui35		雷
發雷	huat21＞55	lui35	打雷
閃爁	sĩ11＞52	nã33	閃電
冰	piŋ55		冰
結冰	kiat21＞55	piŋ55	結冰
雹	pʰauʔ55/pʰau55		冰雹

露水	lɔ33＞11　tsui52	露水	
霜	sŋ55	霜	
落霜	loʔ55＞11　sŋ55	下霜	
落雪	loʔ55＞11　səʔ21	下雪	
雪花	suat21＞55　hua55	雪花	
霧	bu33	霧	
起霧	kʰi52＞35　bu33	起霧	
天氣	tʰĩ55＞33　kʰi11	天氣	
變好天	pĩ11＞52	天氣變好	
	ho52＞35　tʰĩ55		
熱	luaʔ55	熱	
秋清	tsʰiu55＞33　tsʰin11	涼快	
寒	kuã35	冷	
洘旱	kʰo52＞35　huã33	天旱	
淹水	im55＞33　tsui52	淹水	

地理

海	hai52	海	
海岸	hai52＞35　huã33	海岸	
海湧	hai52＞35　iŋ52	海浪	
水	tsui52	水	
水淹	tsui52　im55	漲潮	
水洘	tsui52　kʰo52	退潮	
平地	pĩ35＞11　tue33	平地	
塍地	tsʰan35＞11　tue33	田地	
土地	tʰo52＞35　tue33	土地	
菜園	tsʰai11＞52　hŋ35	菜園	
空□	kʰaŋ55＞33　pɔ55	荒地	
山	suã55	山	
半山腰	puã11＞52	山腰	
	suã55＞33　io55		
山骹	suã55＞33　kʰa55	山腳	
山鞍	suã55＞33　uã55	山坳	
山坡	suã55＞33　pʰo55	山坡	
山尖	suã55＞33　tsiam55	山峰	
溪	kʰue55	小溪	
壩	pe11	壩	

湖	ɔ35	湖	
窟团	kʰut21＞55　la55	坑	
泉水	tsuã35＞11　tsui52	泉水	
石頭	tsioʔ55＞11　tʰau35	石頭	
石頭团	tsioʔ55＞11	小石頭	
	tʰau35＞11　a52		
沙	sua55	沙	
沙坪	sua55＞33　pʰiã35	沙灘	
塗	tʰɔ35	泥土	
□□塗	lap21＞55	爛泥	
	sap21＞55　tʰɔ35		
所在	sɔ52＞35　tsʰai33	地方	
番□	huan55＞33　piŋ35	南洋	
城裏	siã35＞11　lai33	城裡	
都市	tɔ55＞33　tsʰi33	城市	
鄉下	hiũ55＞33　e33	鄉下	
古鄉	kɔ52＞35　hioŋ55	故鄉	

時間時令

春天	tsʰun55＞33　tʰĩ55	春天	
熱天	luaʔ55＞11　tʰĩ55	夏天	
秋天	tsʰiu55＞33　tʰĩ55	秋天	
冬天	taŋ55＞33　tʰĩ55	冬天	
節氣	tsueʔ21＞52　kʰi11	節氣	
冬節	taŋ55＞33　tsueʔ21	冬至	
過年	kə11＞52　nĩ35	過年	
年□	nĩ35＞11　tau55	新年	
二九下昏	li33＞11　kau52＞35 e33＞11　hŋ55	除夕	
正月初一	tsiã55＞33 gəʔ55＞11 tsʰue55＞33　it21	年初一	
上元	sioŋ33＞11　uan35	元宵節	
清明	tsʰĩ55＞33　miã35	清明節	
五月節	gɔ33＞11 gəʔ55＞11　tsueʔ21	端午節	
七夕	tsʰit21＞55　siaʔ55	七夕	

七月半	tsʰit21>55 gə?55>11 puã11	中元節
八月半	pue?21>52 gə?55>11 puã11	中秋節
今年	kin55>33 nĩ35	今年
舊年	ku33>11 nĩ35	去年
新年	sin55>33 nĩ35	明年
前蜀年	tsãi35>11 tsit55>11 nĩ35	前年
後年	au33>11 nĩ35	後年
年頭	nĩ35>11 tʰau35	年初
年中央	nĩ35>11 tioŋ55>33 ŋ̍55	年中
年尾	nĩ35>11 bə52	年底
每蜀年	muĩ52>35 tsit55>11 nĩ35	每一年
□年	kui55>33 nĩ35	整年
正月	tsiã55>33 gə?55	正月
閏月	lun33>11 gə?55	閏月
月頭	gə?55>11 tʰau35	月初
月中央	gə?55>11 tioŋ55>33 ŋ̍55	月中
月尾	gə?55>11 bə52	月底
初一十五	tsʰue55>33 it21>55 tsap55>11 gɔ33	初一十五
蜀月日	tsit55>11 gə?55>11 lit55	一個月
今□日	kĩ55>33 a33 lit55	今天
明□日	mĩ35>11 a33 lit55	明天
後日	au33 lit0	後天
大後日	tua33>11 au33>11 lit55	大後天
昨日	tso?55>11 lit55	昨天
後日	au33>11 lit55	來日
前日	tsãi35>11 lit55	前天
頂日	tiŋ52>35 lit55	之前某天
逐日	tak55>11 lit55	每天
前幾日	tsãi35>11 kui52>35 lit55	前幾天
後幾日	au33>11 kui52>35 lit55	後幾天
禮拜日	le52>35 pai11>52 lit55	星期天
蜀禮拜	tsit55>11 le52>35 pai11	一星期
□日	kui55>33 lit55	整天
十幾日	tsap55>11 kui52>35 lit55	十幾天
早起	tsai52>35 kʰi52	上午
下晝	e33>11 tau11	中午
中晝	tioŋ55>33 tau11	中午
下晡	e33>11 pɔ55	下午
下昏	e33>11 hŋ55	晚上
半日	puã11>52/55 lit55	半天
半暝	puã11>52 mĩ35	半夜
□暝	tsiũ11>52 mĩ35	半夜
透早	tʰau11>52 tsa52	清晨
日□暗	lit55 bə?21>55 am11	傍晚
暗暝	am11>52 mĩ35	夜晚
每蜀暗	muĩ52>35 tsit55>11 am11	每晚
□暝	kui55>33 mĩ35	整夜
蜀世儂	tsit55>11 si11>52 laŋ35	一輩子
古早	kɔ52>35 tsa52	以前
以前	i52>35 tsãi35	以前
通書	tʰɔŋ55>33 tsɨ55	曆書
舊曆	ku33>11 lik55	陰曆
新曆	sin55>33 lik55	陽曆
□□	iŋ52>35 pai52	先前
頂過	tiŋ52>35 kə11	上次
□過	ta>11 kə11	
路尾	lɔ33>11 bə52	後來
即陣	tsit21>55 tsun33	現在

頭陣	tʰau35＞11	tsun33	剛才
頭□□	tʰau35＞11 tu＞55　a55		
目前	bɔk55＞11	tsian35	目前
淡薄久	tam33＞11 poʔ55＞11	ku52	一會兒
永遠	ŋ52＞35	uan52	永遠

生肖動物

□牲	tsiŋ55＞33	sĩ55	牲口
□鼠	niãu52＞35	tsʰɨ52	老鼠
牛□	gu35＞11	kaŋ52	公牛
牛母	gu35＞11	bu52	母牛
牛囝	gu35＞11	kiã52	小牛
牛□	gu35＞11	tiau35	牛圈
虎	hɔ53		虎
兔	tʰɔ11		兔
龍	liŋ35		龍
蛇	tsua35		蛇
馬	be52		馬
羊角	iũ35＞11	kak21	公羊
羊哥	iũ35＞11	ko55	
羊囝囝	iũ35＞11	a33　kiã52	羊羔
猴	kau35		猴
□儂	siũ11＞52	laŋ35	猴
雞	kue55		雞
雞角	kue55＞33	kak21	公雞
雞角囝	kue55＞33 kak21＞55　g（＜ø）a55		小公雞
雞母	kue55＞33	bu52	母雞
雞健	kue55＞33	lua33	未生蛋的母雞
雞健囝	kue55＞33 luai33＞11　a33		未換毛的小母雞
伏岫雞	pu33＞11 siu33＞11　kue55		抱窩雞
雞囝囝	kue55＞11　a33 kiã52		小雞
雞□	kue55＞33	kə11	雞冠
雞骹耙	kue55＞33 kʰa55＞33　pe33		雞爪
雞□	kue55＞33	tai35	雞蟲（寄生蟲）
雞岫	kue55＞33	siu33	雞窩
雞庵	kue55＞33	am55	雞籠
雞罩	kue55＞33	ta11	雞罩
鴨	aʔ21		鴨
鴨角	aʔ21＞52	kak21	公鴨
鴨母	aʔ21＞52	bu52	母鴨
鴨囝	aiʔ21＞55　a55		
狗	kau52		狗
狗公	kau52＞35	kaŋ55	公狗
狗母	kau52＞35	bu52	母狗
□狗	siau52＞35	kau52	瘋狗
野狗	ia52＞35	kau52	野狗
狗岫	kau52＞35	siu33	狗窩
豬	tɨ55		豬
豬公	tɨ55＞33	kaŋ55	公豬
豬母	tɨ55＞33	bu52	母豬
豬囝囝	tɨ55＞11　a33　kiã52		豬仔
閹豬	iam55＞33	tɨ55	閹豬
豬□	tɨ55＞33	tiau35	豬圈
豬槽	tɨ55＞33	tso35	豬食槽
鳥	tsiau52		鳥
雄雞	ti33＞11	kue55	雄雞
□	niãu55		貓
□公	niãu55＞33	kaŋ55	公貓
□母	niãu55＞33	bu52	母貓
駱駝	lɔk55＞11	to35	駱駝
驢囝	lɨ35＞11	a52	驢
騾	lo35		騾
熊	him35		熊
豹	pa11		豹
狐狸	hɔ35＞11	li35	狐狸
蟮蟲	sian33＞11	laŋ35	壁虎

□□	tɔ33>11	tiŋ33	蜥蜴
鵝	gia35		鵝
鵝	go35		
□□囝	kʰik21>55 tsiau52>11 a33		麻雀
喜鵲	hi52>35	tsʰiɔk21	喜鵲
□佳	ka55>33	tsui55	鴿子
烏鴉	ɔ55>33	a55	烏鴉
□□	ka55>33	liŋ55	八哥
□□鳥	mɔŋ>11 kʰɔŋ55 tsiau52		戴勝
屎□鳥	sai52>35 hak55>11 tsiau52		鵲鴝
燕囝	ĩ11>55	a52	燕子
□□	ka55>33	lio33	老鷹
雁	gan33		雁
鶴	hoʔ55		鶴
翼	sit55		翅膀
羽毛	u52>35	mɔ̃35	羽毛
鯉魚	li52>35	hɨ35	鯉魚
草魚	tsʰau52>35	hɨ35	草魚
紅花魚	aŋ35>11 hue55>33 hɨ35		黃魚
鯧魚	tsʰiũ55>33	hɨ35	鯧魚
鱸魚	lɔ35>11	hɨ35	鱸魚
鱸鰻	lɔ35>11	muã35	鰻魚
鱧魚	lue33>11	hɨ35	鱧魚
塗蝨	tʰɔ35>11	sat21	鯰魚
白帶魚	peʔ55>11 tua11>52 hɨ35		白帶魚
吳郭魚	gɔ35>11 kəʔ21>52 hɨ35		吳郭魚
塗溜	tʰɔ35>11	liu55	泥鰍
魚鱗	hɨ35>11	lan35	魚鱗
魚鰓	hɨ35>11	tsʰi55	魚鰓
魚翼	hɨ35>11	sit55	魚鰭
魚刺	hɨ35>11	tsʰi11	魚刺

魚卵	hɨ35>11	nŋ33	魚卵
魚鰾	hɨ35>11	pio33	魚鰾
魚栽	hɨ35>11	tsai55	魚苗
墨賊	bat55>11	tsat55	烏賊
柔魚	liu35>11	hɨ35	魷魚
小管	sio52>35	kŋ52	小管魚
蝦	he35		蝦子
珊瑚	san55>33	ɔ35	珊瑚
龜	ku55		龜
鱉	piʔ21		鱉
蠔	o35		蠔
蠘	tsʰiʔ55		螃蟹
蟳	tsim35		蟳
蚶	ham55		蚶
蠘仁	tsʰiʔ55>11	lin35	蟹黃
水雞	sui52>35	kue55	青蛙
蝹□	amʔʔ>11	muĩ35	蝌蚪一類的水生物
□蜍	tsiũ55>33	tsɨ35	蟾蜍
蜈蜞	gɔ35>11	kʰi35	水蛭
露螺	lɔ33>11	lə35	蝸牛

昆蟲

塗隱	tʰɔ35>11	un52	蚯蚓
狗蟻	kau52>35	hia33	螞蟻
白蟻	peʔ55>11	hia33	白蟻
蜈蚣	gia35>11	kaŋ55	蜈蚣
蜘蛛	ti55>33	tu55	蜘蛛
夜婆	ia33>11	po35	蛾
胡蠅	hɔ35>11	sin35	蒼蠅
□蚤	ka55>33	tsʰau52	跳蚤
蝨母	sat21>55	bu52	蝨子
蠓	baŋ52		蚊子
□蛆	tsʰia55>33	tsʰɨ55	孑孓
牛□	gu35>11	pi55	牛虻
塍□	tsʰan35>11	nĩ55	蜻蜓

娘团	niũ35＞11　a11	蠶
蟋蟀	sit21＞55　sut21	蟋蟀
竈雞	tsau11＞52　kue55	紡織娘
□□	ka55＞33　tsuaʔ55	蟑螂
大□	tua33＞11　le33	蟬
青□团	tshĩ55＞33 ki＞11　a11	蟬
紅娘团	aŋ35＞11 niũ35＞11　a11	蟬
蟬团	sian35＞11　a11	蟬
蜂	phaŋ55	蜜蜂
□	tan11	蜜蜂螫人
蜂岫	phaŋ55＞33　siu33	蜂窩
蜜	bit55	蜂蜜
蛺	iaʔ55	蝴蝶
蝴蝶	ɔ35＞11　tiap55	蝴蝶
狗□团 蟲	kau52＞35　mŋ35＞ 11　a33　thaŋ35	毛毛蟲
火金□	hə52＞35　kim55＞ 33　kɔ55	螢火蟲
臭龜	tshau11＞52　ku55	椿象

植物

樹□	tshiu33＞11　ham33	樹林
樹林	tshiu33＞11　nã35	
□□	tshim55＞33　nã35	森林
樹团枝	tshiu33＞11　a33 ki55	樹枝
接枝	tsiap21＞55　ki55	嫁接
柳樹	liu52＞35　tshiu33	柳樹
榕	tsiŋ35	榕樹
黃梔	ŋ35＞11　ki55	梔子
相思	siũ55＞33　si55	相思樹
苦楝	khɔ52＞35　liŋ35	苦楝
桑材箬	sŋ55＞33 tsai35＞11　hioʔ55	桑葉
箬	hioʔ55	葉子

艾 〔註1〕	hia33	艾草
竹团	tik21＞55　a55	竹子
篾	biʔ55	篾（可編織 器物）
篾篏	biʔ55＞11　khɔ55	篾篏
梅花	muĩ35＞11　hue55	梅花
桂花	kui11＞52/55 hue55	桂花
蘭花	lan35＞11　hue55	蘭花
菊花	kak21＞55　hue55	菊花
□	nĩ52	蕊
花□	hue55＞33　m35	蓓蕾
藻	phio35	浮萍
□薯	an55＞33　tsɨ35	蕃薯
□□薯	kan33　tan33　tsɨ35	馬鈴薯
蓮藕	lian35＞11　ŋãu33	蓮藕
五穀	gɔ52＞35　kak21	五穀
秈	tiu33	稻
粟团	tshik21＞55　a55	稻穀
秈草	tiu33＞11　tshau52	稻草
麥	beʔ55	大麥
麥团	beʔ55＞11　a52（11）	小麥
玉米	iɔk55＞2　bi52	玉米
番麥	huan55＞33　beʔ55	
黍团	sue52＞35　a52	粟米
路黍	lɔ33＞11　sue52	高粱
秫米	tsut55＞11　bi52	糯米
苧	tue33	苧麻
芋	ɔ33	芋 （整顆植物）
芋頭	ɔ33＞11　thau35	芋頭
淮山	huai13＞11　san55	山藥
當歸	tɔŋ55＞33　kui55	當歸
珠蔥	tsu55＞33　tshaŋ55	寒蔥

〔註 1〕一般閩南多帶鼻化，讀爲 hiã33，但金 沙方言不帶鼻化音。

□□蔥	tsʰau11＞52 pʰui11＞52 tsʰaŋ55	熱蔥
□□□蔥	ban＞11 ka55＞11 la55＞33 tsʰaŋ55	洋蔥
薑母	kiũ55＞33 bu52	老薑
□薑	tsĩ52＞35 kiũ55	嫩薑
蒜団	sŋ11＞55 a55	蒜
蒜団	suan11＞55 a55	蒜
番椒	huan55＞33 tsio55	辣椒
番薑	huan55＞33 kiũ55	
芫荽	uan35＞11 sui55	香菜
韭菜	ku52＞35 tsʰai11	韭菜
□□	pə55＞33 lin35	菠菜
包頭□	pau55＞33 tʰau35＞11 lian35	大白菜
芹菜	kʰun35＞11 tsʰai11	芹菜
菜花	tsʰai11＞55(52) hue55	花椰菜
芥菜	kua11＞52 tsʰai11	芥菜
蕹菜	iŋ11＞52 tsʰai11	空心菜
菜脯	tsʰai11＞52 pɔ52	蘿蔔乾
□心	pɔŋ33＞11 sim55	蘿蔔失水而中空
菜頭總	tsʰai11＞52 tʰau35＞11 tsaŋ52	蘿蔔纓
茭白筍	ka55＞33 pik55＞11 sun52	茭白筍
臭□団	tsʰau11＞52 kʰi33＞11 a11	蕃茄
塗豆	tʰɔ35＞11 tau33	花生
綠豆	lik55＞11 tau33	綠豆
菜豆	tsʰai11＞52 tau33	四季豆
馬齒豆	be52＞35 kʰi52＞35 tau33	蠶豆
刺瓜	tsʰi11＞52/55 kue55	黃瓜
菜瓜	tsʰai11＞52/55 kue55	絲瓜
苦瓜	kʰɔ52＞35 kue55	苦瓜
金瓜	kim55＞33 kue55	南瓜

佛手	put55＞11 tsʰiu52	佛手
茄	kio35	茄子
果子	kə52＞35 tsi52	水果
桃	tʰo35	桃子
李団	li33＞11 a11	李子
棗団	tso52＞35 a52	棗子
紅□	aŋ3511 kʰi33	柿子
梨	lai35	梨子
栗子	lat55＞11 tsi52	栗子
□杷	kʰi35＞11 pe35	枇杷
橄欖	kã52＞35 nã52	橄欖
石榴	siaʔ55＞11 liu35	石榴
柚	iu33	柚
柑	kam55	橘子
金桔団	kim55＞33 kiat21＞55 l(ø＜)a55	金橘
橙	tsʰiaŋ35	柳丁
木瓜	bɔk55＞11 kue55	木瓜
□団□	nĩ＞11 a33 put55	芭樂
龍眼	liŋ35＞11 ŋai52	龍眼
荔枝	nãi33＞11 tsi55	荔枝
□団	suãi33＞11 a52	芒果
芒果	bɔŋ35＞11 kɔ52	芒果
西瓜	sĩ55＞33 kue55	西瓜
芎蕉	kiŋ55＞33 tsio55	香蕉
甘蔗	kam55＞33 tsia11	甘蔗
□梨	ɔŋ＞11 lai35	鳳梨
青苔	tsʰĩ55＞33 tʰi35	青苔
蒂	ti11	瓜果蒂
簽	tsʰuã55	竹、木刺
香菇	hiũ55＞33 kɔ55	香菇

飲食

食物	sit55＞11 but55	食物
點心	tiam52＞35 sim55	點心
糙米	tsʰo11＞55 bi52	糙米
米	bi52	米

飯	pŋ33	米飯
糜	bə35	稀飯
□飯	tsʰun55＞33　pŋ33	剩飯
清飯	tsʰin11＞52　pŋ33	冷飯
臭焦	tsʰau11＞52　ta55	飯糊了
臭酸	tsʰau11＞52　sŋ55	飯餿掉
生殕	sĩ55＞33　pʰu52	生食發霉（五穀類）
生菰	sĩ55＞33　kɔ55	熟食發霉
鼎疕	tiã52＞35　pʰi52	鍋巴
飲糜湯	am52＞35　bə35＞11　tʰŋ55	米湯
米粉	bi52＞35　hun52	米粉
米芳	bi52＞35　pʰaŋ55	爆米花
甜粿	tĩ35＞11　kə52	年糕
麻餈	muã35＞11　tsi35	麻糬
潤餅□	lun33＞11　piã52＞35　kauʔ21	潤餅
麵粉	mĩ33＞11　hun52	麵粉
麵條	mĩ33＞11　tiau35	麵條
大麵	tua33＞11　mĩ33	鹹麵
麵頭	mĩ33＞11　tʰau35	饅頭
酵母	ka11＞55　bu52	酵母粉
包囝	pau55＞33　a33	包子
油□粿	iu35＞11　tsia＞11　kə52	油條
豆□	tau33＞11　lin55	豆漿
豆漿	tau33＞11　tsiũ55	豆漿
水餃	tsui52＞35　kiau52	水餃
鎌	ã33	餃子餡
□食	pian52＞35　sit55	餛飩
圓囝	ĩ35＞11　a11	湯圓
月餅	gəʔ55＞11　piã52	月餅
□粽	baʔ21＞52　tsaŋ11	肉粽
□粽	kĩ＞11　tsaŋ11	鹹粽
□	baʔ21	肉
□脯	baʔ21＞55/52　hu52	肉鬆
□鬆	baʔ21＞55/52　sɔŋ55	
滷□	lɔ52＞35　baʔ21	滷肉
菜	tsʰai11	素菜
臊	tsʰo55	葷菜
□配鹹	mĩʔ55＞11　pʰə11＞52　kiam35	下飯菜
膎〔註2〕	kue35	泛指醃製的小菜
卵	nŋ33	蛋
卵仁	nŋ33＞11　lin35	蛋黃
皮蛋	pʰi35＞11　tan33	皮蛋
鹹卵	kiam35＞11　nŋ33	鹹鴨蛋
豬肚	ti55＞33　tɔ33	豬肚
豬舌	ti55＞33　tsiʔ55	豬舌
腹裏	pak21＞55　lai33	下水（牲畜內臟）
豬血	ti55＞33　huiʔ21	豬血
豬□	ti55＞33　tsʰioʔ21	豬胰臟
□油	baʔ21＞52　iu35	豬油
大腸	tua33＞11　tŋ35	豬大腸
小臟	sio52＞35　tsŋ33	豬小腸
灌腸	kuan11＞52　tsʰiaŋ35	香腸
□骨	baʔ21＞52　kut21	排骨
鳥□	tsiau52＞35　baʔ21	鳥肉
雞腹裏	kue55＞33　pak21＞55　lai33	雞內臟
雞□〔註3〕	kue55＞33　kian33	雞肫
狗□	kau52＞35　baʔ21	狗肉

〔註 2〕《集韻》戶佳切，「說文脯也，一曰吳人謂醃魚為膎脼」。

〔註 3〕疑即「腎」，《廣韻》時忍切，「五臟之一也」《說文》「從月堅聲」。李如龍（2001）認為閩語章組字讀 k 為古讀，崇母字也有「柿」讀 kʰ。「腎」可能為本字。見李如龍主編：《漢語方言特徵詞研究》（廈門：廈門大學出版社，2001年），頁 281。

豆腐	tau33＞11	hu33	豆腐
豆花	tau33＞11	hue55	豆花
豆乾	tau33＞11	kuã55	豆乾
豆乳	tau33＞11	lu52	豆腐乳
豆䐺	tau33＞11	kue35	
□□	im11＞55	si33	豆豉
涼粉	liaŋ35＞11	hun52	涼粉絲
醋	tsʰɔ11		醋
辣椒醬	luaʔ55＞11 tsio55＞33 tsiũ11		辣椒醬
豆油	tau33＞11	iu35	醬油
麻油	muã35＞11	iu35	麻油
生油	sĩ55＞33	iu35	花生油
海帶	hai52＞35	tua11	海帶
蝦米	he35＞11	bi52	蝦米
蝦仁	he35＞11	lin35	蝦仁
蛇	tʰe33		海蜇
海參	hai52＞35	sim55	海參
木耳	bɔk55＞11	nĩ52	木耳
白木耳	peʔ55＞11 bɔk55＞11 nĩ52		銀耳
金針	kim55＞33	tsiam55	金針花
豆芽	tau33＞11	ge35	豆芽
茶心	te35＞11	sim55	茶葉
茶心粕	te35＞11 sim55＞33 pʰoʔ21		茶葉渣
茶配	te35＞11	pʰə11	配茶點心
潘	pʰun55		餿水
人參	lin35＞11	sim55	人參
□果	kʰi33＞11	kə52	柿餅
味素	bi33＞11	sɔ11	味道（吃或聞）
色□	sik21＞55	ti11	色澤
鹽	iam35		鹽
鹽滷	iam35＞11	lɔ33	鹽滷
鹽	sĩ33		用鹽醃
白糖	peʔ55＞11	tʰŋ35	白糖
烏糖	ɔ55＞33	tʰŋ35	砂糖
冰糖	piŋ55＞33	tʰŋ35	冰糖
麥芽膏	beʔ55＞11 ge35＞11 ko55		麥芽糖
霜支	sŋ55＞33	ki55	冰棒
配料	pʰue21＞52	liau33	作料
八角	pueʔ21＞52	kak21	八角
薰支	hun55＞33	ki55	香煙
薰箬	hun55＞33	hioʔ55	菸葉
薰絲	hun55＞33	si55	煙絲
水薰吹	tsui52＞35 hun55＞33 tsʰə55		水煙袋
燒酒	sio55＞33	tsiu52	蒸餾酒
酒麴	tsiu52＞35	kʰak21	酒麴
淬	tai52		酒瓶中沈澱物
酸	sŋ55		酸
甜	tĩ55		甜
苦	kʰɔ52		苦
辣	luaʔ55		辣
澀	siap21		澀
鮮□	tsʰĩ55＞33	tsʰioʔ21	鮮（肉湯鮮美）
臊	tsʰo55		腥
□	ɨ11		膩（肥肉感覺很～）
爛	nuã33		爛（肉煮的～）
生	tsʰĩ55		生（肉～）
熟	sik55		熟（肉～）
幼	iu11		嫩（菜～）
□	tsĩ52		
過〔註4〕	kua55		老（菜～）

〔註4〕《廣韻》古禾切「經也，又過所也」李如龍認為蔬果過時而老化的本字即是「過」。詳見李如龍主編：《漢語方言特徵詞研究》（廈門：廈門大學出版社，2001年），頁334。

鹹	kiam35		鹹（菜～）
饗	tsiã52		淡（菜～）
酥	sɔ55		酥
脆	tsʰə11		脆

農漁業

種園	tsiŋ11＞52	hŋ35	種田
種作	tsiŋ11＞52	tsoʔ21	
年冬	nĩ35＞11	taŋ55	年成
收冬	siu55＞33	taŋ55	收成
早冬	tsa52＞35	taŋ55	早季
晏冬	uã11＞55	taŋ55	晚季
犁園	lue35＞11	hŋ35	犁田
□芽	puʔ21＞55	ge35	發芽
播米	po11＞55	bi52	插秧
播秞	po11＞52	tiu33	
挽秧	ban52＞35	ŋ55	拔秧
鏟草	tʰuã52＞35	tsʰau52	鋤草
薅草	kʰau55＞33	tsʰau52	用手除草
移肥〔註5〕	ia35＞11	pui35	施肥
割秞	kuaʔ21＞52	tiu33	割稻
摭肥	kʰioʔ21＞52	pui35	拾肥
□肥	tun52＞35	pui35	積肥
積肥	tsik21＞55	pui35	
糞	pun11		乾肥
沃水	ak21＞55	tsui52	澆水
派水	pʰua21＞52	tsui52	引水澆地
上水	tsʰiũ33＞11	tsui52	從井裡打水
井	tsĩ52		井
水桶	tsui52＞35	tʰaŋ52	水桶

〔註5〕 李如龍（2001）：「移，遺也」，遺有失
落意與撒落相關，故認為本字是「移」，
閩語引申其義。詳見李如龍主編：《漢
語方言特徵詞研究》（廈門：廈門大學
出版社，2001年），頁298。

□桶	tsʰɔ55＞33	tʰaŋ52	糞桶
□桸	tsʰɔ55＞33	hia55	糞勺
水車	tsui52＞35	tsʰia55	水車
風鼓	hoŋ55＞33	kɔ52	風車
磨	bo33		石磨
舂槌	tsiŋ55＞33	tʰui35	臼杵
舂臼	tsiŋ55＞33	kʰu33	石臼
斗籠	tau52＞35	laŋ52	竹編長籠
□擔	pin55＞33	tã55	扁擔
掃帚	sau11＞55	tsiu52	掃把
簑簑	tsaŋ55＞33	sui55	簑衣
□車	kʰa55＞33	tsʰia55	牛軛
硬擔	ŋĩ33＞11	tã55	牛軛下連結後方車具的長棍左右各一
馬鞍	be52＞35	uã55	馬鞍
□籠	to35＞11	laŋ52	竹編容器（牲畜載物用）
糞箕	pun11＞55（52）	ki55	畚箕（非用於屋內清潔）
□架	to35＞11	ke11	上下馬的架子，亦可載人
尖槌	tsiam55＞33	tʰui35	鎬刀
鋤頭	tɨ35＞11	tʰau35	鋤頭
□囝	kuai11＞55	a55	鐮刀
草□	tsʰau52＞35	tʰə35	除草長鏟
螺勾	lə35＞11	kau55	螺勾
蠔掘	o35＞11	kut55	蠔鏟
蠔刀	o35＞11	to55	蠔刀
魚□	hɨ35＞11	kʰai55	魚籠（放釣到的魚）
拋網	pʰa55＞33	baŋ33	捕魚
草索	tsʰau52＞35	soʔ21	草繩

商業交通

店面	tiam11＞52 bin33	店面
稅□	sə11＞52 tsʰu11	租屋
菜館	tsʰai11＞52 kuan52	飯館
旅□〔註6〕	li52＞35 sia33	旅館
客棧	kʰeʔ21＞52 tsan33	客棧
雜貨団	tsap55＞11 hə11＞55 a55	雜貨店
豬砧	tɨ55＞33 tiam55	肉舖
□□間	tsa52＞35 bɔ52＞35 kiŋ55	妓院
當店	tŋ11＞52 tiam11	當舖
糴米	tiaʔ55＞11 bi52	買米
糶米	tʰio11＞52 bi52	賣米
作生理	tsue11＞52 siŋ55＞33 li52	作生意
退換	tʰui11＞52 uã33	退換
販貨	pʰuã11＞52 hə11	大量便宜賣出
批貨	pʰue55＞33 hə11	大量便宜買入
起價	kʰi52＞35 ke11	漲價
落價	lak21＞55 ke11	降價
貴	kui11	貴
□	siɔk55	便宜
公道	kɔŋ5533 to33	價錢公道
□貨底	bauʔ55＞11 hə11＞52 tue52	剩下的全包了
算盤	sŋ11＞52 puã35	算盤
秤	tsʰin11	秤
秤団	tsʰin11＞55 a55	小秤
□	niũ33	秤牲畜的大秤

秤錘	tsʰin11＞52 tʰui35	秤錘
秤□	tsʰin11＞52 to35	
鞎〔註7〕	ŋ52	秤盤
□	pɔŋ11	磅秤
錢	tsʰɨ35	錢
□	lui55	
零星	lan35＞11 san55	零錢
散□	suã52 e0	
紙字	tsua52＞35 li33	鈔票
銅□	taŋ35＞11 lui55	銅板
八兩	pueʔ21＞52(55) niũ52	八兩
倩	tsʰiã11	雇請
趁錢	tʰan11＞52 tsʰɨ35	賺錢
虧本	kʰui55＞33 pun52	賠錢
蝕本	siʔ55＞11 pun52	
了本	liau52＞35 pun52	
算數	sŋ11＞52 siau11	算賬
欠數	kʰiam11＞52 siau11	欠賬
賒數	sia55＞33 siau11	賒賬
討數	tʰo52＞35 siau11	討賬
拄數	tu52＞35 siau11	抵賬
銀行	gun35＞11 haŋ35	銀行
利息	li33＞11 sik21	利息
押金	aʔ21＞52 kim55	押金
骸踏車	kʰa55＞33 taʔ55＞11 tsʰia55	腳踏車
車碾	tsʰia55＞33 lian52	車輪
獨輪車	tɔk55＞11 lun35＞11 tsʰia55	單輪推車
駛車	sai52＞35 tsʰia55	開車

〔註6〕 從義看應是「舍」，但書母應讀陰調，或許與「社」混淆，現代國語也多有旅社、旅舍混用情形。

〔註7〕 《集韻》委遠切「鞎，量物之鞎」，與閩南各次方言音義俱合，應是本字。見李如龍主編：《漢語方言特徵詞研究》（廈門：廈門大學出版社，2001年），頁317。

搭車　　ta?21＞55　tsʰia55　　搭車
車站　　tsʰia55＞33　tsam33　　車站
火車　　hə52＞35　tsʰia55　　火車
車票　　tsʰia55＞33　pʰio11　　車票
篷船　　pʰaŋ35＞11　tsun35　　帆船
〔註8〕
討海船　tʰo52＞35　　　　漁船
　　　　hɨ35＞11　tsun35
過渡船　kə11＞52　　　　擺渡船
　　　　tɔ33＞11　tsun35
艬　　　kʰua11　　　　船擱淺
槳　　　tsiũ52　　　　船槳
飛機　　pə55＞33　ki55　　飛機

屋舍

住宅　　tsu33＞11　tʰe?55　　住宅
戍　　　tsʰu11　　　　房子
起戍　　kʰi52＞35　tsʰu11　　蓋房子
房　　　paŋ35　　　　房間
廳　　　tʰiã55　　　　廳堂
牆圍裏　tsʰiũ35＞11　　　中庭
　　　　ui35＞11　lai33
臨墀　　lim11　tĩ35　　台階
深井　　tsʰim55＞33　tsĩ52　　天井
巷頭　　haŋ33＞11　tʰau35　　走廊
古戍　　kɔ52＞35　tsʰu11　　平房
樓囝戍　lau35＞11　a33　　洋房
　　　　tsʰu11
走馬廊　tsau52＞35　　　陽台
　　　　bə52＞35　lɔŋ35
正門　　tsiã＞52　mŋ35　　正門
後尾門　au33＞11　　　　後門
　　　　bə52＞35　mŋ35
樓頂　　lau35＞11　tiŋ52　　樓上

〔註 8〕《廣韻》薄紅切,「織竹夾箸覆舟也」。
　　　李如龍認爲閩語引申其意。詳見李如龍
　　　主編:《漢語方言特徵詞研究》(廈門:
　　　廈門大學出版社,2001 年),頁 331。

樓骹　　lau35＞11　kʰa　　樓下
樓梯　　lau35＞11　tʰui55　　樓梯
梯　　　tʰui55　　　　梯子
戍脊　　tsʰu11＞52　tsit21　　屋脊
戍頂　　tsʰu11＞52/55　tiŋ52　屋頂
簾簷　　nĩ35＞11　tsĩ35　　屋簷
楹囝　　ĩ35＞11　a11　　檁
桷囝　　kak21＞55　　　椽子
　　　　g(＜ø)a55
中脊楹　tiɔŋ55＞33　　　中樑
　　　　tsit21＞55　ĩ35
樑　　　niũ35　　　　樑
地基　　tue33＞11　ki55　　地基
壁　　　pia?21　　　　牆
起壁　　kʰi52＞35　pia?21　築牆
□空　　iam＞11　kʰaŋ55　　陰溝
門板　　mŋ35＞11　pan52　　門板
戶□　　hɔ33＞11　tãi33　　門檻
門串　　mŋ35＞11　tsʰuã11　門栓
門牽　　mŋ35＞11　kʰian55　門環
門臼　　mŋ35＞11　kʰu33　　門墩
門倚　　mŋ35＞11　kʰia33　門框
鎖　　　so52　　　　鎖
鎖匙　　so52＞35　si35　　鑰匙
窗　　　tʰaŋ55＞33　a33　　窗
窗　　　tsʰɔŋ55
雨漏　　hɔ33＞11　lau33　　漏水
瓦　　　hua33　　　　瓦
甎　　　tsŋ55　　　　磚
瓦窯　　hua33＞11　io35　　瓦窯
□　　　hui35　　　　陶瓷
紅毛灰　aŋ35＞11　　　　水泥
　　　　mã35＞11　hə55
塗粉　　tʰɔ35＞11　hun52　灰塵
灰塵　　hue55＞33　tin35
戍邊　　tsʰu11＞52/55　pĩ55　鄰居
竈骹　　tsau11＞52　kʰa55　廚房
屎□　　sai52＞35　hak55　廁所

廁所　　tsʰe11＞55（52）
　　　　sɔ52

器具用品

□件	mŋʔ55＞11　kiã33	東西
家具	ka55＞33　ku33	家具
椅桌	i52＞35　toʔ21	
箱	siũ55	箱子
櫃	kui33	櫃子
櫥	tu35	櫥子
桌	toʔ21	桌子
桌囝	toʔ21＞55　a55	小桌子
圓桌	ĩ35＞11　toʔ21	圓桌
八仙桌	pat21＞55 sian55＞33　toʔ21	大方桌
長案桌	tiɔŋ35＞11 an11＞53　toʔ21	條案
食飯桌	tsiaʔ55＞11 pŋ33＞11　toʔ21	飯桌
櫥□	tu35＞11　tʰuaʔ11	抽屜
交椅	kau55＞33　i52	椅子
椅囝□	i52＞11 a52＞33　kuãi55	椅腿間橫木
麗椅	tʰe55＞33　i52	躺椅
椅條	i52＞35　liau35	長板凳
椅頭	i52＞35　tʰau35	小凳子
眠牀	bin35＞11　tsʰŋ35	床
眠牀枋	bin35＞11 tsʰŋ35＞11　paŋ55	床板
蠓帳	baŋ52＞35　tiũ11	帳子
□囝	tʰan52＞11　na33	毯子
被	pʰə33	被子
棉□	mĩ35＞11　tsioʔ21	棉花胎
被單	pʰə33＞11　tuã55	被面
牀巾	tsʰŋ35＞11　kun55	床單
草席	tsʰau52＞35　tsʰioʔ55	草蓆
竹席	tik21＞5　tsʰioʔ55	竹蓆
枕頭	tsim52＞35　tʰau35	枕頭

枕頭囊	tsim52＞35 tʰau35＞11　lɔŋ35	枕套
梳妝桌	sue55＞33 tsŋ55＞33　toʔ21	梳妝台
捋囷	luaʔ55＞luai11　a11	梳子
蝨箆	sat21＞55　piŋ11	除蝨細目梳
熨斗	ut21＞55　tau52	熨斗
針車	tsam55＞33　tsʰia55	縫紉機
針	tsam55	針
針穿	tsam55＞33　tsʰŋ55	針孔
針尾囝	tsam55＞33 bə52＞35　a52	針尖
紡車	pʰaŋ52＞35　tsʰia55	紡車
布機	pɔ11＞52　ki55	織布機
布梭	pɔ11＞52　so55	梭
大骹桶	tua33＞11 kʰa55＞33　tʰaŋ52	澡盆
面桶架	bin33＞11 tʰaŋ52＞35　ke11	臉盆架
鏡	kiã11	鏡子
齒□	kʰi52＞35　bin52	牙刷
牙齒	ge35＞11　kʰi52	假牙
耳鉤	hi33＞11　kau55	耳挖子
面巾	bin33＞11　kun55	毛巾
茶箍	te35＞11　kʰɔ55	傳統肥皂
saboen 音譯	sap52　bun35	西式肥皂
□ 〔註9〕	pʰeʔ55/pʰəʔ55	泡沫 （肥皂～）
籃	nã35	籃子
小籃	sue11＞52　nã35	小籃子

〔註9〕李如龍（2001）認爲此字爲「垡」，《廣
　　　韻》房越切，《集韻》「耕起土也」。閩
　　　南説「塗垡」即犁田時翻起的如波浪般
　　　的土塊，之後可能義有引伸，水、肥皂
　　　泡沫皆用此字。見李如龍主編：《漢語
　　　方言特徵詞研究》（廈門：廈門大學出
　　　版社，2001 年），頁 290。

竹篙	tik21＞55　ko55	竹竿(曬衣)
衫弓	sã55＞33　kiŋ55/kin55	衣架
□囝	tau33＞11　a11	馬桶
鱟桸	hau33＞11　hia55	大水勺
水□□	tsui52＞35　tsin＞11　nã11	一種水勺
火□	hə52＞35　tʰaŋ55	小火爐(取暖)
火箸	hə52＞35　tsʰə35	通條
燃□〔註10〕	hiã35＞11　tsʰa35	柴火
煙筒	ian55＞33　taŋ35	煙囪
籠牀	laŋ35＞11　sŋ35	蒸籠
鼎	tiã52	炒菜鍋
□鍋	hui35＞11　ə55	沙鍋
鍋蓋	ə55＞33　kua11	鍋蓋
煎匙	tsian55＞33　si35	鍋鏟
砧	tiam55	砧板
飯斗	pŋ33＞11　tau52	飯桶
碗	uã52	碗
大□	tua33＞11　kiaŋ55	大碗公
盤	puã35	盤
□囝	tiʔ55＞11　a11	碟子
鱟殼囝	hau33＞11　kʰak21＞55　g(＜ø)a55	小水勺、湯勺
湯匙	tʰŋ55＞33　si35	湯匙
箸	ti33	筷子
箸籠	ti33＞11　laŋ33	筷筒
鼎筅	tiã52＞35　tsʰãi52	鍋刷
茶罐	te35＞11　kɔ52	燒水用壺
滾水罐	kun52＞35　tsui35　kuan11	熱水瓶

茶壺	te35＞11　ɔ35	沏茶壺
小□□	sio52＞35　tsiɔŋ52＞35　kuan55	泡老人茶的小茶壺
茶甌	te35＞11　au55	茶杯
酒□	tsiu52＞35　tsin11	酒杯
甕囝	aŋ11＞55　a55	罈子
花□	hue55＞33　kan55	花瓶
米篩	bi52＞35　tʰai55	孔較大的篩子
米籮	bi52＞35　lo35	孔較小的篩子
篩斗	tʰai55＞33　tau52	篩麵粉用的篩子
□□	ka55＞33　lo52	洗菜用的篩子
銅擎	taŋ35＞11　tsʰuaʔ21	擦床(刨絲用)
桌布	toʔ21＞52　pɔ11	抹布
雞□笅	kue55＞33　mŋ35＞11　tsʰãi52	雞毛撢子
糞斗	pun11＞55(52)　tau52	畚箕
□□	lap21＞55　sap21	垃圾
糞掃	pun11＞52　so11	
漆	tsʰat21	漆
鉎	san55	銹
火炭	hə52＞35　tʰuã11	木炭
煤	muĩ35	煤
汽油	kʰi11＞52　iu35	汽油
火牌	hə52＞35　pai35	火柴
被□	pʰə33＞11　iaŋ33	背嬰兒的長布
斧頭	pʰɔ52＞35　tʰau35	斧頭
薅刀	kʰau55＞33　to55	刨刀
手鋸	tsʰiu52＞35　kɨ11	鋸子
鋸囝	kɨ11＞55　a55	
鋸鑢	kɨ11＞52　lue11	挫刀
鏨囝	tsam33＞11　a52	鑿石鐵錐
鉗囝	kʰĩ35＞11　a52	鉗子

〔註10〕疑爲「樵」，《廣韻》昨焦切，「柴也」。相關考證見李如龍主編：《漢語方言特徵詞研究》（廈門：廈門大學出版社，2001年），頁286。

虎頭鉗	hɔ52>35 thau35>11 khi35	虎頭鉗
角尺	kak21>55 tshioʔ21	曲尺
鐵釘	thiʔ21>55 tan55	鐵釘
夾囝	kiap21>55 a55	鑷子
索囝	soʔ21>55 a55	繩子
批殼	phue55>33 khak21	信封
鉸剪	ka55>33 tsian52	剪刀
印	in11	印章
糊	kɔ35	漿糊
電火	tian33>11 hə52	電燈
手電	tshiu52>35 tian33	手電筒
電池	tian33>11 ti35	電池
報紙	po11>52(55) tsua52	報紙

身體器官

身軀	sin55>33 khu55	身體
□身軀	kui55>33 sin55>33 khu55	「渾身」是汗
頭殼	thau35>11 khak21	頭
頭腦	thau35>11 nãu52	腦
頭殼頂	thau35>11 khak21>55 tiŋ52	頭頂
後□	au33>11 khɔk21	後腦杓
頷□	am35>11 kun52	脖子
頭□	thau35>11 mŋ35	頭髮
落頭□	lak21>55 thau35>11 mŋ35	掉頭髮
鬆	tshaŋ11	毛髮豎立
鬢□	pin11>55 sui55	鬢角
□囝	kə11>55 a55	辮子
□	kə11	髻
頭額	thau35>11 hiaʔ55	額頭
面	bin33	臉
喙顊	tshui11>52 phue52	臉頰
酒窟囝	tsiu52>35 khut21>55 l(<ø)a55	酒窩

目珠	bak55>11 tsiu55	眼睛
目䁀	bak55>11 khɔ55	眼眶
目珠仁	bak55>11 tsiu55>33 lin35	眼珠
白仁	peʔ55>11 lin35	白眼珠
烏仁	ɔ55>33 lin35	黑眼珠
目尾	bak55>11 bə52	眼角
目屎	bak55>11 sai52	眼淚
目屎膏	bak55>11 sai52>35 ko55	眼垢
目珠皮	bak55>11 tsiu55>33 phə35	眼皮
重唇	tiŋ35>11 sun35	雙眼皮
目珠眞□	bak55>11 tsiu55 tsin55>33 kim55	眼尖
目神眞好	bak55>11 sin35 tsin55>33 ho52	眼好
目睫□	bak55>11 tsiaʔ21>52 mŋ35	眼睫毛
目眉□	bak55>11 bai35 mŋ35	眉毛
鼻囝	phi33>11 a11	鼻子
鼻	phi33	鼻涕
鼻水	phi33>11 tsui52	鼻水
鼻屎	phi33>11 sai52	鼻垢
鼻空	phi33>11 khaŋ55	鼻孔
好鼻□	ho52>35 phi33>11 sai55	鼻子靈
喙	tshui11	嘴
喙唇	tshui11>52 tun35	嘴唇
頂唇	tiŋ52>35 tun35	上唇
下唇	e33>11 tun35	下唇
喙□	tshui11>52 nuã33	唾液
舌	tsiʔ55	舌頭
喙齒	tshui11>52 khi52	牙齒
門牙	mŋ35>11 ge35	門牙
後□	au33>11 tsan55	臼齒
□牙	giaŋ11>52 ge35	齙牙

蛀齒	tsiu11＞52　kʰi52	蛀牙
喙齒瘍	tsʰui11＞52	牙垢
	kʰi52＞35　siũ35	
牙槽	ge35＞11　tso35	牙床
耳□	hi33　a33	耳朵
耳珠	hi33＞11　tsu55	耳垂
耳屎	hi33＞11　sai52	耳垢
耳空好	hi33＞11　kʰaŋ55	耳尖
	ho52	
臭耳聾	tsʰau11＞52	耳背
	hi33＞11　laŋ35	
耳空輕	hi33＞11	耳朵軟
	kʰaŋ55＞33　kʰiŋ55	
喙下斗	tsʰui11＞52	下巴
	e33＞11　tau52	
□喉	nã35＞11　au35	喉嚨
喙鬚	tsʰui11＞52　tsʰiu55	鬍子
鬍鬚	hɔ35＞11　tsʰiu55	絡腮鬍
肩頭	kan55＞33　tʰau35	肩膀
肩頭骨	kan55＞33	肩胛骨
	tʰau35＞11　kut21	
手骨	tsʰiu52＞35　kut21	胳膊
手後□	tsʰiu52＞35	手肘
	au33＞11　sĩ55	
□空	kue52（合音）　kʰaŋ55	胳肢窩
手	tsʰiu52	手
倒手	to11＞52　tsʰiu52	左手
正手	tsiã11＞52　tsʰiu52	右手
□頭	tsiŋ52＞35　tʰau35	手指
□頭母	tsiŋ52＞35	大拇指
	tʰau35＞11　bu52	
指指	ki52＞35　tsãi52	食指
中指	tiɔŋ55＞33　tsãi52	中指
尾指	bə52＞35　tsãi52	小拇指
□甲	tsiŋ52＞35　kaʔ21	指甲
拳頭	kun35＞11　tʰau35	拳頭
手掌	tsʰiu52＞35　tsiɔŋ52	手掌
手心	tsʰiu52＞35　sim55	手心
手盤	tsʰiu52＞35　puã35	手背

手液	tsʰiu52＞35　sioʔ55	手汗
骹腿	kʰa55＞33　tʰui52	腿
大腿	tua33＞11　tʰui52	大腿
小腿	sio52＞35　tʰui52	小腿
骹肚	kʰa55＞33　tɔ52	小腿肚
骹鼻□	kʰa55＞33	脛骨
	pʰi33＞11　liam35	
骹頭□	kʰa55＞33	膝蓋
	tʰau35＞11　hu55	
骹□	kʰa55＞33　kʰiau55	膝蓋窩
骹縫	kʰa55＞33　pʰaŋ33	胯擋
骹穿	kʰa55＞33　tsʰŋ55	屁股
骹穿頭	kʰa55＞33	肛門
	tsʰŋ55＞33　tʰau35	
骹穿顿	kʰa55＞33	屁股瓣
	tsʰŋ55＞33　pʰue52	
□□	lan＞11　tsiau52	陰莖
□□	lan＞11　pʰa55	陰囊
□□	lan＞11　hut55	睪丸
□囝	tsiau52＞35　a52	男童性器
□□	tsi55＞33　bai55	女陰
相幹	sio55＞33　kan11	性交
□	siau35	精液
骹目	kʰa55＞33　bak55	腳踝
骹	kʰa55	腳
骹盤	kʰa55＞33　puã35	腳背
骹□底	kʰa55＞33	腳心
	tsʰioʔ21＞52　tue52	
骹□頭	kʰa55＞33	腳指頭
	tsiŋ52＞35　tʰau35	
骹後□	kʰa55＞33	腳後跟
	au33＞11　tĩ55	
骹液	kʰa55＞33　sioʔ55	腳汗
骹跡	kʰa55＞33　liaʔ21	腳印
心肝	sim55＞33　kuã55	心口
胸坎	hiŋ55＞33　kʰam52	胸脯
胸坎骨	hiŋ55＞33	肋骨
	kʰam52＞35　kut21	

胛脊骿〔註11〕	ka?21＞55 tsia?21＞55 pʰiã55	背
胛脊	ka?21＞55 tsia?21	脊椎
龍船骨	liŋ35＞11 tsun35＞11 kut21	脊椎連肋骨
骨髓	kut21＞55 tsʰə52	骨髓
□	lin55	乳房
□水	lin55＞33 tsui52	奶汁
腹肚	pak21＞55 tɔ52	肚子
腹臍	pak21＞55 tsai35	肚臍
腰	io55	腰
旋	tsŋ33	髮漩
□頭囝痕	tsiŋ52＞35 tʰau35＞11 a33 hun35	指紋
䐃	lə35	斗圓形指紋
糞箕	pun11＞55 ki55	箕畚箕形指紋
□管□	mŋ35＞11 kŋ52＞35 mŋ35	汗毛
汗	kuã33	汗
生銑	sĩ55＞33 san55	皮垢
垢	kau52	
痣	ki11	痣
腰子	io55＞33 tsi52	腎臟
肺	hi11	肺臟

親屬

祖宗	tsɔ52＞35 tsɔŋ55	祖宗
長輩	tioŋ52＞35 pue11	長輩
頂□	tiŋ52＞35 un35	
下□	e33＞11 un35	晚輩
親情	tsʰin55＞33 tsiã35	親戚
□夫祖	ta55＞33	曾祖父

	pɔ55＞33 tsɔ52	
□姥祖	tsa52＞35 bɔ52＞35 tsɔ52	曾祖母
祖	tsɔ52	曾祖父母
阿公	a55＞33 kɔŋ55	祖父、外祖父
□公	an52＞35 kɔŋ55	祖父
阿媽	a55＞33 mã52	祖母、外祖母
□媽	an52＞35 mã52	祖母
外公	gua33＞11 kɔŋ55	外祖父
外媽	gua33＞11 mã52	外祖母
□	pa35	父親
□□	am（＜n）52＞35 pa35	
阿娘	a55＞33 niã35	母親
□母	am（＜n）52＞35 bu52	
丈儂	tiũ33＞11 laŋ35	岳父
丈□	tiũ33＞11 m52	岳母
□官	ta55＞33 kuã55	公公
□家	ta55＞33 ke55	婆婆
阿叔	a55＞33 tsik21	繼父
阿姨	a55＞33 i35	繼母
契□	kʰue11＞52 pe33	乾爹
契母	kʰue11＞52 bu52	乾媽
阿伯	a55＞33 pe?21 pe?21 a0	伯父
□□	m52 a0	伯母
□叔	an52＞35 tsik21	叔父
□嬸	an52＞35 tsim52	叔母
□舅	an52＞35 ku33	舅父
□妗	an52＞35 kim33	舅母
阿姑	a55＞33 kɔ55 an52＞35 kɔ55	姑媽
阿姨	a55＞33 i35	姨媽
□姨	an52＞35 i35	
姑丈	kɔ55＞33 tiũ33	姑丈

〔註11〕 李如龍（2001）認為 pʰiã55 乃「骿」，《集韻》湃丁切，肋骨之意。詳見李如龍主編：《漢語方言特徵詞研究》（廈門：廈門大學出版社，2001 年），頁 331。

□丈	an52＞35　tiũ33	姑丈、姨丈面稱	
姨丈	i35＞11　tiũ33	姨丈	
姑婆	kɔ55＞33　po35	姑奶奶	
姨婆	i35＞11　po35	姨奶奶	
翁姥	aŋ55＞33　bɔ52	夫妻	
細姨	sue11＞52　i35	小老婆	
大姑	tua33＞11　kɔ55	大姑	
大舅	tua33＞11　ku33	大舅子	
細漢舅	sue11＞52　han11＞52　ku33	小舅子	
大姨	tua33＞11　i35	大姨子	
阿兄	a55＞33　hiã55	哥哥	
□哥	an52＞35　ko55		
□嫂	an52＞35　so52	嫂子	
□細	an52＞35　sue11	弟弟面稱	
小弟	sio52＞35　ti33	弟弟背稱	
小嬸	sio52＞35　tsim52	弟媳	
□姊	an52＞35　tse52	姊姊	
姊□	tse52　a0		
姊夫	tse52＞35　hu55	姊夫	
小妹	sio52＞35　bə33	妹妹	
妹婿	bə33＞11　sai11	妹夫	
堂兄	tɔŋ35＞11　hiã55	堂兄	
隔腹大□	keʔ21＞52　pak21＞55　tua33　e0		
隔腹小□	keʔ21＞52　pak21＞55　sue11　e0	堂弟	
隔腹姊	keʔ21＞52　pak21＞55　tse52	堂姊	
隔腹小妹	keʔ21＞52　pak21＞55　sio52＞35　bə33	堂妹	
表兄	piau52＞35　hiã55	表哥	
表嫂	piau52＞35　so52	表嫂	
表細	piau52＞35　sue11	表弟	
表小弟	piau52＞35　sio52＞35　ti33		
表姊	piau52＞35　tse52	表姊	

表小妹	piau52＞35　sio52＞35　bə33	表妹	
□細	si＞11　sue11	晚輩	
囝孫	kiã52＞35　sun55	子孫	
雙生	saŋ55＞33　sĩ55	雙胞胎	
後生	hau33＞11　sĩ55	兒子	
大囝	tua33＞11　kiã52	最大的兒子	
大漢後生	tua33＞11　han11＞52　hau33＞11　sĩ55		
細漢後生	sue11＞52　han11＞52　hau33＞11　sĩ55	最小的兒子	
抱來飼□	pʰo33＞11　lai35＞11　tsʰi33　e0	養子	
養子	iɔŋ52＞35　tsɨ52		
契囝	kʰue11＞52　kiã52	乾兒子	
新婦	sim(＜n)55＞33　pu33	兒媳婦	
□姥囝	tsa52＞35　bɔ52＞35　kiã52	女兒	
囝婿	kiã52＞35　sai11	女婿	
孫	sun55	孫子	
孫新婦	sun55＞33　sim(＜n)55＞33　pu33	孫媳婦	
□姥孫	tsa52＞35　bɔ52＞35　sun55	孫女	
孫婿	sun55＞33　sai11	孫女婿	
□□孫	kã52＞35　nã52＞35　sun55	重孫/孫女	
外孫	gua33＞11　sun55	外孫	
外□姥孫	gua33＞11　tsa52＞35　bɔ52＞35　sun55	外孫女	
外甥	gue33＞11　siŋ55	外甥	
外甥女	gue33＞11　siŋ55＞33　lɨ52	外甥女	
姪囝	tit55＞11　l(＜ø)a52	姪子	
姪女	tit55＞11　lɨ52	姪女	
大細間	tua33＞11　sue11＞52　kãi55	連襟	

同姒囝	taŋ35＞11 sai33＞11 a52	妯娌
親家	tsʰin55＞33 ke55	親家
親姆	tsʰĩ55＞33 m52	親家母
外家	gua33＞11 ke55	娘家
裏家	lai33＞11 ke55	婆家
母囝	bu52＞35 kiã52	母子(女)
爸囝	pe33＞11 kiã52	父子(女)
兄弟	hiã55＞33 ti33	兄弟
姊妹囝	tsi52＞35 bə33＞11 a52	姊妹

稱謂

男	lam35	男
女	li52	女
□夫	ta55＞33 pɔ55	男人
□□	tsa52＞35 bɔ52	女人
嬰囝	ĩ55＞33 a33	嬰兒
□夫囝	ta55＞33 pɔ55＞33 kiã52	男孩(自己的)
□夫囝囝	ta55＞33 pɔ55＞33 kin52＞11 a33	男孩(別人的)
□□囝	tsa52＞35 bɔ52＞35 kiã52	女孩(自己的)
□□囝囝	tsa52＞35 bɔ52＞35 kin52＞11 a33	女孩(別人的)
老阿伯	lau33＞11 a55＞33 peʔ21	老頭
老□囝	lau33＞11 hə33 a33	老頭子(貶義)
老阿婆	lau33＞11 a55＞33 po35	老太婆
少年家	siau11＞52 lian35＞11 ke55	小夥子
都市儂	tɔ55＞33 tsʰi33＞11 laŋ35	城裏人
鄉□儂	hiũ55＞33 kʰa55＞33 laŋ35	鄉下人
莊□儂	tsŋ55＞33 kʰa55＞33 laŋ35	

外地儂	gua33＞11 tue33＞11 laŋ35	外地人
出外儂	tsʰut21＞55 gua33＞11 laŋ35	
在地儂	tsai33＞11 tue33＞11 laŋ35	本地人
外國儂	gua33＞11 kɔk21＞55 laŋ35	外國人
家己儂	kai55＞33 ki33＞11 laŋ35	自己人
外儂	gua33＞11 laŋ35	外人
儂客	laŋ35 kʰeʔ21	客人
十一叔	tsap55＞11 it21＞55 tsik21	單身漢
老姑婆	lau33＞11 kɔ55＞33 po35	老姑娘
飼新婦	tsʰi33＞11 sim(＜n) 55＞33 pu33	童養媳
破□	pʰua11＞52 ba35	婊子
婊囝	piau52＞35 kiã52	婊子養的(詈語)
□兄	kʰeʔ21＞52 hiã55	情夫
犯儂	huan33＞11 laŋ35	囚犯
□尾囝囝	liau52＞35 bə52＞35 a33 kiã52	敗家子
乞食	kʰit21＞55 tsiaʔ55	乞丐
諞仙	pian52＞35 sian55	騙子
□□	lɔ35＞11 muã35	流氓惡棍
土匪	tʰɔ52＞35 hui52	土匪
強□	kiɔŋ35＞11 kɔŋ11	強盜
賊囝	tsʰat55＞11 l(＜ø)a11	賊
長工	tŋ35＞11 kaŋ55	長工
作穡儂	tsoʔ21＞52 sit21＞55 laŋ35	農夫
生理儂	siŋ55＞33 li33＞11 laŋ35	商人
頭家	tʰau35＞11 ke55	老闆
□主	tsʰu11＞55 tsu52	房東

頭家娘	tʰau35＞11 ke55＞33 niũ35	老闆娘
夥計	hə52＞35　ki11	店員
師囝	sai55＞33　a52	學徒
徒弟	tɔ35＞11　te33	
主顧	tsu52＞35　kɔ11	顧客
先生	sian55＞33　sĩ55	老師
學生	hak55＞11　siŋ55	學生
同學	taŋ35＞11　oʔ55	同學
朋友	piŋ35＞11　iu52	朋友
先生	sian55＞33　sĩ55	醫生
司機	sɨ55＞33　ki55	司機
木師	bak55＞11　sai55	木匠
作木囝	tsue11＞52　bak21 e0	
塗水師	tʰɔ35＞11 tsui52＞35　sai55	泥水匠
拍鐵師	pʰaʔ21＞52 tʰiʔ21＞52　sai55	鐵匠
作衫囝	tsue11＞52/55　sã55 e0	裁縫
剃頭師	tʰi11＞52 tʰau35＞11　sai55	理髮師
治豬囝	tʰai35＞11　ti55　e0	屠戶
公親	kɔŋ55＞33　tsʰin55	調解人
下骹手	e33＞11 kʰa55＞33　tsʰiu52	屬下
總鋪師	tsɔŋ52＞35 pʰɔ11＞52　sai55	廚師
囝囝	kan52＞11 n(＜ø)a52＞33	婢女
轉臍	tŋ52＞35　tsai35	接生婆
鬼	kiau52＞35　kui52	賭棍
和尚	hə35＞11　siũ33	和尚
尼姑	nĩ35＞11　kɔ55	尼姑
茶姑	tsʰai11＞52　kɔ55	師姐
師公	sai55＞33　kɔŋ55	道士
道士	tɔ33＞11　si33	

童囝	taŋ13＞11　ki33	乩童
儂	hm35＞11　laŋ35	媒人
母	nĩ52＞35　bu52	奶媽
皇帝	hɔŋ35＞11　te11	皇帝
郡主	kun33＞11　tsu52	郡主
將軍	tsiɔŋ11＞55　kun55	將軍
武將	bu52＞35　tsiɔŋ11	武將
元帥	uan35＞11　sue11	元帥

疾病醫療

病	pʰua11＞52　pĩ33	生病
病有起色	pĩ33　u33＞11 kʰi52＞35　sik21	病輕了
去與先生看	kʰɨ11＞55　hɔ33＞11 sian55＞33 sĩ55＞33　kʰuã11	看病
候脈	hau33＞11　beʔ55	把脈
開藥單	kʰui55＞33 ioʔ55＞11　tuã55	開藥方子
藥	tʰe33＞11　ioʔ55	抓藥
藥房	ioʔ55＞11　paŋ35	藥鋪
研槽	giŋ52＞35　tsɔ35	研船（船形磨藥用）
藥罐囝	ioʔ55＞11 kuan11＞55　a55	藥罐
煎藥	tsuã55＞33　ioʔ55	煎藥（動賓）
藥渣	ioʔ55＞11　tse55	藥渣
藥膏	ioʔ55＞11　kɔ55	藥膏
抹藥膏	buaʔ21＞52 ioʔ55＞11　kɔ55	抹藥膏
糊藥膏	kɔ35＞11 ioʔ55＞11　kɔ55	上藥膏
藥水	tam11＞52 ioʔ55＞11　tsui52	擦藥水
拍銀針	pʰaʔ21＞52 gun35＞11　tsam55	針灸
落屎	lauʔ21＞52　sai52	腹瀉
發燒	huat21＞55　sio55	發燒

畏寒　　ui11＞52　kuã35　　發冷
□□管　tsʰi11＞52　　　　起雞皮疙瘩
　　　　mŋ35＞11　kŋ52
寒著　　kuã35　tioʔ0　　　著涼
感冒　　kam52＞35　mã33　　感冒
拍□□　pʰaʔ21＞52　　　　　打噴嚏
　　　　kʰa55＞33　tsʰiũ11
嗽　　　sau11　　　　　　　咳嗽
大心氣　tua33＞11　　　　　倒抽一口氣
　　　　sim55＞33　kʰui11
氣喘　　kʰi11＞52　tsʰuan52　氣喘
著□　　tioʔ55＞11　sua55　中暑
搦□　　liaʔ55＞11　sua55　抓痧
火氣大　hə52＞35　kʰi11　　上火
　　　　tua33
腹肚□　pak21＞55　tɔ52　　肚子痛
　　　　tʰiã11
頭殼眩　tʰau35＞11　kʰak21　頭暈
　　　　hin35
眩車　　hin35＞11　tsʰia55　暈車
頭□　　tʰau35　tʰiã11　　頭疼
劈□吐　gioŋ33＞11　　　　噁心欲吐
〔註12〕bəʔ21＞55　tʰɔ11
出□　　tsʰut21＞55　pʰiaʔ55　發麻疹
出水珠　tsʰut21＞55　　　　水痘
　　　　tsui52＞35　tsu55
傷寒　　sioŋ55＞33　han35　傷寒
□臼　　tʰut55＞11　kʰu33　脫臼
流血　　lau35＞11　huiʔ21　出血
流血　　liu35＞11　hiat21
烏青　　ɔ55＞33　tsʰĩ55　　瘀血

伏膿　　pu33＞11　laŋ35　　化膿
發□　　huat21＞55　hɔŋ35　發炎
堅疕　　kian55＞33　pʰi52　結痂
跡　　　liaʔ21　　　　　　疤
粒疒　　liap55＞11　a11　　瘡
痔瘡　　ti33＞11　tsʰŋ55　痔瘡
墜腸　　tui33＞11　tioŋ35　疝氣
吐大腸　tʰɔ52＞35　　　　脫肛
頭　　　tua33＞11
　　　　tŋ35＞11　tʰau35
癬　　　sian52　　　　　　癬
著癬　　tioʔ55＞11　sian52　長癬
□疒　　tʰiau35＞11　a11　粉刺
〔註13〕
發痱　　huat21＞55　pui11　長痱子
痱疒　　pui11＞55　a55　　痱子
水腫　　tsui52＞35　tsiŋ52　水腫
願　　　ham11　　　　　　臉浮腫
中風　　tioŋ11＞55　hoŋ55　中風
□遂　　pian11＞52　sui33　癱瘓
瘸骹　　kʰə35＞11　kʰa55　瘸子
□□　　kʰiau55＞33　ku55　駝背
戽斗　　hɔ11＞52　tau52　　凸下巴
實鼻　　tsat55＞11　pʰi33　鼻塞
啞聲　　e52＞35　siã55　　聲音沙啞
□聲　　sau55＞33　siã55
重句　　tiŋ35＞11　ku11　口吃
啞□　　e52＞35　kau52　　啞巴
臭耳聾　tsʰau11＞52　　　聾子
　　　　hi33＞11　laŋ35
青盲　　tsʰĩ55＞33　mĩ35　瞎子
脫窗　　tʰuaʔ21＞52　tʰaŋ55　鬥雞眼

〔註12〕楊秀芳（1991）認爲此字爲「劈」，廣韻其兩切「迫也，勉力也」。閩gioŋ⁷bəʔ⁴意爲「即將要」，gioŋ⁷有急迫、立刻之意，疑即此字。見《台灣閩南語語法稿》（台北：大安出版社，1991年），頁114。

〔註13〕依徐芳敏（2003）研究，此字疑爲「癑」，《廣韻》直魚切「癑，瘢也」，相關考證礙於篇幅，請見《閩南方言本字與相關問題探索》（台北：大安出版社，2003年），頁52～53。

瞀	bu33	看不清楚
□	lo35	
□	bɔŋ33	
缺喙	kʰiʔ21>52　tsʰui11	兔唇
十一指	tsap55>11 it21>55　tsãi52	六指
過著	kə11　tioʔ0	傳染
□□	tʰai52>35　ko55	痲瘋
黃疸	ŋ̍35>11　tã52	黃疸
□面	niãu55>33　bin33	麻子
肺癆	hi11>52　lo35	肺癆
起□	kʰi52>35　siau52	發瘋
□□	siau52　e0	瘋子
禿額	tʰuʔ21>55　hiaʔ55	前額光禿面大
倒手拐	to11>52 tsʰiu52>35　kuai52	左撇子
□著	lau52　tioʔ0	扭傷
拐著	kuai52　tioʔ0	拐傷
□著	kɔŋ11　tioʔ0	撞傷
割著	kuaʔ21　tioʔ0	割傷
插著	tsʰaʔ21　tioʔ0	刺傷
□著	tsan35　tioʔ0	

服飾

妝	tsŋ55	打扮
衫□	sã55>33　tsʰiŋ33	衣著
衫褲	sã55>33　kʰɔ11	衣服
胛囝	kaiʔ21>55　a55	男生內衣
長衫	tŋ35>11　sã55	長衫
馬褂	be52>35　kua11	馬褂
旗袍	ki35>11　pʰau11	旗袍
羊□衫	iũ35>11 mŋ35>11　sã55	毛衣
羊□	iũ35>11　mŋ35	毛線
羊□線	iũ35>11 mŋ35>11　suã11	毛線
棉□	mĩ35>11　hiu35	棉襖

大□	tua33>11	kʰut55	大衣
□衫	hun>11	sã55	襯衫
下骹不〔註14〕	e33>11 kʰa55>33　pɔ35		車邊
裏裏	lai33>11	li52	裏子
拗不〔註15〕	au52>35	pɔ35	加內裏邊布
領	niã52		領子
手椀	tsʰiu52>35	ŋ52	袖子
裙	kun35		裙子
褲	kʰɔ11		褲子
落袋	lak21>55	tə11	口袋
紐	liu52		大鈕釦
紐囝	liu52>35 a52 liu52>11 a33		小鈕釦
鞋	ue35		鞋子
鞋□	ue35>11	bin52	鞋刷
淺拖	tsʰian52>35	tʰua55	拖鞋
皮鞋	pʰə35>11	ue35	皮鞋
布鞋	pɔ11>52	ue35	布鞋
鞋帶	ue35>11	tua11	鞋帶
鞋□	ue35>11	tsu33	鞋墊
縛骹布	pak55>11 kʰa55>33　pɔ11		裏腳布
靴	hia55		靴子
屐	tsʰa35	kʰiaʔ55	木屐
水鞋	tsui52>35	ue35	短筒雨鞋
雨鞋	hɔ33>11	ue35	長筒雨鞋
襪	bəʔ55		襪子
帽囝	bo33>11	a11	帽子
笠	lueʔ55		斗笠
手環	tsʰiu52>35	kʰuan35	鐲子

〔註14〕 參楊秀芳（2004）〈從「鄂不韡韡」看「蓮房」與「蓮蓬」〉,《漢藏語研究：龔煌城先生七秩壽慶論文集》（台北：中央研究院語言學研究所，2004年）。

〔註15〕 同上註。

手指	tsʰiu52>35	tsi52	戒指
□鍊	pʰuã55>33	lian33	項鍊
金鍊	kim5533	lian33	
針□	tsam55>33	pin52	別針
橡□環	tsʰiũ33>11 nĩ55>33	kʰuan35	橡皮筋
□囝弓	kə55 a52	kiŋ55	簪子
耳栓	hi33>11	sŋ55	耳環
胭脂	ian55>33	tsi55	胭脂
粉	hun52		粉
圍巾	ui35>11	kun55	圍裙
手巾	tsʰiu52>35	kun55	手帕
圍巾	ui35>11	kun55	圍巾
手套	tsʰiu52>35	tʰo11	手套
目鏡	bak55>11	kiã11	眼鏡
雨傘	hɔ33>11	suã11	傘
手錶	tsʰiu52>35	pio52	手錶
皮包	pʰə35>11	pau55	皮包
錢包	tsĩ35>11	pau55	錢包

婚喪喜慶

作親情	tsue11>52 tsʰin55>33	tsiã35	作媒
看好日	kʰuã11>52 ho35 lit55		看日子
□定	teʔ21>52	tiã33	訂婚
□餅	hãi35>11	piã52	訂婚送餅
聘金	pʰiŋ11>52	kim55	聘禮
嫁妝	ke11>55(52)	tsŋ55	嫁妝
花轎	hue55>33	kio33	花轎
作客	tsue11>52	kʰeʔ21	出嫁
迎□	ŋiã35>11	tsʰua33	迎娶
Kawin的音譯	kau55>33	in35	結婚
□圓	hãi35>11	ĩ35	結婚送湯圓
拜天地	pai11>52 tʰĩ55>33	tue33	拜堂
囝婿	kiã52>35	sai11	新郎

新娘	sin55>33	niũ35	新娘
新娘房	sin55>33 niũ35>11	paŋ35	新房
三日客	sã55>33 lit55>11	kʰeʔ21	婚後回門
與人招	hɔ33>11 laŋ35>11	tsio55	入贅
二緣	li33>11	ian35	寡婦再嫁
有身	u33>11	sin55	懷孕
病囝	pĩ33>11	kiã52	害喜
落胎	lauʔ21>52	tʰə55	流產
□囝	tʰut55>11	kiã52	墮胎
絕種	tsəʔ55>11	tsiŋ52	絕種
衣	ui55		胎盤
作月裏	tsue11>52 gəʔ55>11	lai33	坐月子
滿月	muã52>35	gəʔ55	小孩滿月
□油飯	hãi13>11 iu35>11	pŋ33	生男滿月送油飯
頭養	tʰau35>11	tsiũ33	頭胎
食□	tsiaʔ55>11	lin55	吃奶
噦□	əʔ21>55	lin55	吐奶
尿□	lio33>11	tsu33	尿布
洩尿	tsʰua33>11	lio33	尿床
臭尿	tsʰau1152 lio3311 pʰua11		尿臊味
度晬	tɔ3311	tsə11	週歲
喪事	sɔŋ55>33	sɨ33	喪事
□喪	bai11	siɔŋ55	親友弔唁
過身	kə11>52	sin55	過世
□	kʰiau55		
□	tsʰua11		
□	ŋiãu55/11		
淹死	im55	si0	淹死
沉死	tim35	si0	
□死	tu33	si0	
吊脰	tiau11>52	tau33	上吊
毒死	tʰau33	si0	毒死

棺□	kuã55＞33	tsʰa35	棺材
落棺	loʔ55＞11	kuan55	入殮
守棺	siu52＞35	kuan55	守靈
金斗甕	kim55＞33 tau52＞35	aŋ11	骨灰罈
作七日	tsue11＞52 tsʰit21＞55	lit55	作七
誦經	sioŋ33＞11	kiŋ55	誦經
帶孝	tua11＞52	ha11	戴孝
孝杖	ha11＞52	tʰŋ33	哭喪棒
送葬	saŋ11＞52	tsoŋ11	送葬
出山	tsʰut21＞55	suã55	出殯
金紙	kim55＞33	tsua52	金紙
□囝□	bɔŋ/bɔ33＞11 a11 pɔ55		墓地
□墳山	bɔŋ33＞11 hun35＞11	suã55	
墓牌	bɔ33＞11	pai35	墓碑
掛墓紙	kui11＞52 bɔ33＞11	tsua52	掃墓
祭□	tsi11＞52	tse11	祭祀
供	kiŋ11		上供
祖□	tsɔ52＞35	tsʰu11	祠堂
神主牌	sin35＞11 tsu52＞35	pai35	靈位
□卦	puaʔ55＞11	kua11	卜卦
佛龕	put55＞11	kʰam55	佛龕
拜佛	pai11＞52	put55	拜菩薩
菩薩	pʰɔ35＞11	sat21	菩薩
獅爺	sai55＞33	ia35	風獅爺
竈□公	tsau11＞52 kuan55＞33/kun33	kɔŋ55	灶王爺
土地公廟	tʰɔ52＞35 ti33＞11 kɔŋ55＞33	bio33	土地公廟
關帝廟	kuan55＞33 te11＞52	bio33	關帝廟
文昌帝君	bun35＞11 tsʰioŋ55＞33 te11＞52	kun55	文昌君
蠟燭	laʔ55＞11	tsik21	蠟燭
燒香	sio55＞33	hiũ55	燒香
香□	hiũ55＞33	hu55	香灰
香爐	hiũ55＞33	lɔ35	香爐
抽籤	tʰiu55＞33	tsʰiam55	求籤
籤詩	tsʰiam55＞33	si55	籤詩
□	pue55		筊
□□	siũ33＞11	pue55	聖筊（神允所求）
陰□	im5533	pue55	陰筊（凶）
笑□	tsʰio11＞55(52) pue55		笑筊（不示吉凶）
剝字	tʰiaʔ2152	li33	測字
算命	sŋ1152	miã33	算命
命運	miã33＞11	un33	命運
劫數	kiap21＞55	sɔ11	劫數
咒誓	tsiu11＞52	tsua33	發誓
發願	huat21＞55	guan33	發願
謝願	sia33＞11	guan33	還願

文化教育

學堂	oʔ55＞11	tŋ35	學校
學校	hak55＞11	hau33	
讀冊	tʰak55＞11	tsʰeʔ21	上學
私塾	si55＞33	siɔk55	私塾
放假	paŋ11＞52	ke11	放假
課堂	kʰo11＞52	tŋ35	教室
教室	kau11＞52	sik21	
上課	sioŋ33＞11	kʰo11	上課
落課	loʔ55＞11	kʰo11	下課
烏板	ɔ55＞33	pan52	黑板
烏板擦	ɔ55＞33 pan52＞35	tsʰat21	板擦
粉筆	hun52＞35	pit21	粉筆
書	tsɨ55		書
簿	pʰɔ33		本子
鉛筆	ian35＞11	pit21	鉛筆

橡□擦	tsʰiũ33＞11 nĩ55＞33 tsʰat21	橡皮擦
鉛筆蘼	ian35＞11 pit21＞55 kʰau55	削鉛筆器
古冊	kɔ52＞35 tsʰeʔ21	古籍
毛筆	mɔ̃55＞33 pit21	毛筆
筆□	pit21＞55 tʰat21	筆蓋
筆筒	pit21＞55 taŋ35	筆筒
墨汁	bak55＞11 tsap21	墨汁
硯	hĩ33	硯台
搵筆	un11＞52 pit21	順毛筆
渡	tɔ33	墨滴暈開
書包	tsi55＞33 pau55	書包
尺	tsʰioʔ21	尺
讀冊人	tʰak55＞11 tsʰeʔ21＞52 laŋ35	讀書人
別字□	pat21＞55 li33 e0	識字的
□別字 □	m̩11 pat21＞55 li33 e0	文盲
青盲牛	tsʰĩ55＞33 mĩ35＞11 gu35	
斡唸	uat55＞11 liam33	背書
考試	kʰo52＞35 tsʰi11	考試
鴨母卵	aʔ21＞52 bu52＞35 nŋ33	零分
頭名	tʰau35＞11 miã35	第一名
尾名	be52＞35 miã35	吊車尾
論語	lun35＞11 gi52	論語
孔子	kʰɔŋ52＞35 tsi52	孔子
孟子	biŋ3311 tsi52	孟子

文體活動

□□	tsʰit21＞5 tʰo35	玩耍
活動	uaʔ55＞11 taŋ33	活動
畫	ui33	畫畫
□像	hip21＞55 sioŋ33	照相
像頭	sioŋ33＞11 tʰau35	證件照
風吹	huaŋ55＞33 tsʰə55	風箏

覕廝□	biʔ21＞52 sa55＞33 tsʰə33	捉迷藏（找出預先藏好的伙伴）
□呼雞	ŋ̍55＞33 kʰɔ55＞33 kue55	捉迷藏（矇住眼睛摸索身旁的玩伴）
踢□	tʰat21＞55 kian11	踢毽子
□骰囝	puaʔ55＞11 tau35＞11 a52	擲骰子
放炮	paŋ11＞52 pʰau11	放炮
象棋	tsʰiũ33＞11 ki35	象棋
行棋	kiã35＞11 ki35	下棋
□索	kʰiu52＞35 soʔ21	拔河
跳索	tʰiau11＞52 soʔ21	跳繩
洄水	siu35＞11 tsui52	游泳
拋□□	pʰa55＞33 lin11＞ 55 tau(kau)52	翻跟斗
正□□	tsiã11＞52 lin11＞ 55 tau(kau)52	向前翻
倒□□	to11＞52 lin11＞55 tau(kau)52	向後翻
踏蹺	taʔ55＞11 kʰiau55	踩高蹺
徛飛魚	kʰia33＞11 pə55＞33 hi35	倒立
弄獅	laŋ33＞11 sai55	舞獅
□韆鞦	hiu11＞52 tsʰian55＞33 tsʰiu55	盪鞦韆
□龍船	pe35＞11 liŋ35＞11 tsun35	划龍船
□儡戲	ka55＞33 lə52＞35 hi11	傀儡戲
歌囝戲	kuai55＞33 a52＞35 hi11	歌仔戲
□□戲	kau52＞35 kaʔ21＞52 hi11	武行戲
文□戲	bun35＞11 tsʰut55＞11 hi11	非武行戲
煞場	suaʔ2152 tiũ35	戲結束
□琶	ki35＞11 pe35	琵琶

□囝	pʰin52＞11	a33	笛子
□囝	pi55＞33	a33	哨子
音樂	im55＞33	gak55	音樂
顏色	gan35＞11	sik21	顏色
奪猜	ioʔ21＞55	tsʰai55	猜謎
講古	kɔŋ52＞35	kɔ52	講故事
廝輸	sa55＞33	su55	打賭
喝拳	huaʔ21＞52	kun35	划拳
□□	puaʔ55＞11	kiau52	賭博
□□	puã＞11	tsiɔŋ55	牌九
麻雀	mã35＞11	tsʰioʔ21	麻將

日常生活

起火	kʰi52＞35	hə52	生火
熄	sik21		火熄滅
毷麵	nuã52＞35	mĩ33	揉麵
拍麵	pʰaʔ21＞52	mĩ33	桿麵
炊	tsʰə55		蒸煮
烳	pu35		悶烤地瓜
煠	saʔ55		清水燙煮
□	tsĩ11		炸
摭菜	kʰioʔ21＞52	tsʰai11	揀菜準備烹煮
□菜	liam11＞52	tsʰai11	
□菜	peʔ21＞52	tsʰai11	
煮食	tsɨ52＞35	tsiaʔ55	作飯
熻飯	hip21＞55	pŋ33	悶飯
添飯	tʰĩ55＞33	pŋ33	盛飯
□菜	ŋēʔ/ŋuēʔ21＞52 tsʰai11		夾菜
□湯	iũ52＞35	tʰŋ55	盛湯
食早起	tsiaʔ55＞11 tsai51＞35 kʰi52		吃早飯
食下晝	tsiaʔ55＞11 e33＞11 tau11		吃中飯
食下昏	tsiaʔ55＞11 e33＞11 hŋ55		吃晚飯

□箸	kiaʔ55＞11	ti33	使用筷子
拍噦	pʰaʔ21＞52	əʔ21	打嗝
飽脹	pa52＞35	tiũ11	脹氣
□茶	lim55＞33	te35	喝茶
泡茶	pʰau11＞52	te35	泡茶
□茶	tʰin35＞11	te35	倒茶
□衫褲	tsʰiŋ33＞11 sã55＞33 kʰɔ11		穿衣服
□衫褲	tʰŋ11＞52 sã55＞33 kʰɔ11		脫衣服
繡花	siu21＞55	hue55	繡花
□	tʰua33		用清水漂洗
曝衫	pʰak55＞11	sã55	晒衣服
披衫	pʰi55＞33	sã55	晾衣服
漿衫	tsiũ55＞33	sã55	衣物上漿
洗面	sue52＞35	bin33	洗臉
□喙	bɔk55＞11	tsʰui11	漱口
洗喙	sue52＞35	tsʰui11	刷牙
抆頭□	luaʔ55＞11 tʰau35＞11 mŋ35		梳頭
搲喙鬚	kʰueʔ21＞55 tsʰui11＞55 tsʰiu55		刮鬍子
□身軀	liu35＞11 sin55＞33 kʰu55		擦澡
□尿	si55＞33	lio33	把尿
秋清	tsʰiu55＞33	tsʰin11	乘涼
歇□	hioʔ21＞52	kʰun11	休息
□暝	tua11＞52	mĩ35	過夜
□□	ha11＞52	hi11	打哈欠
□	sian33		勞累想睡
□□	tuʔ2152	ku55	打瞌睡
□眠	tuʔ2152	bin35	
□□□	tuʔ2152 ka5533 tsə33		
舒席	tsʰɨ55＞33	tsʰioʔ55	鋪草席
□	huã35		打鼾
□中晝	kʰun1152 tiɔŋ55＞33 tau11		睡午覺

□□敲 kʰun11＞52 tʰan52＞35 kʰi55　側身睡

□□橫 kʰun11＞52 tʰan52＞35 huãi35

□□覆 kʰun11＞52 pãi52＞35 pʰak21　趴著睡

□□枕 ka55＞33 lauʔ55＞11 tsim52　落枕

□筋 kiu11＞52 kun55　抽筋

作夢 tsue11＞52 baŋ33　作夢

□眠 ham＞11 bin35　說夢話

趖街路 səʔ55＞11 kue55＞33 lɔ33　逛街

出去□ tsʰut21＞55 kʰɨ11 lo0　出去了

倒來 to11 lai0　回家了

來往交際

廝告 sa55＞33 ko11　訴訟

供 kiŋ55　供出同謀

證據 tsiŋ11＞52 kɨ11　證據

冤枉 uan55＞33 ɔŋ52　冤枉

變面 pĩ11＞52 bin33　翻臉

搦去關 liaʔ55＞11 kʰɨ11＞55 kuĩ55　逮捕

斬頭 tsam52＞35 tʰau35　斬首

枷 ke35　枷

坐監 tsə33＞11 kã55　坐牢

頓手印 tŋ11＞52 tsʰiu52＞35 in11　按手印

借錢 tsioʔ21＞52 tsĩ35　借錢

繳稅 kiau52＞35 sə11　納稅

地契 tue33＞11 kʰue11　地契

戀愛 luan35＞11 ai33　戀愛

失戀 sit21＞55 luan35　失戀

陪伴 pue35＞11 puã33　陪伴

見面 kĩ11＞52 bin33　見面

攪擾 kiau52＞35 liau52　打擾

請客 tsʰiã52＞35 kʰeʔ21　請客

招待 tsiau55＞33 tai33　招待

款待 kʰuan52＞35 tai33

辦桌 pan33＞11 toʔ21　辦酒席

開桌 kʰui55＞33 toʔ21

請桌 tsʰiã52＞35 toʔ21

□酒 tʰin35＞11 tsiu52　斟酒

廝激 sa55＞33 kik21　勸酒

送禮 saŋ11＞52(55) le52　送禮

禮物 le52＞35 but55　禮物

人情 liŋ3511 tsiŋ35　人情

□送□ m11 saŋ11 a0　送客時說不送了

□□□ pʰai52＞35 tau1152 tiŋ33　死對頭

講話 kɔŋ52＞35 hue33/ue33　說話

廝招 sa55＞33 tsio55　約定

世喙 sua11＞52 tsʰui11　插話接口

插喙 tsʰaʔ21＞52 tsʰui11　小孩插嘴

□喙鼓 tak21＞55 tsʰui11＞52 kɔ52　抬槓

拌喙舌 puã33＞11 tsʰui11＞52 tsiʔ55　頂嘴

拄喙舌 tu52＞35 tsʰui11＞52 tsiʔ55　頂嘴

應喙應舌 iŋ11＞52 tsʰui11＞52 iŋ11＞52 tsiʔ55

廝諍 sa55＞33 tsʰĩ11　爭辯

冤□ uan55＞33 ke55　吵架

相拍 sio55＞33 pʰaʔ21　打架

□□唅 sə＞11 sə＞11 liam33　碎嘴（自己在～）

嘈嘈念 tsʰau35＞11 tsʰau35＞11 liam33　嘮叨

□□ lo35＞11 ko35

□□ huan55＞33 hu11　囑咐

□□ lian＞11 sian55　聊天

講古	kɔŋ52＞35　kɔ52	
□□□	kʰa11＞52 ho52＞35　lan35	
□□	hɔŋ55＞33　ku55	吹牛
臭誕	tsʰau11＞52　tuã33	
講□□	kɔŋ52＞35 peʔ55＞11　tsʰat55	說謊
□（□）	kun52＞35	開玩笑
笑	（sŋ52＞35）　tsʰio11	
靜靜	tsiŋ33＞11　tsiŋ33	不作聲
□□	tiam33＞11　tiam33	
□□	hmʔ55＞11　hmʔ55	陰沉不出聲
投	tau35	告狀
□勢	kik21＞55　se11	做作
□面□	kik21＞55 bin33＞11　tsʰiũ55	擺臉色
□	tĩ11	假裝
扶□	pʰɔ35＞11　tʰã52	巴結
扶□	pʰɔ35＞11 lan＞11　pʰa55	
看有	kʰuã11＞52　u33	看得起
看無	kʰuã11＞52　bo35	看不起
看□□	kʰuã11＞52 sue55＞33　siau35	
參詳	tsʰam55＞33　siɔŋ35	商量
作蜀□	tsue11＞52 tsit55＞11　e35	合夥
□允	iŋ52＞35　un52	答應
□允	m33＞11　un52	拒絕
威脅	ui55＞33　hiap21	威脅
趕出	kuã52　tsʰut0	攆出去
□出	hɔ11　tsʰut0	
踢出	tʰaʔ21　tsʰut0	
□	siŋ33	寵小孩
寵□	tʰiŋ52＞35　siŋ33	
受□	siu3311　siŋ33	寵壞
好運	ho52＞35　un33	運氣好

好字運	ho52＞35 li33＞11　un33	
衰	sue55	倒楣
衰□	sue55＞33　bai52	
筅塵	tsʰãi52＞35　tʰun35	年底掃除

動作、心理

來	lai35	來
去	kʰɨ11	去
□	tʰɔŋ33	緩慢前行
□	sɔŋ33	跟著慢慢浮游
行	kiã35	走
□	tsʰə35	腳在地上拖行
走	tsau52	跑
□	kʰu35	蹲
跪	kui33	跪
僋	tsam11	氣得跺腳、踩踏
頓	tŋ11	
□	tʰɔk21	
躡	nĩʔ21	踮腳尖
跳	tio35/tʰio35	跳
□	liŋ11	向上騰躍
□	ã11	彎（～腰）
踅	səʔ55	原地打轉
□	so35	晃、爬（貶意）
□	lin11	在地上打滾
□	nuã11	
執 〔註16〕	tsip21	追逐
□	liɔk55	遊戲追逐

〔註16〕《廣韻》之入切，「持也、操也、守也、攝也，說文……捕罪人也。」音義俱合，當即此字。

伐	hua?55	跨	□	tiak55	彈(～榧子)
□	siak21	摔、跌倒	□	tsʰun55	伸(～手)
拍	pʰa?21	打	□	iat55	招(～手)
□	hut21		搧	sian11	甩(～耳光)
□	bɔŋ11		□/抶	ŋiãu55/ui?21	搔(～別人癢)
□	pʰiak55	快速揮打	□/□	kʰaŋ11/pe35	抓癢
□	hm?21	同上	□	pit21	裂(嘴唇～)
□	mãu55	拳頭搓		〔註18〕	
□	kʰãi52	用肩膀撞	□/□	nã?21/lap21	凹(下去)
踢	tʰat21	踢	胖	pʰɔŋ11	凸(出來)
勼	kiu55	腳猛地縮回	落	lak21	掉(下來)
□/□	lap55/tsʰiɔŋ35	踩(腳髒到處亂踩)	吞	tʰun55	吞
□	lam11	用力踩踏	哺	pɔ33	嚼
搖	io35	搖(～頭)	舐	tsi33	舔
□	tim11	點(～頭)	歠	tsʰə?21	啜(大口連吃帶喝)
揭	kiat55	抬(～頭)	嗽	su?21	吮
斡	uat55	回(～頭)	□	kʰue11	啃(骨頭)
□/□	nŋ/lun55	伸、縮、鑽(頭、手、人跨下)	□	tsʰŋ52	剔(用舌齒～骨頭上的肉)
捩	tʰĩ52/tʰian52	睜(～眼)	□	tua11	居住
眙	kʰue?21	閉(～眼)	□	tu?55	戳
□/瞤	huĩ11/nĩ?21	眨(～眼)	嚇	he?21	嚇
□	ŋ55	睧(～眼)	□	tsʰə33	尋找
看	kʰuã11	看	挲	so55	撫摸(～貓背)
聽	tʰiã55	聽	□	kau11	到達
鼻	pʰi33	聞		〔註19〕	
啡	pʰui11	吐(～口水)			
	〔註17〕				
翹	kʰiau11	噘嘴			
□□	lɔ11　ko35	耍賴			
□	nĩ?55	握拳			

〔註17〕《集韻》滂佩切「啡，唾聲」。明代李實《蜀語》「唾人曰啡」。參見李如龍主編:《漢語方言特徵詞研究》(廈門:廈門大學出版社,2001年),頁322。

〔註18〕李如龍（2001）認爲此字爲「必」。《廣韻》卑吉切,《說文》「分極也」。閩語反映上古漢語的用法。見《漢語方言特徵詞研究》(廈門:廈門大學出版社,2001年),頁296。

〔註19〕疑即「遘」,《廣韻》、《說文》、《爾雅》都注爲「遇也」。閩語義爲到達,不到則不遇。見李如龍主編:《漢語方言特

□	tə11	跟隨
拄著	tu52　tioʔ0	遇到
煞	suaʔ21	停止
揀	kãi52	選擇
跋倒	puaʔ<u>55</u>＞11　to52	跌倒
滑倒	kut<u>55</u>＞<u>11</u>　to52	滑倒
轉去	tŋ52　kʰɨ0	回去
叉手	tsʰa55＞33　tsʰiu52	手叉在胸前
□手	iap<u>21</u>＞<u>55</u>　tsʰiu52	手叉在背後
拍□囷	pʰaʔ<u>21</u>＞52 pʰɔk<u>21</u>＞<u>55</u>　a55	鼓掌
徛	kʰia33	站
坐	tsə33	坐
齦	ka33	咬
□	lim55	喝
欲	aʔ<u>21</u>	
□	tʰã52	捧高某物
□	lu55	直推向前
捀	pʰaŋ35	端(～碗)
□	iũ52	舀(～水)
潑	pʰuaʔ<u>21</u>	潑(～水)
擐	kuã33 〔註20〕	提(～桶子)
□	hɔ11	兩人一同拉繩以桶取水
洗	sue52	洗
染	nĩ52	染
□	hiu11	甩（～乾手）、灑水
□	hit<u>55</u>	甩（左右來回）

徵詞研究》（廈門：廈門大學出版社，2001 年），頁 297。

〔註20〕《廣韻》胡貫切，《說文》「擐，母也」段注：母，穿物持之也。參見李如龍主編：《漢語方言特徵詞研究》（廈門：廈門大學出版社，2001 年），頁 209。

搵	un11	沾(～醬料)
捏	nĩʔ<u>55</u>	捏(～撮鹽)
□	mĩ55	抓(～把米)
□	ləʔ<u>21</u>	拇指食指夾取
□	kʰueʔ<u>21</u>	擠（油、上車）
捧	pʰɔŋ52	捧(～糖果)
攙	tsʰam55	混、攙（酒～水）
攪/□	kiau52/la33	攪拌
□/甕	tsʰiau55/nuã52	揉(～麵團)
□水	liau35	涉(～水)
□	peʔ<u>21</u>	爬(～山)
爬	pe35	爬（小孩在地上～）
遮	tsia55	撐(～傘)
騎	kʰia35	騎(～車)
關	kuĩ55	關(～門)
抉	uiʔ<u>21</u>	挖（以細長物從洞中挖東西）
□	iaʔ<u>21</u>	挖（用鏟子等物將土撬撥開成洞）
□	ɔ52	挖（動作拋物線凸面向外的動作）
□	iam55	挖、掏
掘	kut<u>55</u>	挖（～出某物）
搚	kʰueʔ<u>21</u> 〔註21〕	刮
截	tsueʔ<u>55</u>	切
刻	kʰik<u>21</u>	刻
剫	tɔk<u>21</u>	砍

〔註21〕《廣韻》恪八切，「說文刮也」。同韻「八」字亦讀 ueʔ 韻，應即本字。

接	tsiap21	接（～東西）	覕〔註22〕	bi?21	躲
刮	kua?21	刮（～痧）	閘	tsa?55	遮擋、攔
□	lu11	蹭（在粗糙面摩擦蹭癢）	攔	nuã35	攔（不要～住我）
□	lu11	搓（～皮屑、地瓜籤）	□	sak21	推（～倒他）
倚	ua52	靠（～在牆上）	車	tsʰia55	
□	hiã?21	拿（衣物、木柴，有一定數量）	□	kʰue?55	用虎口掐（～脖子）
□	lam55	（外面）罩件衣	□	taŋ11	用指甲掐（～大腿）
□	lɔŋ55	套上（手套）	控/□	kʰaŋ11/ɔ52	摳（用手指～）
覆	pʰak21	趴（～在桌上）	挩〔註23〕	pi?21	捲（～袖子）
揭	kia?55	扛（～在肩上）	□/□	lut55/lit55	拉（～袖子）
□	ŋuẽ?55/ŋẽ?55	夾（～在腋下）	□	kʰiu52	拉、扯（使平直）
寫字	sia52＞35　li33	寫字	拌	puã33	撢（～灰塵）
擦	tsʰat21	擦（用橡皮擦～錯字）	□	iaŋ33	背（～小孩）
寄批	kia11＞55　pʰue55	寄（～信）	□起來	tai35　kʰi0　lai0	埋（～東西）
□	ta?21	貼	□	tʰun33	填（～土）
拆	tʰia?21	撕（～紙、布）	□	te?21	壓（～東西）
□	li11		扛	kŋ55	抬（～轎子）
□	tsʰia?21	打（～毛衣）	擔	tã55	挑（～擔子）
祖衫	tʰĩ33	縫（～衣）	□	kiau33	撬（～箱子）
搦	lia?55	抓（～人）	□	iat55	搧（～扇子）
縛	pak55	綁（～鞋帶、人）	敲	kʰa11	敲（～門）
攏	laŋ52	拉（～褲子）	□	bin52	刷（～牙）
囥	kʰŋ11	藏（～東西）	□	ɔ52	掏（～耳朵）
貯	tue52	放、裝（～東西）	拭	tsʰit21	擦（～汗）
			旋	tsun33	擰（～毛巾、大腿肉）
			□被	ka?21＞52　pʰə33	蓋（被子）

<hr/>

〔註22〕廣韻莫結切，「不相見貌」。

〔註23〕《集韻》「挩也」，《廣韻》挩：「拗挩，出玉篇」，拗「手拉也」。

皸〔註24〕	kʰam11		蓋（鍋蓋、印章）
楔	sueʔ21		塞（用細長物～入）
沓	tʰaʔ55		疊（～碗）
嗑	pun35		吹（～蠟燭）
挽	ban52		摘（～果子）
薅/削	kʰau55/siaʔ21		削（～果皮）
擘	peʔ21		剝（～果皮、饅頭）
□	kauʔ21		裹
舓	tsi33		舔
含	kam35		含
搬	puã55		搬
□	kʰe11		放
□	tʰueʔ55/tʰeʔ55		拿
□	hiat21		擲
獻	hĩ11		丟
□	tan11		丟
摒	piã11		丟
治	tʰai35		殺
掣	tsʰuaʔ21		拔（～雞毛）
□	liam11		同上
莝〔註25〕	tsʰo11		砍（～樹）
拗/遏	au52/at21		折（～樹枝）
纏	tĩ35		纏
□	hɔ35		撈（～浮萍）
摭	kʰioʔ21		撿（～起來）
徙	sua52		移（開）

□	kə52		墊（用東西～高）
□	tʰat21		塞（～住洞口）
拄	tu52		頂（用木棍～門）
□	tʰĩ11		
□/扶	tʰã52/pʰɔ35		托（從重物的一側或一角托高以利搬運）
□	tu55		推（～單輪車）
拖	tʰua55		拉（～板車）
牽	kʰan		
挑	tʰio55		挑（用針～）
□	giaʔ21		
□	kɔŋ11		砸（用石頭～）
□	lɔŋ11		同上
□	tsʰiam52		捅（用尖刀～）
□	tsʰĩ11		同上
□	tsan35		同上
□	tsʰiʔ55		按（～圖釘）
□	kʰiat21		劃（～火柴）
剝開	pak21＞55	kʰui55	脫鞋子
放開	paŋ11＞55	kʰui55	
摭	kʰioʔ21		收拾（～行李）
款	kʰuan52		同上
解開	kai52＞35	kʰui55	解開（講解）
敨	tʰau52		打開、解開（鞋帶、包裝）
煦	u11		貼著某物取暖
烘燒	haŋ55＞33	sio55	

□	ha11	靠近熱源（有可能受傷）
研著〔註26〕	ŋãi52　tioʔ0	碾（被～到）
□	lue35	壓（被車～死）
纏	tĩ35	絆（被～倒）
燙	thŋ11	燙（被～到）
□	tsak21	嗆（被～到）
噴/□	phun11/tsiak55	濺（被～到）
濺	tsuã11>52 tshut21　lai0	濺（水～出）
沸	pui11	溢（火太大，湯～出）
□	tshiaŋ35	沖（水自上而下地～）
浮	phu35	浮（～起來）
沉	tim35	沉（～下去）
□	sim11	上下振動（吊橋～）
蔌	hauʔ21/hau11	物體表面剝落
趁	than11	賺（～錢）
欠	khiam11	欠（～錢）
□□	hiŋ11>52　sak21	扔棄
□□	hiŋ11>52　khak55	
徙/搬	sua52/puã55	搬遷（新居）
□	hãi35	還
□	tsim55	親吻
□	kuʔ55	久煮
烊	iũ35	融化
想	siũ33	想

□影	tsai55>33　iã52	知道
忍耐	lim52>35　nai33	忍耐
阻止	tsɔ52>35　tsi52	阻止
努力	lɔ52>35　lat55	努力
□力	kut21>5　lat55	
□記	bue11　ki11	忘記
想著	siũ33　tioʔ0	想到
無腦筋	bo33>11 nãu52>35　kun55	健忘
退化	thə11>52　hua11	退化
決定	kuat21>55　tiŋ33	決定
合意	kaʔ2152　i11	喜歡（我～你）
□	gian11	喜歡（他～喝酒）
□惜	thiã1152　sioʔ21	疼愛
保護	po52>35　hɔ33	保護
□〔註27〕	thã33	打扮
發性地	huat21>55 siŋ11>52　te33	發火
受氣	siu33>11　khi11	生氣
鬱□	ut21>55　tsut21	鬱悶
□氣	kik21>55　khi11	嘔氣
□□	tiũ55>33　tuaʔ21	
歆羨	him55>33　sian33	羨慕
怨妒	uan11>52　tɔ11	嫉妒
刺目	tshiaʔ21>52　bak55	
□	gin33	厭恨
□	ã52	偏袒
安慰	an55>33　ui11	安慰
勸解	khuan11>52　kai52	勸解

〔註26〕依楊秀芳（1991）意見，「研，廣韻有平去先霰韻二讀，曰「磨研」。閩南讀為上聲。詳見楊秀芳：《台灣閩南語語法稿》（台北：大安出版社，1991年），頁84。

〔註27〕疑為「襐」，《集韻》待朗切「襐，《博雅》『飾也』」。《博雅音》「襐」音「蕩」。詳見徐芳敏《閩南方言本字與相關問題探索》（台北：大安出版社，2003年），頁35～36。

勸	kʰŋ11	勸
棄嫌	kʰi11＞52　hiam35	討厭
放心	paŋ11＞55　sim55	放心
向望	ŋ11＞52　baŋ33	盼望
急	kip21	著急
□工	tʰiau55＞33　kaŋ55	故意
大□	tai33＞11　iat55	得意
滿足	buan52＞35　tsiɔk21	滿足
□	tiʔ55	想要擁有
□	tsʰuan33＞11	就算
數念	siau11＞52　liam33	掛念
掛念	kua11＞52　liam33	
細□	sue11＞52　li33	留神
主意	tsu52＞35　i11	主張
奪/猜	ioʔ21/tsʰai55	猜測
□疑	giau13＞11　gi35	懷疑
估計	kɔ52＞35　ke11	估量
別	pat21	認得 （這人我～）
□別	m̩33＞11　pat21	不認得
解曉	e33＞11　hiau52	會
□	bue33	不會
□	tã11	說話
諞	pian52	騙
罵	mã33	罵
□	tsʰoʔ21	辱罵
□	kiau33	
□	pai35	
詈	lue52	女性罵人
問	mŋ33	問
吼	hau52	哭
哭	kʰau11	
笑	tsʰio11	笑
叫	kio11	叫（～他）
喝	huaʔ21	喊（～一聲）
□	hiam11	吆喝趕出去
呼	kʰɔ55	叫雞鴨吃飯

□	ta52	叫小孩吃
□	ɔ̃55	哄 （～嬰兒睡）
□□	o5533　lo52	誇獎
□	gio55	逗弄欺負
□	tsʰau35	協商談判
練習	lian33＞11　sip55	練習
保養	po52＞35　iɔŋ52	保養
□蓄	tʰu35　tʰiɔk21	儲蓄
節約	tsiat21＞55　ioʔ21	節約
分配	hun55＞33　pʰue11	分配
作工	tsue11＞55　kaŋ55	作工
放假	paŋ11＞52　ke11	放假
唱歌	tsʰiũ11＞55　kua55	唱歌
跳舞	tʰiau11＞52（55） bu52	跳舞
拍鑼	pʰaʔ21＞52　lo35	敲鑼
點穴	tiam52＞35　hiat55	點穴
旅行	li52＞35　hiŋ35	旅行
釣魚	tio11＞52　hi35	釣魚
去後浦	kʰɨ52＞55 au33＞11　pʰɔ52	去後浦
去作客	kʰɨ52＞55 tsue11＞52　kʰeʔ21	去作客
去學堂	kʰɨ52＞55 oʔ55＞11　tŋ35	去學堂
去閹豬	kʰɨ52＞55 iam55＞33　ti55	閹豬
□□□	ŋiãu＞11 ŋiãu＞11　tsʰua11	牲畜臨死前 的抖動
□□□	si11＞55（52） si11＞52　tsun11	害怕而發抖

副詞

眞	tsin55	「很」乾
傷	siũ55	「太」多
特別	tik21＞55　piat55	特別
□□	tiã33＞11　tiã33	一向

事先	tai33＞11　siŋ55	預先
常常	siɔŋ35＞11　siɔŋ35	常常
時常	si35＞11　siɔŋ35	時常
趕緊	kuã52＞35　kin52	趕快
□/□	sui35/hian33	馬上
□□	liam35＞11　pĩ55/mĩ55	
小可	sio52＞35　kʰua52（hua52）	稍微
絕對	tsuat55＞11　tui11	絕對
徹底	tʰiat21＞55　tue52	徹底
攏	lɔŋ52＞35	都
作蜀□	tsue11＞52 tsit55＞11　le35	一起
攏總	lɔŋ52＞35　tsɔŋ52	一共
□較	koʔ21＞55　kʰaʔ55	更
尙	siɔŋ33	最
猶原	iu3511　guan35	仍然
照原	tsiau1152　guan35	
偏偏	pʰian5533　pʰian55	偏偏
特別	tik551　piat55	特地
□工	tʰiau5533　kaŋ55	
□□	tʰiau5533　ti35	
橫直	huãi3511　tit55	反正
大約	tai3311　iɔk21	大概
定著	tiã3311　tioʔ55	一定
□好	tu52＞35　ho52	恰好
□	mãi11	別
□通	m11　tʰaŋ55	
免	bian52	不用
將/□/□	tsiɔŋ55/kaŋ33/ka33	把
與	hɔ33	被、使
替	tʰue1152	替
用	iŋ33	用
著	ti33	在
向	ŋ11	「向」前走
向	hiɔŋ11	

□/□	kaŋ33/ka33	向他借東西
比	pi52	比
合	kaʔ21	他「和」你

形容詞

儕〔註28〕	tsue33	多
少	tsio52	少
硬	ŋĩ33	韌硬
橂	tãi33	堅硬
軟	nŋ52	軟
□	pʰã33	質地空泛
焦	ta55	乾
□	tam35	濕
清	tsʰiŋ55	清（水）
□	lo35	濁（水）
深	tsʰim55	深（水）
□/淺	kʰin52/tsʰian52	淺（水）
□	tĩ33	滿（水很～）
絚	an35	緊綁得～
冗	liŋ33	鬆綁得～
懸	kuãi35	高（物）
下	ke33	低（物）
□（誂？）	lio11/lo11	高（人）
矮	ue52	矮（人）
利	lai33	利（刀）
鈍	tun33	鈍（刀）
密	bat55	密（禾苗～）
疏	sue55	疏（禾苗～）
粗	tsʰɔ55	粗（沙）

〔註28〕《集韻》才詣切，「儕，等也」，《說文》「等，齊簡也」，李如龍認爲表示「多」的 tsue33，本字是「儕」。詳見李如龍主編：《漢語方言特徵詞研究》（廈門：廈門大學出版社，2001 年），頁 302。

幼	iu11	細（沙）
光	kŋ55	光
暗	am11	暗
新	sin55	新
舊	ku33	舊
長	tŋ35	長
□	tə52	短
遠	hŋ33	遠
近	kun33	近
直	tit55	直
彎	uan55	彎
拽	tsʰuaʔ55	歪斜不正
□	huãi35	橫
闊	kʰuaʔ21	寬
狹	ueʔ55	窄
崎	kia33	陡
敧	kʰi55	斜
早	tsa52	早
晏	uã11	晚
緊	kin52	快
慢	ban33	慢
輕	kʰiŋ55	輕
重	taŋ33	重
洘	kʰo52	稠（粥～）
潎	ka11	稀（粥～）
赤	tsʰiaʔ21	瘦（肉）
白	peʔ55	肥（肉）
慧	kue33	容易
〔註29〕		
奇怪	ki35＞11　kuai11	奇怪
恐怖	kʰiɔŋ52＞35　pɔ11	恐怖

趣味	tsʰu11＞52　bi33	趣味
鬧熱	lau33＞11　liat55	熱鬧
正□	tsiã11＞55　kaŋ52	道地
清氣	tsʰiŋ55＞33　kʰi11	乾淨
□□	lap21＞55　sap21	骯髒
齊	tsue35	整齊
亂	luan33	凌亂
著	tioʔ55	對（沒錯）
□□	m̀33＞11　tioʔ55	錯（不對）
□	tã33	做錯（行事）
□要緊	bue33＞11 iau11＞52　kin52	不要緊、不礙事
□	siɔk55	便宜
貴	kui11	昂貴
癢	tsiũ33	癢
飽	pa52	飽
枵	iau55	餓
喉□	tsʰui11＞55　ta55	渴
□	tiam55	刺腳（在砂石上走～）
□	tio33	顛（路不平，坐車～）
□	kʰa33	門半開半掩
□	hã33	
無閑	bo35＞11　ãi35	忙
有閑	u33＞11　ãi35	閒
芳	pʰaŋ55	香
臭	tsʰau11	臭
□	au11	氣味難聞、人差
厚	kau33	濃（茶、書～）
薄	poʔ55	淡（茶、紙～）
艱苦	kan55＞33　kʰɔ52	傷心難過
□爽	bue11　sɔŋ52	身體不適
□	sian33	虛弱疲勞
□	sio35	行動遲緩

〔註29〕《廣韻》胡桂切，「解也」。李如龍考證
　　　認爲此爲表示容易、快便的 kue33 之本
　　　字。詳參李如龍主編：《漢語方言特徵
　　　詞研究》（廈門：廈門大學出版社，2001
　　　年），頁 326。

快樂	kʰuai11＞52 lɔk55	快樂
歡喜	huã55＞33 hi52	高興
輕鬆	kʰiŋ55＞33 saŋ55	輕鬆
快活	kʰui11＞55 uaʔ55	快活
清醒	tsʰiŋ55＞33 tsʰĩ52	清醒
長□壽	tŋ35＞11	長壽
	hə11＞52 siu33	
富裕	hu11＞52 lu33	富裕
好額人	ho52＞35	
	giaʔ55＞11 laŋ35	
好過日	ho52＞35	
	kə11＞55 lit55	
缺少	kʰuat21＞55 tsio52	缺乏
欠缺	kʰiam11＞52 kʰəʔ21	
無額	bo35＞11 giaʔ55	不夠
□□	tsiau35＞11 un35	全部備妥了
□	saŋ35	相同、一樣
瘦	san52	瘦
肥	pui35	肥胖（人、動物）
肥□□	pui35＞11	肥（不雅語）
	tsŋ11＞52 tsŋ11	
老	lau33	老
少年	siau11＞52 lian35	年輕
□	sui52	漂亮
□看	pʰai52＞35 kʰuã11	醜
文雅	bun35＞11 ŋã52	文雅
鬖	sam11	毛髮凌亂
大□	tua33＞11 pʰiaŋ33	塊頭大
□硬	giam35＞11 ŋĩ33	硬朗
橫□	tãi33＞11 tauʔ21	
胖皮	pʰɔŋ11＞52 pʰə35	小孩白胖
□	tuʔ21	頭垂下貌（頭～～）
□	tʰuʔ55	人不愛說話
有量	u33＞11 liɔŋ33	大方
□□	kɔ55＞33 sŋ55	吝嗇
□□	taŋ11＞55(52) sŋ55	

□	kʰiu35	
大□	tua33＞11 pan33	落落大方
貪心	tʰam55＞33 sim55	貪心
自私	tsi33＞11 si55	自私
勇猛	iɔŋ52＞35 biŋ52	勇猛
軟弱	luan52＞35 liɔk55	軟弱
軟□	nŋ52＞35 tsiã52	
小膽	sio52＞35 tã52	膽小
狡詐	kau52＞35 tse11	狡猾
狡猾	kau52＞35 kut55	
拗蠻	au52＞35 ban35	蠻橫
□	huãi35/huĩ35	
□	hiɔŋ35	
粗殘	tsʰɔ55＞33 tsʰan35	殘酷
可惡	kʰo52＞35 ɔ11	可惡
姣	hiau35	輕佻（女性）
驕傲	kiau55＞33 ŋɔ̃33/ goɔ33	驕傲
□癖	pʰai52＞35 pʰiaʔ21	固執任性
頂天立地	tiŋ52＞35 tʰĩ55 lip55＞11 tue33	頂天立地
□	gɔŋ33	憨傻
□	gam55	傻
笨	pun3311	笨
巧	kʰiau52	聰明
□	sik21	
□	gau35	能幹
□	kʰiaŋ11	
善良	sian33＞11 liɔŋ35	善良
謙虛	kʰiam55＞33 hɨ55	謙虛
□□	kɔ52＞35 tsui55	可愛小孩～
孽	giat55	討厭小孩～
心□	sim55＞33 sik21	討喜人、話題～
□料	pʰai52＞35 liau33	無用討厭人～
□	gin33	不滿、討厭

見笑	kian11＞52　siau11	丟臉
惡	ɔk21	兇惡
□	pʰai52	
□□	pin11　tuã33	懶惰
□力	kut21＞55　lat55	勤勞
□□	tʰian55＞33　tʰoʔ55	慢悠悠
□□□	tsi11＞52	受不了
□	tsat55＞11	
	bue33＞11　tiau35	
□□□	tɔŋ11＞52	
	bue33＞11　tiau35	
軟□□	nŋ52＞35	軟綿綿
	ŋãu33＞11　ŋãu33	
洘□□	kʰo52＞35	乾稠稠
	tauʔ55＞11　tauʔ55	
黏黐黐	liam35＞11	黏糊糊
	tʰi55＞33　tʰi55	
□□□	kʰiu33＞11	軟韌韌
	tə11＞52　tə11	
橂□□	tãi33＞11　kʰiauʔ21	硬梆梆
	＞52　kʰiauʔ21	
滑溜溜	kut55＞11	滑溜溜
	liu11＞52　liu11	
笑□□	tsʰio11＞52	笑咪咪
	gi55＞33　gi55	
氣□□	kʰi11＞52	氣呼呼
	tuaʔ55＞11　tuaʔ55	
靜□□	tsiŋ33＞11　tsiauʔ21	靜悄悄
	＞52　tsiauʔ21	
儂□□	laŋ35	人楞楞
	gaŋ33＞11　gaŋ33	
頭□□	tʰau35	暈醉狀
	pʰin35＞11　pʰin35	
炎□□	iam35	火盛貌
	pʰã33＞11　pʰã33	
面□□	bin33	臉凹凹
	bauʔ21＞52　bauʔ21	
	giaŋ55	鈴聲
	kʰiaŋ55	碗等撞擊聲
	piak55	物破裂聲

代詞

我	gua52	我
汝	li52	你
伊	i55	他
□	lan52	我們（包括式）
阮	guan52/gun52	我們（排除式）
□	lin52	你們
□	in55	他們
我□	gua52＞35　e35	我的（這個是～）
別儂	pat55＞11　laŋ35	別人
自己	tsi33＞11　ki52	自己
家己	ka55＞33　ki33	
逐□	tak55＞11　e35	大家
□□	tsit21＞55　e55	這個
□□	hit21＞5　e55	那個
□	tsia55	這些
□	hia55	那些
□	tsio35	這裡
□	hio35	那裡
□□	tsia55　nĩ55	這麼
□□	hia55　nĩ55	那麼
即樣	tsit21＞55　iũ33	這樣
□樣	hit21＞55　iũ33	那樣
□儂	sia＞35　laŋ35	誰？
□□	tiaŋ11　a3	
甚□儂	sim33＞11　mĩ35　laŋ35	
□□	an11＞55　tsuã52	怎樣／怎麼辦／爲什麼
□□	tsãi11＞52　iũ33	怎樣／怎麼辦
□事	mĩ52　tãi33/nãi33	什麼？
甚□□	sim3311　mĩ35　hə11	

方位

東	taŋ55	東
西	sai55	西
南	lam35	南
北	pak21	北
倒手□	to11>52 tsʰiu52>35 piŋ35	左邊
正手□	tsiã11>52 tsʰiu52>35 piŋ35	右邊
面前	bin33>11 tsãi35	面前(人)
下底	e33>11 tue52	下面
中央	tioŋ55>33 ŋ55	中間
邊囝	pĩ55 a0	旁邊
頭前	tʰau35>11 tsiŋ35	前面
後壁	au33>11 piaʔ21	後面
路尾	lɔ33>11 bə52	後面、最後(我～才來)
□□	gua33>11 kʰau52	外面
對面	tui11>52 bin33	對面(物)
裏底	lai33>11 tue52	裡面
隔壁	keʔ21>52 piaʔ21	隔壁
舷	kĩ35	邊緣(器物的～)
床骹	tsʰŋ35>11 kʰa55	床下面
□頂	tsʰu11>52 tiŋ52	屋頂上
面頂	bin33>11 tiŋ52	物品上面
下底	e33>11 tue52	物品下面

數詞

蜀	tsit55	一
兩	nŋ33	二
一	it21	一
二	li33	二
三	sã55	三
四	si11	四
五	gɔ33	五
六	lak55	六
七	tsʰit2	七
八	pueʔ21	八
九	kau52	九
十	tsap55	十
十一	tsap55>11 it21	十一
十二	tsap55>11 li33	十二
十四	tsap55>11 si11	十四
十八	tsap55>11 pueʔ21	十八
二十	li33>11 tsap55	二十
三十	sã55>33 tsap55	三十
四十	si11>55(52) tsap55	四十
五十	gɔ33>11 tsap55	五十
五十五	gɔ33>11 tsap55>11 gɔ33	五十五
六十	lak55>11 tsap55	六十
七十	tsʰit21>55 tsap55	七十
八十	pueʔ21>52 tsap55	八十
八十八	pueʔ21>52 tsap55>11 pueʔ21	八十八
九十	kau52>35 tsap55	九十
蜀百	tsit55>11 paʔ21	一百
蜀百□八	tsit55>11 paʔ21>52 kʰɔŋ11>52 pueʔ21	一百零八
百一	paʔ21>52 it21	一百一十
兩百	lŋ33>11 paʔ21	兩百
兩百五	lŋ33>11 paʔ21>52 gɔ33	兩百五十
蜀千	tsit55>11 tsʰiŋ55	一千
千	tsʰiŋ55	千
四千	si11>55 tsʰiŋ55	四千
萬	ban33	萬
億	ik2	億
十幾□	tsap55>11 kui52>35 e35	十多個
十外□	tsap55>11 gua33>11 e35	

幾□□	kui52＞35 nã33＞11 e35	好幾個
左右	tso52＞35 iu33	上下
無□十□	bo35＞11 kau11＞52 tsap55＞11 e35	不到十個
頭蜀□	thau35＞11 tsit55＞11 le35	第一個
最後蜀□	tsui11＞52 au33＞11 tsit55＞11 le35	最後一個
淡薄囝	tam33＞11 poʔ55＞11 a11	一點點
半□	puã11＞52 e35	半個
□□	kui55＞33 e35	整個
□大半	kui55＞33 tua33＞11 puã11	一大半
半□較加	puã11＞52 e35＞11 khaʔ21＞55 ke55	比半個多

量詞

□	pu35	沙、草、痰
□	e35	廣泛使用之個體量詞，人或物皆可
□	pu35/tshiu33	泡(尿)
□	nĩ52	花、眼睛
叢	tsaŋ35	株(樹、草)
□/支	tsaŋ35/ki55	支(煙)
□/支	tsaŋ35/ki55	把(刀、鋤頭)
□/支	pha55/ki55	盞(燈)
□/支	ki55/e35	個(鍋)
支	ki55	桿(秤)
陣	tsun33	陣(雨)
□	tə11	塊(磚)
間	kãi55	間(屋、店)
扇	sĩ11	扇(門)
堵	tɔ52	堵(牆)
層	tsan35	層(樓)
□/座	tsua33/tso33	座(橋)

□	e35	口(井)
本	pŋ52	本(書)
張	tiũ55	張(信、鈔票、床)
篇	phĩ55	篇(文)
□	tsua33	行(字)
□	tə11	張(桌、椅)
琦/□	khia55/kha55	個(箱子)
沓/□	thaʔ55/tsi52	疊(紙)
刀	to55	刀(紙)
領	niã52	件(衣、蚊帳、被)
套/□/□	tho11/su55/hu11	套(衣裳)
頂	tiŋ52	頂(帽)
雙	siaŋ55	雙(鞋)
把	pe52	把(米、荣)
粒	liap55	粒(蛋)
頓	tŋ11	頓(飯)
□	tə11	片(西瓜)
□	tə11	(一)個(碗)
片	phĩ11	片(木片)
瓣	pan33	瓣(橘子)
節	tsat21	段(甘蔗)
目	bak55	節(甘蔗)
□	kan55	瓶(醋)
杯	pue55	杯(茶)
甕	aŋ11	罈(酒)
帖	thiap21	帖(藥)
箍	khɔ55	塊(錢)
□	tsiam55	分(錢)
□	lɔk21	盒(火柴)
攝	kuã33	串(鞭炮、葡萄)
盒	aʔ55	盒(首飾)
仙/□	sian55/siaŋ55	尊(佛像)
□	tshut21	齣(戲)
棚	pĩ35	臺(戲)

□	tsʰioʔ21	圈(麻將)
盤	puã35	盤(棋)
下	e33	(打一)下
過	kə11	(看一)遍
□/□	pai52/tau52	(玩一)次
□/逝	pai52/tsua33	(去一)趟
喙	tsʰui11	(喝一)口
尋	siam35	庹(兩臂伸直的長度)
□	liaʔ55	虎口(大拇指與中指張開的長度)
尾	bə52	條(魚、蛇)
岫	siu33	窩(蜜蜂、小豬)
隻	tsiaʔ21	隻(雞、狗、豬、牛、蚊)
家	ke55	家(人)
陣/□	tin33/pu35	夥(人)
黨/□	toŋ52/uaŋ55	夥(狐群狗黨)

姓氏

呂	li33	呂
阮	guan52	阮
吳	gɔ35	吳
羅	lo35	羅
謝	sia33	謝
許	kʰɔ52	許
陳	tan35	陳
項	haŋ33	項
李	li52	李
葉	iap55	葉
夏	ha33	夏
蘇	sɔ55	蘇
王	ɔŋ35	王
林	lim35	林
劉	lau35	劉
廖	liau33	廖
郭	kəʔ21	郭
黃	ŋ35	黃
何	ho35	何
	ua35	
柯	kua55	柯
賈	ka52	賈
余	ɨ35	余
賴	lua33	賴
蔡	tsʰua11	蔡
崔	tsʰui55	崔
施	si55	施
趙	tio33	趙
鄭	tĩ33	鄭
蕭	siau55	蕭
周	tsiu55	周
仇	kiu35	仇
譚	tʰam35	譚
簡	kan52	簡
秦	tsin35	秦
姜	kioŋ55	姜
彭	pʰĩ35	彭
宋	sɔŋ11	宋
戴	tai11	戴

一般名詞

祖產	tsɔ52＞35 san52	祖產
家庭	ka55＞33 tiŋ35	家庭
幸福	hiŋ33＞11 hɔk21	幸福
危險	gui35＞11 hiam52	危險
束縛	sɔk21＞55 pɔk55	束縛
事志	tai33＞11 tsi11	事情
戰爭	tsian11＞55 tsiŋ55	戰爭
軍隊	kun55＞33 tui33	軍隊
軍營	kun55＞33 iã35	軍營
兵役	piŋ55＞33 ik21	兵役
徽章	hui55＞33 tsioŋ55	徽章

卒	tsut<u>21</u>		兵卒		
車馬炮	kɨ55＞33 be52＞35 pʰau11		車馬炮		
弓箭	kiɔŋ/kiŋ55＞33 tsĩ11		弓箭		
宮殿	kiɔŋ55＞33 tian33		宮殿		
政府	tsiŋ11＞52（55） hu52		政府		
政治	tsiŋ11＞52 ti33		政治		
戶口	hɔ33＞11 kʰau52		戶口		
縣長	kuãi33＞11 tiũ52		縣長		
臺語	tai35＞11 gɨ52		臺語		
妖魔鬼怪	iau55＞33 bo35 kui52＞35 kuai11		妖魔鬼怪		
儒家思想	lu35＞11 ka55 sɨ5＞33 siɔŋ52		儒家思想		
中華民國	tiɔŋ55＞33 hua35 min35＞11 kɔk<u>21</u>		中華民國		
閃光	siam52＞35 kŋ55		閃光		
閃光	sĩ11＞52 kŋ55				
寶貝	po52＞35 pue11		寶貝		
歲月	sue11＞55 guat<u>55</u>		歲月		
幾□	kui52＞35 hə11		幾歲		
賠償	pə35＞11 siɔŋ52		賠償		
粗喙	tsʰɔ55＞33 tsʰui52		辱罵的言語		
壓力	ap<u>21</u>＞<u>55</u> lat<u>55</u>		壓力		

榮譽	iŋ35＞11	ɨ33	榮譽	
義氣	gi33＞11	kʰi11	義氣	
氣魄	kʰi11＞52	pʰik<u>21</u>	氣魄	
過錯	kə11＞52	tsʰɔ11	過錯	
誤會	gɔ33＞11	hue33	誤會	
規矩	kui55＞33	kɨ52	規矩	
良心	liɔŋ35＞11	sim55	良心	
品德	pʰin52＞35	tik<u>21</u>	品德	
社會	sia33＞11	hue33	社會	
建設	kian11＞52	siat<u>21</u>	建設	
基礎	ki55＞33	tsʰɔ52	基礎	
□□	kʰaŋ55＞33	kʰɨ11	工作	
責任	tsik<u>21</u>＞<u>55</u>	lim33	責任	
績效	tsik<u>21</u>＞<u>55</u>	hau33	績效	
區域	kʰu55＞33	ik<u>55</u>	區域	
語言	gɨ52＞35	gian35	語言	
研究所	gian52＞35 kiu11＞52 sɔ52		研究所	
中國	tiɔŋ55＞33	kɔk<u>21</u>	中國	
北京	pak<u>21</u>＞<u>55</u>	kiã55	北京	
同安	taŋ35＞11	uã55	同安	
惠安	hui33＞11	uã55	惠安	
廈門	e33＞11	mŋ35	廈門	
晉江	tsin11＞55	kaŋ55	晉江